NO MEU SONHO TE AMEI

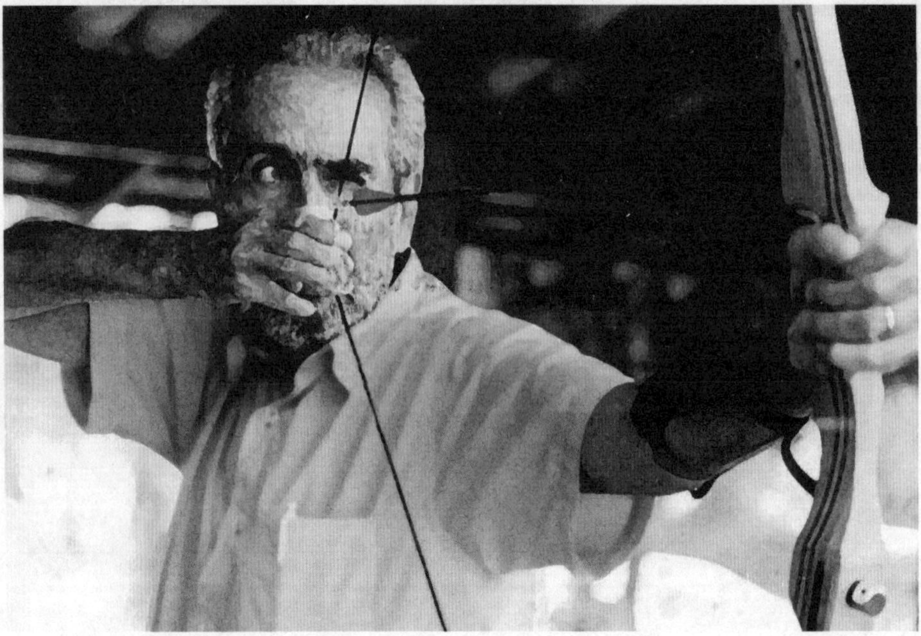

O Arqueiro

Geraldo Jordão Pereira (1938-2008) começou sua carreira aos 17 anos, quando foi trabalhar com seu pai, o célebre editor José Olympio, publicando obras marcantes como *O menino do dedo verde*, de Maurice Druon, e *Minha vida*, de Charles Chaplin.

Em 1976, fundou a Editora Salamandra com o propósito de formar uma nova geração de leitores e acabou criando um dos catálogos infantis mais premiados do Brasil. Em 1992, fugindo de sua linha editorial, lançou *Muitas vidas, muitos mestres*, de Brian Weiss, livro que deu origem à Editora Sextante.

Fã de histórias de suspense, Geraldo descobriu *O Código Da Vinci* antes mesmo de ele ser lançado nos Estados Unidos. A aposta em ficção, que não era o foco da Sextante, foi certeira: o título se transformou em um dos maiores fenômenos editoriais de todos os tempos.

Mas não foi só aos livros que se dedicou. Com seu desejo de ajudar o próximo, Geraldo desenvolveu diversos projetos sociais que se tornaram sua grande paixão.

Com a missão de publicar histórias empolgantes, tornar os livros cada vez mais acessíveis e despertar o amor pela leitura, a Editora Arqueiro é uma homenagem a esta figura extraordinária, capaz de enxergar além, mirar nas coisas verdadeiramente importantes e não perder o idealismo e a esperança diante dos desafios e dos contratempos da vida.

NO MEU SONHO TE AMEI

ABBI GLINES

ARQUEIRO

Título original: *As She Fades*

Publicado em acordo com Feiwel and Friends, parte da Macmillan Publishing Group, LLC.

tradução: Marcelo Mendes
preparo de originais: Lucas Bandeira
revisão: Hermínia Totti e Roberto Jannarelli
diagramação: Abreu's System
capa: Danielle Mazzella di Bosco
imagem de capa: Tim Hale Photography/ Getty Images
adaptação de capa: Gustavo Cardozo
impressão e acabamento: Associação Religiosa Imprensa da Fé

CIP-BRASIL. CATALOGAÇÃO NA PUBLICAÇÃO
SINDICATO NACIONAL DOS EDITORES DE LIVROS, RJ

G476n Glines, Abbi
No meu sonho te amei/ Abbi Glines; tradução de Marcelo Mendes. São Paulo: Arqueiro, 2019.
240 p.; 16 x 23 cm.

Tradução de: As she fades
ISBN 978-85-8041-924-5

1. Ficção americana. I. Mendes, Marcelo. II. Título.

18-54097 CDD: 813
CDU: 82-3(73)

Rua Funchal, 538 – conjuntos 52 e 54 – Vila Olímpia
04551-060 – São Paulo – SP
Tel.: (11) 3868-4492 – Fax: (11) 3862-5818
E-mail: atendimento@editoraarqueiro.com.br
www.editoraarqueiro.com.br

Para todas as meninas que levaram uma rasteira da vida
e encontraram forças para se levantar.

PARTE UM

Recebe este beijo no rosto!
Mas, agora que me despeço,
Preciso deixar isto posto:
Não erra aquele que acredita
Que meus dias foram um sonho;
Mas se a esperança foi embora,
Seja no dormir de uma hora
Ou no despertar de um instante,
Está ela menos distante?
Tudo que vemos ou pensamos
É um sonho dentro de um sonho.

Edgar Allan Poe, "A Dream Within a Dream"

Desde menina gosto de contos de fadas. E sempre acreditei no amor. Mas para mim foi fácil, porque me apaixonei aos 6 anos. Não é comum encontrar o amor assim tão cedo. Tínhamos certeza de que éramos especiais, Crawford e eu. O destino sorriu para nós e nos deu um ao outro, para que pudéssemos passar a vida inteira juntos. Eu tinha meu próprio Príncipe Encantado. Não havia um dia em que ele não estivesse ao meu lado, fazendo-me rir, dividindo comigo as alegrias daquela vida para a qual tínhamos nascido. Mas o que não esperávamos era uma dessas guinadas que nos pegam de surpresa. Que nos jogam para fora da pista. Essas coisas que surgem do nada e transformam nossa vida para sempre. Não estávamos preparados para isso.

Nossa história não foi fácil. A vida maravilhosa de nossa infância nos foi tirada tão rapidamente que nem pudemos nos preparar. Mas ninguém nunca pode. Esse é o lado sombrio da vida.

1

Sempre gostei do cheiro das noites de verão. Desde menina, via nisso um lembrete de que as aulas haviam terminado e dali em diante era só diversão. Nadar no lago, jogar basquete com meus irmãos mais velhos e, claro, a viagem de férias que fazíamos todo ano. Mas dessa vez havia também um gostinho especial de liberdade. Vida nova, novos começos. Para mim e para Crawford.

Olhei para ele ao volante do carro e senti um calorzinho no peito. Estávamos juntos desde crianças. Primeiro como amigos. Depois, já mais velhos, como namorados. Mais cedo, tínhamos subido ao palco armado no campo de futebol americano da escola para receber nosso diploma. Formados. Finalmente.

– Mal acredito que acabou. Essa história de ensino médio – acrescentei, só para deixar claro, mesmo sabendo que ele tinha entendido.

Crawford olhou de relance para mim e abriu uma pontinha de sorriso, apenas o bastante para surgir nos seus olhos aquela faísca que sempre aparecia quando ele se sentia feliz ou satisfeito com alguma coisa.

– Acabou? Que nada. Isto é só o começo, V. Nossa vida será exatamente como a gente planejou.

Eu queria acreditar nisso. Íamos estudar na mesma universidade. Crawford havia conseguido uma bolsa de estudos como jogador de futebol americano. Uma bolsa integral. Não era minha primeira opção, mas não queria ficar longe dele. Nunca tínhamos ficado longe um do outro.

– Todo mundo parecia estar com um pouco de medo na festa de formatura. Como se estivessem bebendo e aprontando só pra esquecer que agora somos adultos. Pois é. Agora não tem volta.

Crawford deu de ombros, dizendo:

– Aposto que estão apavorados. Eles não têm um plano de vida como a gente. Ainda têm que decidir o que vão fazer daqui pra frente.

Ele tinha razão, claro. Como sempre. Uma das coisas que eu adorava em Crawford era sua segurança. Ele nunca se preocupava à toa, nunca fugia dos problemas. Pelo contrário, olhava para eles de frente e assumia o controle. Eu me sentia segura a seu lado, como se ele sempre tivesse as respostas de que eu precisava.

Crawford pousou a mão sobre a minha.

– Nossa vida vai ser o máximo. Essa universidade era tudo que a gente precisava agora. Sair da cidade, mas sem ir pra muito longe. A gente vai poder voar com as próprias asas, mas voltar de vez em quando pra fazer uma visitinha. Você vai adorar.

E eu acreditava nele. Já podia imaginar o monte de coisas bacanas que iríamos ver e fazer. Meu entusiasmo era tanto que eu mal podia esperar pelo mês de agosto, quando começariam as aulas.

Nossa música predileta começou a tocar no rádio. Crawford aumentou o volume e começou a cantar junto. Era completamente desafinado, mas vivia cantando só porque sabia que isso me fazia rir. De repente fui tomada por uma onda de alegria e gratidão pela vida que eu tinha, uma coisa muito forte, impossível de conter. Dei uma gargalhada quando ele desafinou outra vez. Essa era a minha vida, e eu a adorava.

Foi então que Crawford pisou no freio e o mundo começou a rodar. O cheiro de borracha queimada e a barulheira dos pneus derrapando invadiram minha cabeça, afugentando todos os pensamentos que havia dentro dela. Os sonhos sumiram na hora. Completamente.

Um mês. Fazia um mês que aquele acidente de carro havia transformado nossa noite de formatura num pesadelo. Eu estava na sala de espera do hospital, olhando fixamente para as paredes brancas que, àquela altura, me pareciam mais familiares que as do meu próprio quarto. O cheiro de café velho só não era pior do que a aridez do lugar. Mas nada disso tinha importância. Só uma coisa importava: que Crawford voltasse a abrir os olhos.

Dali a pouco seria minha vez de ler para ele. Eu praticamente vivia para essa hora do dia. A hora de rever meu namorado e rezar para que ele abrisse os olhos ao ouvir minha voz, dissesse que ficaríamos juntos outra vez, que nossos sonhos continuavam lá, esperando do outro lado da porta daquele quarto frio e solitário.

Na manhã seguinte ao acidente, o médico dissera aos pais dele que os pacientes comatosos eram capazes de ouvir. Então, se conversássemos com Crawford, ele poderia ouvir e lutaria para voltar. Para despertar do coma.

Ainda sinto calafrios ao pensar nessas palavras. "Pacientes comatosos." Odiava aquilo. Crawford era uma pessoa cheia de vida e de energia. Não era fácil vê-lo daquele jeito.

O médico acreditava que ele precisava ouvir vozes de diversas pessoas que conhecia e amava. No início, obedecíamos à tabela de horários que a mãe de Crawford havia organizado, mas, com o passar do tempo, ela foi deixando que eu entrasse no quarto para ler quando quisesse. E a tal tabela perdeu totalmente o sentido quando, lá pelas tantas, ela adoeceu. Ver o filho todo dia naquele estado pesou sobre a saúde dela.

– Ainda aqui? – perguntou uma voz masculina que não reconheci.

Costumava ser um dos meus irmãos, que passavam para ver como eu estava. Knox, que era só alguns anos mais velho que eu e Crawford, também aparecia para ler. Não todos os dias, como eu, mas sempre que podia. Eu queria muito que fosse ele agora, pois fazia alguns dias que ele não vinha e eu sabia que Crawford gostaria de ouvi-lo.

Ergui a cabeça e me deparei com uns olhos verde-escuros delineados por cílios muito espessos e pretos. Olhos bonitos para um homem. Eu já havia visto esses olhos antes, assim como o dono deles. Mas nunca tínhamos falado um com o outro.

– Você está sempre aqui – disse ele. – Não me lembro de um único dia nessas últimas duas semanas em que não tenha visto você.

Tinha uma voz suave, mas o sotaque era bem mais carregado que o da maioria dos caras de Franklin. Parecia até que vinha do Alabama. Ficou parado ali, me olhando. Estava me analisando ou só esperava que eu dissesse alguma coisa? Provavelmente a segunda opção. E eu estava sendo grosseira com o meu silêncio.

– Não quero estar em nenhum outro lugar – falei com sinceridade, porque sem Crawford eu me sentia perdida.

Ele deu um sorriso torto e fiquei com a impressão de que era de ironia. Mas que motivo ele teria para zombar de algo assim tão sério?

– Posso enumerar um monte de lugares onde eu preferia estar. Mas fechei com meu tio D e não abro. Então estou aqui.

Fiquei na dúvida se a intenção dele tinha sido falar algo profundo e comovente. Não era o que parecia. A impressão era que ele não estava nem aí para o estado do tal tio. Não que isso fosse da minha conta, mas tinha algo no cara que me incomodava. Ele gostava de si mesmo. Gostava muito. Sabia que era bonito e adorava a atenção que recebia por isso. Eu conhecia muito bem o tipo. E não era nem um pouco fã.

– Seu desprendimento me deixa até emocionada – respondi com uma boa pitada de sarcasmo.

Ele riu apenas com os olhos, como se estivesse achando graça, o que só fez crescer minha antipatia.

Quando cruzou os braços sobre o peito largo, não pude deixar de notar os bíceps musculosos e a tatuagem que escapava de uma das mangas da camiseta. O cabelo era comprido e meio bagunçado, preso atrás das orelhas. Só faltava o rabo de cavalo para completar o visual de pirata.

– Se você acha que estou querendo pagar de desprendido, está muito enganada. Essa nunca foi minha intenção. Vim aqui pra ver meu tio, nada mais profundo que isso. Aliás, não sou eu que fico trancafiado nesta sala de espera feito um mártir, dia após dia, olhando pras paredes. Desprendimento é a sua praia, não a minha.

Por que diabos o cara ainda estava falando comigo? Onde estava o Knox? Ele já devia ter chegado com o almoço preparado pela nossa mãe. Era a vez de ele ler para Crawford. Ainda faltavam três horas para o meu turno. Knox precisava chegar logo, e aquele cara tinha que se mandar de uma vez por todas.

– Puxa, você precisa relaxar um pouco – insistiu ele.

O sorrisinho irônico continuava lá.

– Você não vai ver seu tio? – perguntei, encarando o sujeito, rezando para que fosse embora.

Ele respondeu com uma risada. Uma risada de verdade. Uma risada agradável. Talvez mais do que agradável. Então lembrei que ele estava rindo de mim, e isso me deixou ainda mais irritada.

– Sim, vou. Mas pensei que seria uma boa ideia passar primeiro por aqui e te dar algo pra fazer além de ficar olhando pras paredes. Fico triste quando te vejo aqui sozinha. Mandei mal. Claro, se você fica sozinha é porque quer.

Eu não iria morder a isca. Era isso que ele queria que eu fizesse, que rosnasse de volta, mas eu não lhe daria esse prazer. Além disso, ele não merecia minha irritação, não merecia a energia que eu gastaria ficando com raiva.

– Slate, o que você ainda está fazendo aqui? Seu tio acabou de perguntar por você – interferiu a enfermeira, acintosamente piscando os olhos e estufando os peitos enquanto falava com...

Slate. Aparentemente era esse o nome do sujeito.

Ele se virou para a enfermeira e tive quase certeza de que piscou para a moça. Um brilho especial surgiu no rosto dela, os olhos só faltavam derreter. Ah, me poupem! Já estava cheia daquilo. Se eu quisesse ver novela, tinha ligado a televisão no canto da sala.

– Diga ao velho que já estou indo – respondeu ele.

A enfermeira deu um risinho como se tivesse escutado algo hilário, depois lançou um olhar rápido na minha direção e foi embora com um rebolado exagerado. A mulher que andasse assim de verdade teria que ir toda semana ao ortopedista ajustar os quadris.

– Tenha um bom dia... – disse ele, e ficou esperando que eu falasse meu nome.

Que esperasse sentado.

– Seu fã-clube está à espera – retruquei num tom irritado e plantei os olhos na parede à minha frente.

Como fazia todos os dias. Pensando na vida e no futuro. No nosso futuro. Meu e do Crawford.

– É verdade – disse ele, rindo.

De rabo de olho, vi o cara balançar a cabeça antes de sair caminhando. "Caminhando" não é bem a palavra certa. Flanando, se é que homens flanam. Desfilando, talvez?

Tanto faz. O importante é que ele foi embora.

Peguei minha bolsa de lona e retirei o celular. Havia cinco mensagens de texto e duas chamadas perdidas da minha mãe, uma mensagem de cada um dos meus quatro irmãos, duas da mulher do meu irmão mais velho e mais três do meu pai. Eles faziam isso todo santo dia. Queriam saber como eu estava, depois me convidavam para jantar, para ir ao cinema, para ir ao shopping, para jogar basquete... Qualquer coisa que me tirasse daquele hospital.

Nenhum deles entendia. Crawford estava em coma.

Isso era tudo que importava. Eu não podia continuar vivendo como se ele não estivesse preso àquela cama. Precisava estar ali quando ele acordasse. Porque cedo ou tarde ele acabaria acordando. *Tinha* que acordar. Tínhamos um futuro pela frente, um futuro que planejávamos desde a infância.

Verifiquei as mensagens e fiz o que se espera de toda boa moça: comecei a responder uma a uma. Minha mãe se oferecia para ir ao shopping comigo comprar um biquíni novo, como se estivéssemos indo para a praia dali a alguns dias. Também tentava me arrastar para um jantar em família, apelando para o sentimento de culpa, dizendo que minhas sobrinhas estavam morrendo de saudade. Fiquei me sentindo mesmo um pouco culpada por causa da Maddy e da Malyn, as filhas gêmeas do meu irmão mais velho. Tinham apenas 2 anos e provavelmente não entendiam direito aquele sumiço da tia Vale.

Antes do acidente, eu cuidava delas às terças e às quintas para que minha cunhada Catherine pudesse cumprir os turnos da noite na casa de repouso em que trabalhava. Agora era minha mãe quem fazia isso. Eu ficava no hospital até o último minuto. Quando a mãe do Crawford aparecia por volta das sete da noite, eu me despedia dele com um beijinho no rosto e só então voltava para casa, chorando por todo o caminho. Quando acordava no dia seguinte, trocava de roupa, enchia a bolsa com livros e comidinhas, e antes das oito já estava de volta ao hospital. Essa era a minha rotina diária. Era tudo que me restava.

Meus irmãos haviam combinado de jogar basquete após o jantar daquela noite. Jonah era fuzileiro e estava fora numa missão qualquer, então eles precisavam de mim para ser o quarto jogador. Na realidade, não *precisavam* de mim. Papai podia muito bem jogar no meu lugar. Mas todos insistiam que sem mim não tinha graça.

Eu era a caçula dos cinco, a única mulher. Por isso, fui sempre muito protegida e paparicada por eles. Achavam que tinham obrigação de cuidar de mim. Como eu os amava na mesma medida, e como Jonah, mesmo estando fora, também havia escrito, respondi a todos individualmente dizendo que toparia jogar caso eles me esperassem até as sete e meia. Não era bem isso que eu queria fazer ao chegar em casa, mas era o que eles precisavam que eu fizesse.

Então era isso que eu faria.

2

Knox chegou, graças a Deus. Trazia uma lancheira azul de bolinhas, e eu sabia que dentro dela havia uma refeição quentinha. Com a filha o dia inteiro no hospital, era isso que mamãe fazia para não perder a sanidade mental: me mantinha alimentada.

– Pra você, princesa.

Knox me entregou a lancheira e se jogou na cadeira a meu lado.

– E aí?

Ele costumava esperar, conversando comigo enquanto eu comia. Aquilo me fazia muito bem. Knox era apenas dois anos mais velho que eu, o mais próximo entre meus quatro irmãos. Tínhamos os mesmos cabelos castanhos e os mesmos olhos azuis. Todo mundo dizia que parecíamos gêmeos.

– Tudo na mesma. A espera de sempre. E em casa, como vão as coisas?

Ele suspirou, se recostou na cadeira e cruzou os braços.

– Papai está discutindo com o bombeiro por causa do preço da banheira nova que mamãe quer instalar. Mamãe está fazendo seu bolo favorito pra ver se consegue convencer você a aparecer pro jantar. E Maddy se recusa a usar o penico porque a tia Vale não está lá pra cantar a musiquinha do penico pra ela.

Knox não estava tentando me fazer sentir culpada. Ele não era assim. Estava sendo sincero, só isso.

– Mas a mamãe não pode cantar a musiquinha? Foi ela que me ensinou – falei, tirando da lancheira um pote de caçarola de brócolis.

– Ela até tentou – disse Knox –, mas a Maddy alegou que não era a mesma coisa.

Eu precisava tirar um tempinho para ver minhas sobrinhas.

– Mamãe bem que podia trazer elas aqui pra me ver.

Knox virou o rosto para me encarar.

– Por quê? Você não está internada aqui, está? Pode sair quando bem entender e fazer outras coisas. É o que o Crawford ia querer.

Mais uma vez, meu irmão não estava sendo cruel. Mas essa franqueza dele às vezes podia ser brutal.

– Quero estar aqui quando ele abrir os olhos – falei pela enésima vez. Todo mundo já sabia disso, mas volta e meia eu precisava repetir.

– Pode ser que ele abra os olhos no meio da madrugada. E você não vai estar aqui, vai?

Eu sabia disso. Ficava com ódio por causa disso. Mas não me deixavam dormir na sala de espera. Quando terminava o horário de visita, tinha que ir embora. Regras do hospital. Até tentei uma noite, mas fui enxotada.

– Deixa eu fazer as coisas do meu jeito, tá bem? – respondi, e ataquei meu almoço.

Estava morrendo de fome. Até aquela hora, eu só havia comido cereais sem leite e os biscoitinhos salgados que tinha trazido de casa. Precisava de outra coisa que não fosse o café velho da sala de espera.

– Knox McKinley – disse uma voz que eu agora já conhecia.

Quase engasguei com os brócolis e precisei me conter para não soltar um palavrão. Por que aquele babaca tinha que conhecer meu irmão?

– Slate – respondeu Knox com uma alegria genuína na voz. Ele realmente gostava do cara. Vai entender. – O que você está fazendo aqui?

– Eu já ia te perguntar a mesma coisa. Estou vendo que você teve mais sorte que eu com esta aí. Ela prefere olhar pra parede a falar comigo.

Percebi quando Knox virou o rosto para o meu lado, mas ignorei os dois e continuei comendo. Lá se foi a paz que eu esperava para o meu almoço.

– Pois é – respondeu Knox. – É que eu trago comida pra ela e por acaso a gente tem os mesmos pais, então ela é obrigada a falar comigo.

– Ah, ela é sua irmã. Meu ego agora está mais aliviado.

Peguei o brioche caseiro que mamãe tinha assado e cravei os dentes nele, enchendo a boca o bastante para que ninguém esperasse ouvir algo de mim. Percebi quando Knox abafou uma risada. Talvez ele pegasse a deixa e botasse o Sr. Prego para correr.

– Pensei que você morasse com seu tio em Huntsville... O que foi que te trouxe pra estas bandas?

Knox estava mudando de assunto. Pelo menos isso.

– O câncer do tio D está no estágio terminal. Fígado. Este é o hospital mais próximo equipado pro tratamento.

Opa. O tio com quem ele morava estava morrendo. Isso bastou para que eu ficasse um pouco mal. Tá bem, muito mal.

– Puxa, sinto muito. Eu não sabia – disse Knox.

Estava sendo sincero. Sempre teve um grande coração.

– Ele só me contou quando voltei das férias. Fez a primeira cirurgia duas semanas atrás. Assim que melhorar, vai começar a quimioterapia. Os médicos falaram que podem prolongar a vida dele, mas... parece que não tem mais jeito.

– Caramba – sussurrou Knox e balançou a cabeça. – Bem, se eu puder fazer alguma coisa, é só falar. Venho todo dia pra trazer o almoço da minha irmã. Posso trazer pra você também, se quiser.

De novo, Knox não falou da boca para fora. Não pensaria duas vezes antes de pedir à nossa mãe que preparasse o almoço dele também.

– Valeu, mas não precisa. Não montei acampamento no hospital. Tio D não ia gostar que eu fizesse isso. Venho uma ou duas vezes por dia. Tenho uma amiga na cidade, fico no apê dela.

Agora estava explicado. Tinha mulher na jogada. Nada mais natural que ele não quisesse ficar ao lado do tio.

– Tudo bem, então. Mas, se precisar de alguma coisa, você tem o meu número.

– Valeu, cara.

– Irmãos – disse Knox, e fez o sinal da Kappa Sigma com a mão.

Eles pertenciam à mesma fraternidade.

– A gente se vê por aí. Cuida bem dessa sua irmã tão simpática – respondeu Slate.

Estava me zoando, claro. Engoli meu pão e ergui a cabeça, mas baixei rapidinho quando ele piscou para mim.

– Deixa comigo – retrucou Knox.

Esperou que o outro fosse embora e olhou para mim.

– Parabéns!

Não entendi. Já estava esperando uma bronca por ter esnobado o amiguinho dele.

– Parabéns pelo quê?

Knox apontou o queixo na direção da porta, depois disse:

– Por não ter dado ideia pro Slate. É meu colega de fraternidade, uma cara legal, mas galinha. Aposto que já dormiu com todas as enfermeiras gostosas deste andar. É bem rodado. Uma lenda viva na Kappa Sigma.

Grande novidade.

– Logo vi – falei.

Knox deu um tapinha no meu joelho.

– Pois é. Eu já devia ter imaginado.

Devia mesmo.

3

Juliet, a mãe de Crawford, sempre foi uma segunda mãe para mim. Ela era mais nova que a minha mãe e Crawford era seu único filho. Casara-se com o pai dele logo depois de terminar o colégio e acreditava piamente que o amor juvenil podia ser forte o bastante para resistir ao teste do tempo.

Mas naquele último mês ela havia mudado radicalmente. A mulher vibrante e sorridente de antes não existia mais. Ela agora parecia ter rugas que eu nunca tinha visto. Os cabelos, antes louros e lindos, agora eram ralos e frágeis. Os ombros viviam caídos e nem de longe tinham a postura perfeita e ereta de outros tempos.

Crawford também era seu mundo, e ela estava desabando com o que havia acontecido. Eu entendia perfeitamente. Jamais reclamava da rispidez com que às vezes falava comigo, nem da rigidez das regras que impunha para as visitas ao filho. Também não ficava magoada quando ela esbravejava ao me ver sempre ali, na sala de espera. Eu sabia que ela estava sofrendo e precisava descontar em alguém. E esse alguém só podia ser eu. Crawford faria o mesmo por mim.

Reconheci o barulho dos saltos dela assim que os ponteiros do relógio, que eu vinha acompanhando fazia uma hora, deslizaram para as quatro horas. Juliet ia comer em casa, tomar seu banho e descansar um pouco antes de voltar para o pernoite no hospital. Nunca deixava que o marido ou eu tomássemos seu lugar. Queria estar presente quando...

Quando Crawford abrisse os olhos. Ou não.

Fiquei esperando ela surgir à porta e sinalizar que eu podia entrar. Essa era a nossa rotina, e por mim tudo bem. Eu sabia que ela precisava desse tipo de controle. Peguei minha bolsa e me pus de pé. Era minha vez de ficar com o Crawford, finalmente.

– Hoje ele teve um pouco mais de atividade cerebral – contou Juliet. – O tempinho que ele passou ouvindo Knox ler, mesmo curto, fez muito bem a ele, acho. Se alguma coisa mudar, me avise imediatamente.

A notícia seria boa se ela dissesse a mesma coisa todo santo dia no último mês.

– Pode deixar – falei.

Juliet olhou uma última vez para a porta do quarto, apertou meu ombro num gesto de despedida e foi embora.

Essa era a única parte do dia que me deixava empolgada, embora também me deixasse aflita. Eu ainda não havia me acostumado a ver Crawford daquele jeito, de olhos fechados e preso a todos os aparelhos. A dor era sempre a mesma. Tão forte quanto à da noite em que ele avançou o sinal de PARE na rodovia estadual 14, uma placa nova que tinham colocado havia pouco tempo, e uma caminhonete acertou nosso carro a 80 quilômetros por hora, atingindo em cheio o lado do motorista. Eu nem sequer cheguei a perder a consciência. Lembro-me perfeitamente de tudo que aconteceu. Dos gritos que dei quando vi Crawford inerte ao meu lado. De não conseguir soltar o cinto dele nem abrir minha porta. Não conseguia enxergar direito por causa do sangue que escorria de um corte na testa, mas mesmo assim testemunhei a coisa toda. Cada segundo de todo o horror.

A única marca que o acidente deixou em mim foi a cicatriz dos pontos que levei na testa logo abaixo do couro cabeludo. Os hematomas sumiram rápido, e a concussão também não demorou a passar. Não era justo que fosse Crawford que estivesse naquele leito de hospital. Eu tinha dado uma gargalhada quando ele desafinou ao cantar, e foi nesse momento que ele virou o rosto para mim. Isso foi a última coisa que vi antes de capotarmos não sei quantas vezes no meio daquela barulheira infernal, daquele cheiro de borracha queimada.

Voltei os olhos para ele assim que entrei no quarto. Estava mais magro que da última vez, mas os hematomas e os cortes estavam com um aspecto bem melhor. Ele parecia menos machucado do que antes, dava a impressão de que dormia em paz e precisava apenas de um belo cheeseburger para ficar bom outra vez.

Crawford adorava um cheeseburger duplo com picles e mostarda extra. Eu agora não conseguia nem olhar para um. Não sem a companhia dele.

– Cheguei. Hoje trouxe um livro novo. Menos romance e mais ação. Sua mãe ficou animada com o seu progresso. Adoro quando ela fica assim, mais feliz.

Não era bem verdade. Juliet não estava nem um pouco feliz. Mas, se Crawford realmente estivesse ouvindo, eu queria que ele ficasse tranquilo com relação à mãe. Ele vivia preocupado com ela.

– Hoje o Knox trouxe frango frito com brócolis gratinado, a especialidade da mamãe. Acho que ela está querendo me engordar. Knox falou que leu as notícias de esporte para você, aquelas que você tanto gosta, do site da universidade. Aposto que ele deu palpite sobre tudo.

Sempre que estava com Crawford eu contava tudo que havia acontecido durante o dia, na esperança de que ele estivesse ouvindo, de que ficasse tão curioso que abrisse os olhos para fazer alguma pergunta. Várias noites eu sonhava com isso, com ele abrindo os olhos enquanto eu lia para ele. Quando eu acordava, desandava a chorar, porque sonho é uma coisa e realidade é outra. Meu coração ficava vazio sem os sorrisos dele. Eu me sentia perdida, e assim ficaria até que ele abrisse os olhos.

De repente me ocorreu contar a ele sobre Slate. Era a única coisa fora do comum que havia acontecido naquele dia, além de outro paciente, o Sr. Wagoner, ter recebido alta. Eu iria sentir falta do homem, das broncas que ele distribuía a torto e a direito enquanto zanzava pelos corredores na cadeira de rodas. Mas sabia que os filhos e os netos dele estavam prontos para recebê-lo de volta.

– Depois que sair daqui hoje, tenho um jogo de basquete marcado com os garotos McKinley. Preciso da sua ajuda pra acabar com a raça deles. Os caras são marrentos demais, você sabe disso.

Antes jogávamos assim: de um lado, eu, Crawford e Knox; do outro, Jonah, Michea e Dylan. Os mais novos contra os mais velhos. Foi preciso que Dylan se casasse e mudasse da cidade para que começássemos a ganhar às vezes. Também ajudou quando Crawford cresceu uns 10 centímetros num único verão. Ele e Jonah agora tinham a mesma altura: 1,90 metro.

– Mamãe mandou uma fatia extra de bolo de chocolate no almoço de hoje. Pra você, só pode ser. Pra mim é que não foi. Deve ser uma isca pra você acordar.

Eu também havia emagrecido. Mais ou menos 3 quilos. Muita coisa para uma pessoa de 1,50 metro. Não havia dúvida de que mamãe queria me engordar.

Meu celular apitou com uma nova mensagem do Dylan: "Não esquece nosso jogo hoje." Mas não era só para isso que ele queria me ver em casa. Entre outras coisas, queria que eu continuasse ensinando Maddy a usar o penico.

"Não esqueci", digitei de volta, depois olhei para Crawford.

– Não vejo a hora de ter você de volta. Estou morrendo de saudade.

Ele não reagiu. Não mexeu um músculo sequer.

Meus olhos se encheram de lágrimas. Sequei com as mãos, depois guardei a bolsa e me acomodei numa cadeira ao lado da cama. Dali a pouco começaria a ler, mas, por enquanto, queria apenas ficar ali, segurando a mão dele, observando a respiração, tentando me convencer de que era realmente Crawford quem estava dentro daquele corpo, de que cedo ou tarde ele voltaria para mim. Antes cedo do que tarde.

4

– Esse café aí não presta. Toma, fica com isto. É todo seu.

Eu estava lendo quando um copo de café quente e cheiroso, bem diferente daquela água suja do hospital, foi colocado sob o meu nariz.

Eu conhecia aquela voz. O galinha estava de volta. Mas tinha trazido café. Dos bons. E eu estava acordada desde as quatro da madrugada, olhando para o ventilador de teto do meu quarto. Precisava mesmo de um bom café.

Peguei o copo e só depois ergui a cabeça.

– Obrigada – falei.

Não foi fácil dizer aquilo, mas sempre fui educada. Ele estava sendo gentil porque eu era irmã do Knox, e isso eu podia aceitar.

– Você sempre chega cedo. Geralmente eu venho mais tarde. Mas não consegui dormir esta noite, então achei melhor adiantar o expediente.

Fiquei me perguntando se aceitar o café me obrigava a conversar com ele. Provavelmente sim. Além disso, o tio do cara estava doente. Onde estava minha compaixão?

– E o seu tio? – perguntei.

Essa era a única parte da vida dele que me interessava. Não gosto de ver ninguém perdendo seus entes queridos.

Slate deu de ombros.

– O velho é teimoso pra caramba. Boca suja. Às vezes é um capeta, outras vezes é a pessoa mais adorável do mundo.

Não era bem isso que eu tinha perguntado. Talvez não fosse possível tirar uma resposta direta do sujeito, pensei.

– Então – prosseguiu ele –, estamos tomando café juntos, temos um irmão em comum, e todo dia vimos aqui neste hospital. Acho que isso faz da gente amigos, não faz?

– Não temos nenhum irmão em comum – retruquei na mesma hora.

Ele deu um risinho e bebeu o café.

– Não é assim que a banda toca na Kappa Sigma. Lá todo mundo é irmão. Pro resto da vida.

Minha vontade era revirar os olhos, mas o café estava tão bom que resolvi ficar na minha.

– Por que você está sempre aqui, Vale? – perguntou.

Fiquei surpresa por ele saber meu nome. Não me lembrava de ter dito a ele.

– Como é que você sabe meu nome? – perguntei.

– Temos um irmão em comum, esqueceu? Mas e aí? Por que você não desgruda os olhos dessa parede? – insistiu, apontando para a parede à minha frente, onde havia apenas um relógio.

– Se temos um irmão em comum, você já deveria saber.

– *Touché!* – exclamou ele, e deu mais um gole no café. – Tudo bem. Pra não desandar a conversa, admito que não temos um irmão *de verdade* em comum. Sei quais são as preferências do Knox quanto a cerveja, baralho e mulher. Mas, fora isso, não sei muita coisa. Por exemplo, até ontem eu não sabia que ele tinha uma irmã. Então? Será que agora posso saber por que minha nova amiga se enfurnou neste hospital?

Eu estava bancando a difícil. Mas *por quê*? O cara estava apenas querendo ser gentil. E daí que ele fosse um pavão ou um galinha? Que diferença fazia? Será que eu era uma moralista e não sabia? Não, pelo amor de Deus!

– Meu namorado está em coma.

Não foi fácil dizer isso em voz alta. Chegou a doer fisicamente. Era como se eu falasse logo depois de levar uma facada e perder o ar dos pulmões.

Ele fez uma careta de dor, como se tivesse levado uma facada igual.

– Caramba! Como foi que aconteceu?

Talvez fosse bom me abrir com alguém, pensei. Tentar aceitar os fatos.

– Um acidente na noite da nossa formatura. Eu também estava no carro.

– Merda – murmurou ele, pousando o copo de café sobre a coxa. – Faz o quê...? Um mês?

Fiz que sim com a cabeça. Um mês e um dia.

– Por que você não pode ficar no quarto com ele? Esta sala de espera... não é muito solitária?

Pelo visto o interrogatório não havia terminado.

– Fico três horas com ele, quando os pais vão descansar. É o meu turno de leitura.

Ele se inclinou para a frente, fincando os cotovelos nos joelhos e os olhos em mim. De duas, uma: ou eu sustentava o olhar dele, ou virava o rosto num gesto grosseiro.

– Mas você passa o dia inteiro aqui... fazendo nada?

Eu estava agradecida pelo café. De verdade. Aquele era o melhor café que eu havia tomado em muito tempo, mas o cara era enxerido demais, e eu não estava com a menor vontade de me justificar. Se eu queria passar o dia inteiro sentada naquela sala, era problema meu. Ninguém precisava entender. Nem ele, nem meus pais, nem meus irmãos. Eu estava apenas fazendo o que precisava fazer para seguir vivendo. Minha vida estava dentro do quarto de Crawford, e eu não tinha a menor intenção de sair do lado dele.

– Sim – respondi.

– Entendi.

Slate bebeu café, depois voltou os olhos para a parede à nossa frente.

– Você deve amar muito esse cara.

– Desde os 6 anos. Desde o dia em que ele levou um brownie pra escola, o meu favorito, e colocou dentro da minha lancheira sem que eu visse.

Isso era mais do que eu tinha dito sobre nós dois, para quem quer que fosse, desde o dia do acidente. Mas tinha saído naturalmente.

Slate não zombou de mim. Apenas sorriu. Um leve sorriso que se esboçou em sua boca.

– Uma lembrança bonita.

Sim, era. Eu tinha milhões dessas lembranças.

– Nunca me apaixonei. Não acredito nisso. Mas gosto de ouvir as histórias de quem acredita.

Slate deu um gole demorado no café, depois se levantou.

– Espero que seu namorado fique bom logo – continuou. – Agora vou lá ver o velho e deixar que ele ganhe de mim numa rodada de pôquer. Assim ele acha que está fazendo alguma coisa.

Eu não imaginava que Slate deixasse muita gente ganhar dele no que quer que fosse. Ele parecia ser o tipo que queria vencer sempre. Saber que ele deixava o tio ganhar no baralho tornava-o um pouco mais humano. Isso e o café. O café era ótimo.

– Obrigada. Eu estava precisando de café – falei, erguendo meu copo.

Ele piscou o olho.

– Quem não precisa? – perguntou, e saiu para o corredor.

É possível que eu tenha ficado observando Slate até ele virar para a esquerda e sumir de vista. Não que eu gostasse dele, mas gostava de como ele caminhava.

– Alguém me disse que Slate Allen esteve aqui.

A enfermeira interrompeu meus pensamentos. Pensamentos que precisavam ser interrompidos.

Então o sobrenome dele era Allen.

– Acabou de sair pra ver o tio – falei, apontando para o corredor.

Ela escancarou um sorriso.

– Obrigada! – agradeceu e correu atrás dele.

Essa não era a mesma do dia anterior. Slate Allen realmente era um pegador. Aquelas enfermeiras deviam ser alguns anos mais velhas, mas pareciam não se importar com isso. Não era à toa que o garoto ficava se achando.

Não vou negar que Slate era um cara atraente. Tinha aquela beleza "de parar o trânsito". Mas eu não estava nem aí. Nunca fui dessas que se deixam levar por um rostinho bonito e um corpo sarado. Meu coração pertencia a um garoto hospitalizado e assim seria pelo resto da vida. Um dia eu teria a oportunidade de contar a Crawford tudo que havia acontecido enquanto ele dormia e a gente daria risadas. Não porque ele tinha entrado em coma, mas porque tinha acordado.

Crawford era guerreiro e tinha muitos motivos para lutar.

Meu celular vibrou na bolsa. Mais uma rodada de mensagens, só podia ser. Na noite anterior eu tinha jogado basquete com meus irmãos, comido bolo caseiro de morango com cobertura de cream cheese e conversado com a Maddy sobre o uso do penico. Tinha feito tudo que haviam pedido a mim. Então agora eles precisavam me dar um pouco de paz.

Eu ficaria bem. Assim que Crawford acordasse.

5

– Tia Vale! Tia Vale!

Os gritinhos de Maddy e Malyn ecoaram nos corredores do hospital, chamando a atenção de muita gente, não apenas a minha. Os mesmos olhinhos escuros da mãe, os mesmos cabelos castanhos presos num rabo de cavalo que balançava enquanto elas corriam até mim com os braços abertos.

De todos da família, era das gêmeas que eu mais sentia falta. Larguei meu livro de lado e fiquei de pé a tempo de receber o abraço delas. Meus olhos começaram a arder por conta das lágrimas e precisei fazer um esforço para contê-las.

– Minhas meninas prediletas vieram me ver! – exclamei, beijando as duas na testa, depois no narizinho minúsculo.

– Fiquei pensando se não era melhor trazer a Maddy pra cá, já que ela se recusa a usar o penico em casa – disse Dylan, com o ar exausto de um pai de gêmeas pequenas.

Rimos juntos, e isso me fez muito bem. Uma alegria passageira, mas genuína, trazida pelo meu irmão mais velho.

Afastei alguns passos para vê-la melhor.

– Você precisa usar o penico mesmo quando a titia não estiver por perto, combinado? – falei para Maddy. – Feito uma menina grande. Você não vai querer que a Malyn comece a escola das meninas grandes sem você, vai?

A tal "escola das meninas grandes" era a pré-escola que começaria só no outono, mas que já vinha deixando as gêmeas superanimadas. Meu plano era começar a faculdade no outono também. Eu e Crawford. Mas agora já não tinha certeza.

– Quero ficar aqui com você – choramingou Maddy.

O que fazer com isso? Preocupada, olhei para Dylan.

– Ela adora você, está morrendo de saudade. Todos nós estamos.

Culpa. Mas eu precisava estar naquele hospital quando Crawford despertasse. Era isso que ele iria querer, eu precisava que todos entendessem isso.

– Também adoro ela, também estou morrendo de saudade. De todo mundo. Mas vocês têm que entender por que preciso ficar aqui. E se fosse Catherine naquele quarto?

Uma sombra obscureceu o rosto do meu irmão.

– Eu entendo, mas nem por isso vou deixar de sentir sua falta ou de me preocupar com você.

– Eu já sei fazer o *pacate* – disse Malyn, puxando meu braço para conquistar minha atenção outra vez.

Ela estava falando do espacate, claro.

– Jura? – perguntei, fingindo surpresa, embora já tivesse visto a façanha um milhão de vezes.

Malyn adorava exibir seus talentos de bailarina. Então fiquei olhando, depois aplaudi como se aquilo fosse a melhor coisa do mundo.

– E eu já sei fazer isso! – disse Maddy, girando na ponta dos pés.

– Uau! Impressionante! – exclamei, já me preparando para segurá-la antes que ela ficasse tonta e caísse.

– Por que a gente não mostra pra tia Vale como você já é grande e sabe usar o penico? – sugeriu Dylan. Hora do banheiro. – Malyn já está usando calcinhas de verdade, mas Maddy ainda está com as fraldas de treinamento.

Dylan tirou um pacote de fraldas e se jogou na cadeira a meu lado. Estava claro que aquele pai precisava de um bom descanso.

– Vocês duas, venham comigo.

Então saí com as gêmeas para o banheiro mais próximo. Tínhamos acabado de dobrar uma esquina do corredor quando Maddy apontou algo.

– Olha, tia Vale! Aquele moço tá beijando a enfermeira!

Quando olhei na direção que ela apontava, vi Slate num canto com a enfermeira daquela manhã. Ele estava com uma das mãos na bunda dela, e ela pressionava o corpo contra o dele como se dependesse disso para respirar. O que era aquilo? Uma demonstração de "afeto" num lugar em que havia pessoas doentes e morrendo? Slate Allen era nojento.

– Ela consertou o dodói dele? – perguntou Malyn, curiosa.

Eu podia apostar que *ele* já havia consertado alguns dodóis da moça.

Rapidamente, corri com as gêmeas para o banheiro e fiz tudo que tinha de fazer, até cantei a musiquinha do penico. Sucesso total com as meninas. Maddy nem tinha molhado a fralda de treinamento. Fiz as duas lavarem as mãos e voltei com elas para o corredor, que, por sorte, estava vazio. Minhas sobrinhas não precisavam de mais um festival de amassos para atiçar a curiosidade delas.

Mas tudo que é bom dura pouco. Assim que cheguei à sala de espera com as meninas, encontrei Dylan conversando com quem? Ninguém menos que o Romeu das Enfermeiras.

– Papai, a gente fez pipi na privada! – anunciou Maddy, correndo ao encontro do pai.

Malyn logo percebeu que o cara ao lado de Dylan era o mesmo que ela tinha visto beijando a enfermeira. Empacou de repente e se agarrou à minha perna. Era a mais tímida das duas.

Maddy foi direto ao assunto:

– Você estava beijando a enfermeira! Ela consertou o seu dodói?

Precisei me conter para não dar uma boa gargalhada diante da cara de susto do beijoqueiro. Eu me segurei por pouco.

– Não precisei das fraldas – falei para Dylan, e devolvi o pacote que ele havia me entregado.

Eu podia sentir que Slate estava olhando para mim, mas não tinha motivo para ser grosseira com ele. E daí que ele tivesse beijado uma enfermeira? O que eu tinha a ver com isso? Nada.

– Obrigado – agradeceu Dylan, ainda perplexo.

– Ele beijou a enfermeira – insistiu Maddy, apontando para Slate.

Slate olhava ora para a menina, ora para mim, sem saber ao certo se havia feito algo errado.

– Vocês também se conhecem? – perguntei ao meu irmão.

Dylan fez que não com a cabeça.

– Acabamos de nos conhecer. Ele estava procurando você, aí me apresentei e ele disse que era colega de Knox na Kappa Sigma.

– E beijou uma enfermeira – acrescentou Malyn, aflita porque ninguém tinha dado ouvidos à informação da irmã.

– Sim, beijou – falei, também aflita. – Mas não era pra gente ter visto, e é falta de educação falar sobre isso, está bem? Então vamos falar de outra coisa.

Maddy murchou os ombros, desapontada.

– A tia Vale pode voltar pra casa com a gente? – perguntou Malyn, mudando logo para um assunto do seu interesse.

– Tia Vale quer ficar com o Crawford, lembra? – respondeu Dylan. – Mas vai passar na casa do vovô e da vovó hoje à noite pra comer a sobremesa. Aí vocês se veem.

Agachei para ficar cara a cara com as meninas.

– E vocês podem me contar que passaram o dia inteiro sem fazer pipi na calcinha, que nem gente grande! Sem acidentes!

– Se eu não fizer pipi na calcinha, posso dormir com você? – perguntou Maddy.

Eu sempre chegava exausta em casa, e Maddy era dessas que chutam a gente a noite inteira. Mas não havia como negar um pedido desses.

– Se a sua mãe deixar, tudo bem.

– Ah, ela vai deixar – interveio Dylan, feliz da vida.

Fazia tempo que ele e a mulher não ficavam sozinhos.

– Oba! – exclamaram as gêmeas, batendo palminhas.

Abracei as duas, beijei a cabecinha delas e fiquei de pé.

– Já está na hora da soneca delas – disse Dylan. – A gente se vê hoje à noite. – Então se virou para Slate. – Muito prazer. Melhoras para o seu tio.

– Obrigado – respondeu ele.

Me despedi do meu irmão com um abraço e fiquei olhando enquanto ele saía segurando as filhas pelas mãos, uma de cada lado.

– Desculpa pela história do beijo – disse Slate, aparentemente sincero. – Nem me passou pela cabeça que pudesse ter crianças por perto.

Talvez porque a cabeça dele estivesse mais preocupada com a bunda que ele apalpava, pensei. Mas fiquei na minha. Apenas ri.

– Acho que elas já viram outros beijos por aí, mas não envolvendo uma enfermeira. E aí? Ela consertou o seu dodói? – brinquei.

– Engraçadinha – retrucou ele com um sorriso afetado.

– Era com isso que as duas estavam preocupadas.

Dessa vez ele deu uma gargalhada.

– Foi a garota que partiu pra cima!

Revirei os olhos.

– Pois é. Eu vi que você tentou se safar.

– Não foi isso que eu disse. Falei apenas que foi ela que partiu pra cima.

Voltei para minha cadeira e peguei o livro que tinha deixado lá.

– Não tenho nada a ver com isso, Slate Allen – falei, divertindo-me por revelar que sabia o sobrenome dele.

– Pelo visto alguém andou investigando por aí – disse ele, orgulhoso de si mesmo.

– Não exatamente – falei rindo. – A enfermeira que atacou você passou por aqui antes, perguntando por Slate Allen. Descobri seu nome por acaso. – Abri o livro, depois falei: – Parece que a mandei pro lugar certo. Não precisa agradecer.

Ele me encarou como se nunca tivesse me visto na vida. Fiquei meio desconcertada, então baixei os olhos para o livro.

– A gente se vê amanhã, Vale McKinley.

Assenti, mas continuei olhando para o livro.

Ele deu um risinho e foi embora.

Eu ainda precisava esperar uma hora até poder ver Crawford de novo.

6

Maddy finalmente adormeceu. Malyn tinha apagado rapidinho, mas a irmã estava agitada demais. Ajeitei as cobertas sobre ela e saí de mansinho da cama. Queria tomar um copo de leite e dar mais uma beliscada na torta de caramelo que minha mãe tinha servido mais cedo. Maddy havia comido meu pedaço quase inteiro durante o jantar.

Pensei em voltar para o quarto quando ouvi Knox e mamãe conversando na cozinha. Podia apostar que, se me vissem, iriam querer falar sobre Crawford e o tempo que eu passava no hospital. Os dois me amavam, quanto a isso não havia dúvida. Mas precisavam entender que eu já era adulta: tinha 18 anos e não precisava do conselho de ninguém.

Já antevendo uma possível discussão, respirei fundo, desci a escada que levava ao primeiro andar e fui direto para a cozinha. Knox estava sentado à mesa com o restante da torta à sua frente e um garfo na mão. Como era de se esperar.

– Deixa um pouquinho pra mim, seu guloso – falei e fui buscar um garfo na gaveta.

– Pode ficar com o resto – disse ele, empurrando o prato na minha direção.

– Quer um pouco de leite, filha? – ofereceu minha mãe.

– Deixa que eu pego.

Minha mãe vivia servindo as coisas para os meus irmãos, mas eu não gostava que me servisse. Achava que devia ser o contrário: nós é que devíamos servi-la.

– Senta aí – insistiu ela. – A gente mal se vê. Não custa nada buscar um copo de leite pra você.

Abri um sorriso forçado e sentei diante da torta. Jamais conseguiria comer aquilo tudo que estava ali, mas não falei nada para o meu irmão. Sabia que ele comeria a coisa toda se eu oferecesse para dividir.

– Dylan contou que Slate estava no hospital também – disse Knox.

Assenti.

– Estava – respondi, mas decidi imediatamente que seria uma má ideia contar a ele sobre o café.

– Fica esperta. Você é um desafio pro cara. Ele está acostumado com a mulherada correndo atrás. Nunca encontrou uma Vale pela frente.

Cravei os dentes num pedaço de torta e fulminei meu irmão com o olhar. Ele estava pensando o quê? Que eu iria dar mole para Slate Allen enquanto esperava meu namorado sair do coma?

– Gosto de saber que ela tem com quem conversar. Ela fica tão sozinha lá... – disse minha mãe, colocando o copo de leite na minha frente.

– Mãe, o cara é um galinha. É mais pegador que o Charlie Sheen.

Minha mãe fez um murmúrio de reprovação antes de falar.

– Impossível. Ninguém é mais pegador que o Charlie Sheen.

Dei uma risada, e Knox bufou. Ele não gostou. Eu achei engraçado.

– É sério – continuou ele, retribuindo meu olhar incisivo. – Aquele cara não é pra você.

Eu não queria mais saber daquela conversa.

– Knox, se liga. Fico o dia inteiro naquele hospital esperando que o único cara que amei na vida abra os olhos. Esse é o meu mundo agora. Você acha mesmo que eu vou dar mole pra esse tal de Slate? Pra mim é como se ele nem existisse!

– Toda mulher dá mole pro Slate.

Ataquei a torta mais uma vez. Não era uma dessas garotas que enchem as irmandades e querem entrar na lista de conquistas de Slate Allen. Não, muito obrigada.

– Acho que você precisa confiar mais na sua irmã – comentou minha mãe.

– Até entendo que você queira que ela tenha uma vida fora daquele hospital – resmungou ele. – Mas Slate Allen não precisa participar dela.

Deixei o garfo no prato e me levantei da mesa.

– Pra mim já deu. Vou voltar pra cama. E, quando acordar amanhã cedo, vou voltar pra perto do Crawford. Aliás, amanhã e sempre.

– Termina seu leite, filha... – disse mamãe, quase suplicando.

Eu não queria que ela ficasse preocupada comigo, então obedeci.

– Minha intenção não era pegar no seu pé – falou Knox, meio culpado. – Amanhã vou passar pra ler pro Crawford. Umas paradas sobre futebol americano que ele precisa saber.

Terminei meu leite e depois fui lavar o copo na pia.

– Obrigada pela ajuda com Crawford. Ele precisa ouvir a gente. Quanto a essa história aí do Slate, você está se preocupando à toa.

Mamãe fez um carinho nas minhas costas e deu um beijo na minha testa.

– A gente só quer que você seja feliz – disse ela.

Não havia felicidade possível sem Crawford. Mas achei melhor não responder isso.

– Eu sei, eu sei – falei, e puxei mamãe para um abraço. – Boa noite, e obrigada pela torta.

– A gente se vê amanhã na hora do almoço – disse Knox às minhas costas.

Sem me virar, dei um tchauzinho e subi para o quarto. Para a segurança do silêncio. Ali não havia ninguém para me dizer o que fazer.

Pé ante pé, entrei no quarto e encontrei minhas duas sobrinhas espichadas, ocupando toda a minha cama de casal. Sorrindo, peguei meu travesseiro, busquei um cobertor no armário e me acomodei no pufe que tinha desde criança. As gêmeas também adoravam brincar no pufe, então não me desfiz dele.

Fazia anos que eu não dormia ali, mas ainda me lembrava das noites em que caía no sono em cima dele depois de ter lido alguma coisa ou falado com Crawford pelo telefone. Parecia ter sido em outra vida. Daria tudo agora pelo simples prazer de pegar o celular e ligar para ele. Ouvir a voz dele antes de me deitar. Escutar a risada dele e saber que no dia seguinte ele estaria ali comigo.

Ele tinha que sair do coma. Eu não conseguiria enfrentar a vida sem ele. Crawford era meu porto seguro, meu melhor amigo. Quando as lágrimas brotaram nos meus olhos, deixei que elas caíssem. Não que isso diminuísse a dor que eu sentia no peito, mas a solidão pesava menos quando eu chorava.

Tudo havia mudado. Eu agora me sentia perdida. Sozinha. Não sabia como encontrar a mim mesma. Precisava do Crawford. O medo que Knox tinha de que eu me envolvesse com o cara errado era simplesmente ridículo. Eu amava Crawford. Desde menina. Um sorriso bonito e belos olhos não mudariam isso. Eu não era uma pessoa rasa.

Fechei os olhos e deixei que viessem as lembranças da minha vida com Crawford.

Estávamos passeando no parque quando avistei um balanço pendurado na nossa árvore predileta. Cordas grossas sustentavam uma tábua grande. Virei para Crawford e perguntei, apontando:

– O que é aquilo?

– Parece um balanço, V – respondeu ele, rindo.

– Eu sei, mas de onde veio?

Ele se aproximou e tomou a minha mão. O que vinha ficando cada vez mais frequente. Andar de mãos dadas.

– Semana passada você disse que só um balanço podia tornar este lugar melhor. Então... aí está o seu balanço.

Arregalei os olhos, não acreditando no que tinha acabado de ouvir.

– Foi você que botou lá?

– Bem, meu pai ajudou um pouquinho – confessou.

Mas isso não fazia a menor diferença. A ideia havia sido dele. Construir um balanço para mim.

– Posso experimentar? – perguntei, explodindo de felicidade.

– Por favor. Senão vou ficar magoado.

Precisei ficar na ponta dos pés para jogar meus braços em torno do pescoço dele. Tinha a impressão de que ele crescia uns 2 centímetros por dia. Dali a pouco eu precisaria de uma escada para abraçá-lo.

– Obrigada – falei, ainda pendurada nele.

– O que eu não faço por você, V?

7

Eu atravessava o corredor quando avistei Slate mais adiante, já sentado na sala de espera do hospital, com um copo de café em cada mão. O mesmo café delicioso do dia anterior. Ele estava afundado na cadeira com os pés cruzados na cadeira da frente.

Que diabos ele estava fazendo ali tão cedo? Na véspera, chegara uma hora depois de mim. Ele ergueu a cabeça assim que me aproximei. Depois, sem pressa, foi abrindo um sorriso que poderia pertencer a um artista de cinema. Ele devia pensar numa carreira de ator. Ou de modelo, sei lá.

– Bom dia! – cumprimentou Slate, como se tivesse acordado horas antes e tomado não sei quantos copos de café.

Eu tinha dormido num pufe e ainda não havia sentido nem cheiro de café.

– Está fazendo o que aí? – perguntei, sem me esforçar para ser educada. Estava cansada demais para ser delicada.

Ele ergueu um dos copos.

– O que poderia ser? – respondeu. – Sabendo que minha amiga sempre madruga aqui no hospital, vim trazer um cafezinho pra ela, ora.

Ele olhou para o relógio na parede da sala.

– Sete em ponto. Impressionante.

Eu era um desafio para o cara. Como Knox dissera. Talvez ele tivesse razão.

Mas o problema era o seguinte: eu não queria ser um desafio para ninguém. Tinha o Crawford para me preocupar.

– Obrigada pelo café – agradeci, e aceitei o copo. – Você vai ver seu tio agora?

Slate riu.

– Que nada! Tio D ficaria furioso se eu o acordasse tão cedo. Solta os cachorros pra cima das enfermeiras quando elas aparecem às oito pra obrigá-lo a comer. Não é um cara simpático.

E ele, Slate, consolava as enfermeiras, é claro.

Deixei minha bolsa em cima de uma cadeira e sentei três cadeiras depois. Não tinha motivo para ficar perto do cara. Não estava gostando daquela história de desafio, então pensei que o melhor seria ir direto ao ponto.

– Knox falou que você gosta de correr atrás das meninas e que eu sou um desafio pra você. Então vou logo dizendo: não vai rolar. Amo meu namorado. Sempre amei. Não tem pra mais ninguém. Mas fico agradecida pelo café.

Não foi tão sofisticado quanto eu esperava, mas paciência.

Slate não respondeu nada. Estranhei aquilo, então virei para ver o que estava acontecendo. O cara bebia seu café tranquilamente, admirando a parede como se nela houvesse uma obra de arte no lugar do relógio.

– Sabe o que eu costumava fazer todo dia às cinco da madrugada? – perguntou ele de repente.

Uma pergunta esquisita, sem pé nem cabeça, mas resolvi entrar no jogo dele.

– O quê?

Ele olhou para mim antes de responder:

– Pulava da cama e ia dar comida pras galinhas, recolher os ovos, limpar as baias dos cavalos, que eram três, depois reabastecia os cochos de água, dava comida pros cachorros e ia pra cozinha, preparar o café da manhã. Tio D bebia demais toda noite pra conseguir se levantar e fazer qualquer coisa. O mesmo perrengue todo santo dia, antes do colégio.

Eu não sabia por que ele estava me contando essas coisas, nem se podia acreditar nelas. Era tudo muito estranho.

Ele ficou de pé, abriu um sorriso aparentemente sincero, depois disse:

– Tenha um bom dia, Vale. Espero que seu namorado fique bem.

E com isso foi embora.

* * *

Por uma hora fiquei ali, tentando entender aquela conversa, procurando um motivo para Slate ter me contado aquela história maluca. Ele não tinha ligado a mínima para o que eu dissera; cheguei a pensar que tivesse imaginado que falei com ele.

Eu já havia terminado meu café e, como as pernas já estavam duras de tanto ficar sentada, resolvi dar uma voltinha pelo hospital. Sempre ficava aflita quando me afastava de Crawford, mas realmente precisava me alongar. Depois de uma noite inteira no pufe, estava toda dolorida.

Peguei o elevador até a ala pediátrica para ver se estavam precisando de alguém para ler para as crianças na sala de atividades. Tinha que me ocupar enquanto esperava. Ao menos podia ser útil.

Parei quando reconheci uma voz profunda. Espiando pela janela, através das frestas em torno do pôster de Dr. Seuss que cobria quase toda a vidraça, vi Slate sentado numa cadeira vermelha com um livro nas mãos. Três meninas e dois meninos estavam no chão à sua volta. Quatro das cinco crianças não tinham nenhum cabelo na cabeça. Uma das meninas apertava um urso de pelúcia enquanto encarava Slate com os olhos arregalados.

Ele estava lendo. Para as crianças. E parecia estar se saindo muito bem, porque elas nem piscavam. Entrei na sala, fechei a porta de mansinho e fiquei ali, só olhando. Não queria que ele me visse, mas precisava ter certeza de que aquilo era real. Não imaginava que Slate fosse do tipo que passava a manhã inteira lendo para crianças doentes. Mas lá estava ele, sorrindo e inventando vozes, fazendo a criançada sorrir.

Dali a pouco voltei para o corredor e desci para o andar de Crawford. A imagem de Slate lendo em voz alta não sairia tão cedo da minha cabeça. Ele até podia ser galinha, mas nem por isso deixava de ser uma boa pessoa. O cara tinha um coração. Vinha falar comigo porque sabia que eu me sentia sozinha ali, esperando que meu namorado despertasse. Não tinha dado em cima de mim. Eu é que tinha feito minhas suposições.

Nos três dias seguintes, eu chegava ao hospital e já encontrava um copo de café à minha espera. Mas nada de Slate. Nenhum sinal dele. O dia todo.

Por fim, o café e a ausência de Slate mexeram comigo. Quando entrei para ver o Crawford às quatro, deixei minha bolsa na cadeira, fui para o lado dele e comecei a falar:

– Conheci um cara aí que bagunçou a minha cabeça. Acho que pisei na bola. O tio dele está muito doente, e ele lê pras crianças da ala pediátrica, e eu devia ter sido mais gentil. Ele trouxe café pra mim, só isso. Continua trazendo. Mas nunca está por perto. Nem aparece pra falar comigo. Não vi mais ele agarrando as enfermeiras no corredor. Isso mesmo que você ouviu: ele pega as enfermeiras no corredor. É um galinha. Segundo Knox, é um galinha da pior espécie. Eles são colegas de fraternidade. Você sabe como são esses caras de fraternidade.

Soltei um suspiro, depois sentei na cadeira e fiquei olhando para aquele rosto que eu conhecia tão bem e que me fazia tanta falta. Ele estava ali, mas ao mesmo tempo não estava.

– Você tem que acordar, Crawford. Ou vou acabar pirando.

Nenhum movimento muscular. Nenhuma atividade cerebral. Nada.

– Talvez ele pudesse ser um bom amigo. Ando precisando de um amigo. Os antigos quase não aparecem mais. Ficam incomodados quando veem você e se dão conta de que tudo pode mudar de uma hora pra outra. Fico chateada com eles, mas a verdade é essa. Semana passada o Braxton se mudou lá pro Arizona, onde vai fazer a universidade. Antes de viajar, veio se despedir. Mas ficou todo sem jeito. Igual aos outros. Eu nem consigo olhar direito.

Braxton havia sido o melhor amigo de Crawford desde que eram pequenos. Foi a ausência dele que me deixou mais surpresa. Mais que de qualquer outro. No início vinha todo mundo. Traziam flores, chocolate, balões, essas coisas. Mas, aos poucos, eles foram sumindo. Em três semanas já não vinha mais ninguém. Em um mês todo mundo já havia partido para uma viagem de férias ou para a universidade.

Agora só havia eu e a minha solidão. Slate até que ajudou um pouco. Foi uma distração. Mas entrei na onda do Knox e acabei sendo grossa com o cara e botando ele para correr. Mesmo assim, ele continuava fazendo a gentileza de me trazer café.

Eu devia ir lá, saber como estava o tio dele. Seria um gesto bacana. Mostrar que me importo. Fiquei me perguntando se outras pessoas vinham ver o homem, ou se era só Slate. Talvez ele estivesse se sentindo tão sozinho quanto eu. Talvez fosse por isso que ele vinha falar comigo. Talvez precisasse de outro tipo de amiga, alguém que não quisesse pular no colo dele e lamber seu rosto. Talvez.

Knox, seu bobo, por que diabos fui dar ouvidos a você?

– Acho que amanhã vou fazer uma visitinha pro tio dele. O homem já é velho, e está com câncer. Aposto que precisa de companhia. Além disso, fico muito sozinha naquela sala de espera.

Crawford não disse nada. Afinal de contas, ainda não havia acordado.

– Está pronto pra ouvir o capítulo 15? Ontem à noite acabei dormindo no meio da leitura. Sua mãe precisou me acordar. Vamos ver se hoje eu aguento mais. Claro, se você acordar, vou ficar acordada pro resto da vida. É esse silêncio que me deixa mole. E o zumbido desses aparelhos, eu acho.

Peguei na bolsa o livro, uma garrafa de água mineral, matei a sede e voltei a sentar para ler o capítulo 15, no qual a perseguição ficava mais séria.

– Espero que isso termine bem – falei. – Eu devia ter dado uma olhada no Google antes de começar a ler.

8

Knox estava na cozinha com um copo de leite e um prato de brownies quando cheguei em casa. Ultimamente ele parecia comer o tempo inteiro. Era magro de ruim.

– Cadê todo mundo? – perguntei.

Deixei a bolsa na bancada e fui procurar na geladeira sobras do jantar. Estava faminta. Não tinha comido nada desde o almoço.

– Mamãe está com as gêmeas na casa do Dylan, que foi jantar fora. Papai está na casa do Rob, vendo o jogo de beisebol. E, pra tranquilizar todo mundo, fiquei aqui pra tomar conta do bebezinho. – Knox apontou o garfo na minha direção como se eu não soubesse quem era o bebezinho em questão. – Hoje é sexta-feira. Na sua idade, você devia estar na rua, aproveitando a vida.

– Não estou no clima – falei, já servindo uma colherada de macarrão com queijo num prato de papel.

– Tem visto o Slate?

Isso me deixou irritada. Larguei a colher na bancada.

– Na verdade, não. Faz três dias que ele não aparece. Desde o dia em que mandei ele largar do meu pé porque eu não queria ser um desafio para ninguém.

Knox arregalou os olhos, depois caiu na gargalhada. Precisei me conter para não arremessar a colher na cara dele. Ou, melhor ainda, a tigela inteira de macarrão. Mas mamãe ia me matar se eu fizesse isso. Não gostava que a gente desperdiçasse comida. Por outro lado, se as coisas realmente chegassem a esse ponto, eu poderia chamar o Bruno para a cozinha e deixar que ele lambesse toda a sujeira do chão. Ele ia adorar. Alimentar nosso labrador de pelo castanho-escuro não seria desperdiçar comida. Tecnicamente falando.

– Você mandou o cara largar do seu pé? – perguntou Knox, e deu mais uma risada.

– Estou pensando seriamente em decorar sua testa com essa tigela de macarrão – alertei.

Ele balançou a cabeça e tentou parar de rir, sem grande sucesso. Virei as costas para ele e fui esquentar meu prato no micro-ondas. Antes ele estava todo preocupado, mas agora estava ali, rindo da minha cara. Irmãos. Vai entender.

– Desculpa – disse ele entre uma risada e outra. – Fiquei imaginando a cara do Slate quando levou o toco. Deve ter sido o primeiro da vida dele.

– Bem, deve ter funcionado, porque nunca mais apareceu.

Knox ficou sério de repente.

– Você não parece muito satisfeita com isso.

E não estava mesmo. Achava que tinha magoado o cara à toa, a única pessoa que podia me fazer alguma companhia naquela maldita sala de espera. Eu até que tinha gostado das visitas dele.

– Acho que ele ficou chateado comigo.

Assim que o macarrão esquentou, levei o prato para a mesa e sentei para comer.

– Que nada – disse Knox. – Slate não ia ficar chateado só por causa disso. De qualquer modo, você apenas confirmou o que ele já sabia. Não é o tipo de garota com o qual ele está acostumado. É muito melhor. Que bom que ele se mancou. Somos irmãos e tudo, mas as relações de sangue pesam mais do que a Kappa Sigma. Mas, pelo amor de Deus, não fala pra ninguém que eu disse isso.

– Acho que eu devia fazer uma visita ao tio dele. É uma questão de educação. Além disso, Slate leva café pra mim todo dia. Deixa o copo lá, antes que eu chegue. Muito gentil da parte dele.

– Ah, claro, *muito* gentil – ironizou Knox.

Revirei os olhos e continuei atacando meu macarrão. Estava cansada demais para discutir.

– Vale... e se ele não acordar nunca mais? Você vai fazer o quê? Vai passar o resto da vida indo ao hospital todo dia? Escuta, eu também adoro o Crawford. O cara é como um irmão pra mim. Fico triste com tudo isso que aconteceu com ele, claro. Mas já passou um mês. Você precisa aprender a viver sem ele.

Não era a primeira vez que eu ouvia isso, tanto de Knox quanto do resto da família. Já não aguentava mais. Eles não entendiam.

– Eu amo o Crawford.

– E ele também amava você. Não ia querer esse tipo de vida pra você.

Com isso eu até concordava. Sabia que Crawford não ia gostar de me ver enfiada naquele hospital. Mas como ele poderia esperar outra coisa se continuava lá, imobilizado naquela cama? Eu não podia simplesmente abandoná-lo ali. Ele precisava de mim.

– É isso que eu preciso fazer pra não pirar. Preciso ir lá todo dia.

Knox suspirou e ficou de pé.

– Espero que ele acorde logo.

Nisso a gente estava de pleno acordo.

– Eu também.

– Mas existe a possibilidade de que isso não aconteça. E, se não acontecer, cedo ou tarde você vai ter que aprender a viver. Não posso ficar de braços cruzados olhando você enterrar sua vida naquele hospital. Nenhum de nós pode. Comece a se preparar para o pior, minha irmã. Porque pode acontecer.

Eu odiava ouvir essas coisas. Sabia que aquilo era verdade, mas não suportava ouvir. Crawford era mais forte que isso. Ele abriria os olhos. Voltaria para mim. Para nossa vida. Precisava voltar.

– Você ainda está matriculada na Bington para o próximo semestre. Eu gostaria muito que você voltasse comigo quando as aulas começarem. Vai adorar, e está chegando o dia. O campus nem é tão longe assim. Uma hora, no máximo. Você não precisa morar lá, mas seu quarto no dormitório já está pago, e acho que você vai gostar. Nem que seja pra mudar de cenário.

Naquele momento, eu não estava com cabeça para pensar nisso. Sabia que muito em breve teria que tomar uma decisão sobre a universidade, mas não agora. Não ainda. Precisava de mais um tempo.

– Depois eu resolvo.

– Faz um mês que você está falando isso, Vale. Estamos quase em julho. Agosto vai chegar mais rápido do que você imagina, e aí você não vai poder mais adiar.

Eu sabia de tudo isso. Fechei os olhos com força e respirei fundo para me acalmar. Minha vontade era gritar para que Knox me deixasse em paz. Ele tinha a melhor das intenções, claro, mas não entendia. Bington era a universidade que eu e Crawford tínhamos escolhido juntos. Como eu poderia ir sem ele?

– Só tem um mês – falei, mesmo sabendo que já haviam passado cinco semanas.

Quanto mais o tempo passava sem que Crawford abrisse os olhos, maior era o meu medo de que ele nunca mais fosse abri-los.

– Eu sei – disse Knox com delicadeza, depois se aproximou e apertou meu ombro num gesto de carinho. – Mas você é a minha irmãzinha querida, e eu só quero o melhor pra você.

– Preciso de mais tempo.

– Tudo bem. – E finalmente ele me deixou sozinha.

Eu sabia que cedo ou tarde teria que enfrentar uma conversa igual com meus pais. Já esperava por isso. Eles haviam pagado minha matrícula e meu quarto no dormitório, tinham todo o direito de cobrar uma decisão minha. Devia isso a eles. Mas como decidir?

Devia adiar a faculdade por causa de Crawford? Seria um grande erro? Eu teria forças para abandoná-lo?

Não, não teria. Crawford nunca me abandonaria. Eu sabia disso. Ele precisava de mim ali quando abrisse os olhos. Não podia planejar um futuro em que ele não estivesse presente. Isso seria deixá-lo na mão. Crawford nunca me deixaria na mão. Jamais.

Terminei de comer, limpei a bagunça na cozinha e subi para tomar banho. Tudo indicava que o dia seguinte seria idêntico a todos os outros das cinco semanas anteriores. Mas eu ainda acreditava em um milagre. O milagre pelo qual todos nós esperávamos.

9

Pela primeira vez desde o acidente, perdi a hora. O alarme não disparou. Estranho, porque eu tinha certeza de que o programara antes de deitar. Como sempre fazia. Eram quase dez. Como era possível que eu tivesse dormido tanto?

Me vesti o mais rápido possível, ignorei o café da manhã e corri para o carro feito uma maluca. Minha mãe ainda gritou às minhas costas, dizendo que havia preparado um bagel para mim, mas eu não estava com tempo para responder. Por que Knox não tinha me acordado? Ele ia ler para Crawford às dez. Devia ter visto que eu ainda não tinha saído de casa.

A ficha caiu assim que dei partida no carro: ele *sabia* que eu ainda estava dormindo e, pensando no meu bem, não quis me acordar. Aliás, era bem provável que tivesse desligado o alarme. Mas eu sabia o que era melhor para mim. Não precisava da interferência dele. Nem dele, nem da minha mãe.

Eles todos precisavam deixar que eu lidasse com a situação do meu jeito. Do jeito que eu precisava. Eles não conseguiam entender. Crawford ia me querer ali. Quando acordasse, precisava me ver a seu lado. O que Knox tinha feito não estava nem um pouco certo, e eu diria isso a ele na primeira oportunidade.

Estacionei o carro de qualquer jeito e corri para a entrada do hospital. Sabia que Juliet estaria por ali em algum lugar, tomando um pouco de ar fresco enquanto Knox lia para o filho dela, então fui direto para o quarto. Não iria discutir com meu irmão ali, na frente do Crawford, mas deixaria que ele visse a raiva estampada na minha cara.

Quando entrei no quarto, quase morri de susto. Porque não era Knox que estava na cadeira ao lado da cama, de costas para mim. Era Slate. Lendo. Para Crawford.

Dei alguns passos adiante e fiquei ali, ouvindo a voz grave, tentando entender o que tinha dado na cabeça dele para fazer aquilo. Ler para as crianças era uma coisa, ler para Crawford era outra bem diferente.

– Parece que o campeonato universitário de futebol americano vai ser bom este ano. Até os Volunteers do Tennessee estão mandando bem. O que não acontece há anos.

Ele estava com uma revista de esporte nas mãos, conversando com meu namorado. Como se fossem velhos amigos.

Dei mais um passo, e só então ele virou para trás. Abriu aquele seu sorrisinho desleixado, depois disse:

– Bem, sua namoradinha chegou. Linda como sempre.

Nem morta que eu ficaria vermelha com o elogio dele.

– O que você está fazendo aqui? – deixei escapar. Depois me arrependi, não queria ser grossa com o cara. – Quer dizer, cadê o Knox?

– Knox recebeu uma ligação e precisou sair. Parecia importante. Tinha me visto no corredor mais cedo, então pediu que eu terminasse a leitura.

Knox tinha saído por causa de algo importante? E pedido ao Slate para ler no lugar dele? Ele não estava dando uma dentro hoje...

– Nesse caso... obrigada. Se ele tivesse me acordado antes de sair, eu poderia ter lido no lugar dele. Não sei o que deu nele hoje.

Slate deu de ombros.

– Por mim, tudo bem. Ele realmente falou que você dormiu até mais tarde, e que isso era raro. Está preocupado com você, só isso. Coisa de irmão, acho.

Eu não queria que ninguém se preocupasse comigo. Estava bem! Andando com minhas próprias pernas, respirando sem a ajuda de aparelhos... Estava ótima! Ao contrário de Crawford.

– Knox precisa largar do meu pé. Todos eles – murmurei.

Slate fechou a revista.

– Boa sorte. Família às vezes enche o saco, mesmo quando eles só querem o nosso bem. – Ele se levantou. – Vou nessa. Preciso terminar uma partida de pôquer com meu tio.

Ele havia deixado o tio para ficar com o Crawford. O cara era um mulherengo, mas não deixava de ser uma boa pessoa. O mundo era bem maior do que aquela bolha de proteção em que eu havia sido criada. Não eram os hábitos sexuais de uma pessoa que definiam o que ela era. Ninguém precisava ser santo para ser um sujeito legal.

– Obrigada por ter lido pra ele.

– Foi um prazer. Quando precisar de ajuda, é só chamar.

Fiquei olhando ele sair do quarto. Aquele jeito especial de caminhar. Como não olhar? A pinta de bad boy combinava com ele. Mas agora eu havia espiado dentro do seu coração, que aparentemente era muito grande. Slate não era o egoísta que eu havia imaginado. O tio dele, as crianças, e agora o Crawford.

Eu devia me desculpar com ele. Só não sabia como. O mais provável era que ele nem soubesse que o julguei mal. Voltei minha atenção para Crawford. Acho que ele iria gostar do Slate. Daria muita risada com ele. Crawford nunca foi de julgar as pessoas.

– Você está com um ótimo aspecto hoje. E aí, gostou das novidades do futebol americano? – perguntei, mesmo sabendo que não receberia nenhuma resposta.

O livro estava ali na minha bolsa, esperando para ser lido, mas por enquanto eu só queria conversar.

– Daqui a pouco as aulas na universidade vão começar. Meus pais já estão ficando preocupados comigo. Sobretudo mamãe. Mas não consigo nem pensar em ir sem você.

Minha vontade era implorar que ele acordasse. Mas não, eu já havia feito isso um milhão de vezes.

– Por enquanto só quero ficar aqui com você. Vendo você todo dia. É disso que eu preciso pra não pirar. Estou com muita saudade de você, Crawford. Muita saudade.

Nesse instante a mãe dele entrou no quarto. Não gostou de me ver ali, e isso me deixou magoada. A mulher não gostava de me ver por perto, e só podia ser porque eu havia escapado do acidente e o filho dela não.

– Onde está o Knox? – perguntou ela.

– Precisou sair mais cedo. Tomei o lugar dele até você voltar.

Não contei sobre Slate, por medo de que ela não gostasse. Ele havia feito a coisa certa, mas era melhor que Knox tivesse uma boa desculpa para ter saído mais cedo.

– Tudo bem. Agora você pode ir. A gente se vê às quatro.

Olhei para Crawford. Queria conversar mais um pouquinho com ele, mas fiquei com medo. Então levantei para sair, tentando lembrar a última vez que Juliet não tinha feito cara feia ao me ver. Na época em que Crawford era um garoto cheio de vida. Na época em que tínhamos todo um futuro planejado.

– Falei com sua mãe. Você não pode desistir da universidade, Vale. Ninguém sabe quando o Crawford vai acordar, mas não vai acontecer mais cedo só porque você vem aqui todo dia. Ele ia querer que você tocasse sua vida adiante. Que vivesse como vocês planejaram e voltasse de vez em quando só pra visitar.

Eu não esperava ouvir isso dela. Imaginava que ela nunca me perdoaria se eu fosse para a universidade sem Crawford. A mulher estava desmoronando aos poucos, e o filho era o mundo dela. Minha partida seria uma traição. Não era assim que ela pensava?

– Não sei se consigo sair do lado dele.

Ela endireitou os ombros que andavam cada vez mais caídos.

– Não sou sua mãe, não posso obrigar você a nada. Mas, quando o Crawford ficar bom, não vai gostar de saber que você jogou a vida fora só pra ficar esperando por ele. Vai se sentir culpado. Não quero que meu filho acorde com nenhum tipo de aborrecimento. Pelo menos uma vez na vida, pense nele em vez de pensar em si mesma. Você sempre forçou a barra para que ele fizesse a sua vontade. Ele nunca tinha a oportunidade de tomar as próprias decisões, porque só queria fazer você feliz.

Essa doeu. Fundo. Não soube o que dizer, então apenas assenti e fui embora. Ninguém gosta de recordar seus problemas. Eu era louca por Crawford, mas as coisas nem sempre eram fáceis entre a gente. Juliet adorava o filho, por isso tinha um pé atrás comigo. Achava que eu não tratava Crawford como ele merecia, por mais que eu tentasse fazê-lo feliz.

Ela estava certa? Eu estava pensando só em mim quando passava o dia no hospital?

10

Ninguém confessou ter desligado o alarme do despertador. Knox era o principal suspeito, então escondi o relógio debaixo do travesseiro para que ele não repetisse a gracinha. A ligação urgente que ele havia recebido mais cedo era do Dylan: o pneu do carro tinha furado na autoestrada, e ele estava com as gêmeas, então precisava de ajuda para trocar o pneu. Knox não havia aprontado tanto como eu havia imaginado.

No entanto, quando vi meu irmão chegar com Slate às nove e meia, fiquei confusa. Ele havia combinado de ler para Crawford às dez, dizendo que queria compensar por ter saído mais cedo na véspera. Então, por que havia trazido o Slate outra vez?

Slate entregou meu copo de café.

– Bom dia, Vale.

– Bom dia. E obrigada.

Eu ainda não sabia se eles haviam se encontrado por acaso ou se estavam juntos.

– Pensei comigo mesmo – disse Slate –, já que tenho de chegar cedo pra mais uma sessão de leitura, por que não levar um café pra ela?

Mais uma sessão de leitura? Olhei imediatamente para Knox. Não precisava falar nada para que ele lesse meus pensamentos. Ele abriu as mãos num gesto de defesa.

– Nem olhe pra mim. Juliet me ligou ontem à noite pra contar o que os médicos disseram. Parece que, na manhã de ontem, entre dez e onze horas, as ondas cerebrais do Crawford tiveram uma atividade maior que o normal. Então eles querem fazer uma experiência e repetir tudo que rolou nesse período. – Ele apontou o queixo para Slate. – E o que rolou foi o Slate. Por isso ele está aqui. Pra ler de novo e ver o que acontece.

Slate? As ondas cerebrais do Crawford tinham reagido à voz do Slate? Sério?

– Que foi que você leu pra ele ontem? – perguntei casualmente, tentando esconder o ciúme.

Ele ergueu a revista que trazia na mão.

– Futebol americano universitário.

A mesma coisa que Knox sempre lia. Aquilo não fazia o menor sentido.

– Não estou entendendo – falei, fazendo o possível para controlar a raiva. Afinal, o cara não tinha feito nada errado.

– Falei pra Juliet que era Slate quem tinha lido pro Crawford naquele horário, expliquei o motivo e tal, aí ela perguntou se ele topava voltar hoje. Então fui falar com ele, já pensando que teria de subornar o cara, mas ele, bom sujeito que é, concordou na mesma hora. Vamos ver se funciona de novo.

Eu queria entrar também, mas sabia que Juliet não ia deixar. Tudo teria que ser exatamente como na véspera.

Me joguei na cadeira e dei um gole no café, inconformada por Crawford ter reagido a outra voz que não fosse a minha. Era para ser minha a voz que o tiraria do coma. Porque era comigo que ele queria ficar.

– Vou apresentar Slate pra Juliet – disse Knox. – Volto daqui a pouco, aí a gente come alguma coisa na lanchonete. É uma ordem, está ouvindo?

Em qualquer outra situação, eu compraria briga. Mas estava machucada demais. Uma bobagem, eu sei, mas essa era a verdade. Talvez Crawford não quisesse que eu ficasse. Talvez quisesse que eu fosse para a universidade. Eu estava sendo egoísta? Ao longo dos anos, Juliet havia me acusado disso inúmeras vezes. De não pensar nas necessidades de Crawford. Mas, na verdade, eu ia estudar na universidade que ele havia escolhido. Sempre ia aos lugares aonde ele queria ir, comia nos restaurantes que ele escolhia. Às vezes até usava as roupas de que ele gostava. Egoísta como? Fazia anos que eu tentava ser justamente o contrário.

A perspectiva de ir para a universidade sem Crawford era horrível. Mas, se era isso que ele queria, como não ir? Desejava que ele despertasse feliz do coma. Contente por estar vivo. Não cheio de remorsos.

Knox voltou para o meu lado.

– Quem ia imaginar que seria Slate quem ia deixar Crawford mais animado? – disse ele. – Mas o cara é realmente hilário, esse mérito ele tem.

Forcei um sorriso e me levantei. Pela primeira vez eu precisava sair daquela sala de espera. Precisava de espaço para pensar. Fazer o que fosse melhor para o Crawford era a minha única preocupação.

"Por que você não faz o que *você* quer, Vale?" A voz da minha mãe ecoava na minha cabeça. Ela já havia feito essa mesma pergunta um milhão de vezes ao longo dos anos. Não conseguia enxergar que eu pensava em mim, de verdade. Eu só queria o que Crawford queria. Que problema havia nisso?

– Como é que eu faço pra sair do lado dele? – perguntei a Knox enquanto caminhávamos para o elevador. – Como é que eu posso ir pra universidade sem ele?

– Um dia de cada vez. Era isso que ele ia querer.

Eu sempre fazia as vontades de Crawford, mas ele nunca me pediu nada que doesse tanto.

– Estou morrendo de medo – confessei.

Knox me abraçou.

– Vou estar lá também. Você não vai estar sozinha. Quando ficar com medo, é só me ligar. Estou a poucos prédios de distância. Já passou da hora de você fazer alguma coisa além de vir a este hospital.

Ele não entendia. Nenhum deles entendia.

– Juliet falou que Crawford ia querer que eu fosse. Que seria egoísmo meu não ir.

Knox suspirou.

– Você não tem nada de egoísta. Nunca foi nem nunca será. É a pessoa mais generosa que eu conheço. Mas ela tem razão quanto a Crawford. Ele nunca ia querer te ver assim, presa neste hospital.

Minha vontade era cair numa cama e me acabar de tanto chorar. Por tudo que tínhamos perdido. Pelo futuro que eu não tinha planejado viver sozinha. Pelo passado que nunca seria o mesmo.

– Crawford é um cara legal. Ama você de verdade. Sempre amou. Mas também não era perfeito, Vale. Ele esperava que você fizesse só o que ele queria. Sempre fiquei bolado com isso. Já passou da hora de você tomar suas decisões por conta própria. De *você* tomar as rédeas da sua vida.

Por menos que eu gostasse de ouvir aquilo, sabia que meu irmão estava certo. Sempre deixei que Crawford tomasse as decisões por mim. Queria fazer meu namorado feliz, morria de medo de ser egoísta. Será que eu havia deixado alguma coisa escapar? Será que tinha perdido a identidade ao longo do caminho?

– É como se eu precisasse encontrar a mim mesma outra vez – falei.

Só para Knox que eu confessaria uma coisa dessas.

– Já passou da hora – respondeu ele, e acariciou meu ombro.

Ser quem eu queria ser não seria lá muito fácil. Porque eu não sabia mais quem eu era.

Ao lado do meu irmão no elevador, repassei os últimos anos da minha vida. Pensei em como eu havia mudado lentamente. Tinha sido moldada pelo Crawford. Não porque ele quisesse assim, mas porque eu havia permitido.

Mas era pela Vale original que ele havia se apaixonado lá atrás, não pela Vale na qual eu havia me transformado. Quando ele acordasse, eu estaria pronta, e me dei conta de que era isso que realmente o deixaria feliz.

11

Como anteriormente, a leitura de Slate provocou um aumento na atividade cerebral de Crawford. Quando Knox contou a Slate, ele concordou em continuar lendo enquanto estivesse em Franklin com o tio. Ninguém tinha uma explicação para o fato de a leitura dele produzir um efeito maior que a de qualquer outra pessoa, mas Juliet estava feliz da vida. Aquilo lhe dera um novo sopro de esperança.

Naquela noite, antes de sair do quarto do filho, ela olhou para mim com um sorriso no rosto. Um sorriso pequeno, mas ainda assim um sorriso. Fazia tempo que eu não via nada parecido.

Fiquei tentada a ler as notícias da mesma revista que Slate lera, só para ver o que acontecia. Mas não foi isso que fiz. Naquele dia, eu precisava conversar com ele. Contar o que estava se passando na minha cabeça. Antes de conversar com meus pais e começar os preparativos para ir para a universidade no mês seguinte, eu precisava contar a Crawford.

Larguei a bolsa e me aproximei para fazer um carinho nele. O quarto estava sempre gelado, então a mão dele ficava gelada também, e eu sempre procurava esquentá-la. Odiava a ideia de que ele estivesse passando frio.

– Todo mundo diz que você ia querer que eu fosse pra universidade. Sua mãe, o Knox, meus pais... todos acham que isso é o melhor. Eles dizem que, quando você acordar, vai ficar feliz ao saber que toquei minha vida pra frente, que realizei nossos planos. Por maior que sejam meus medos, ou minha resistência de sair do seu lado, já é hora de tomar minhas próprias decisões. Acho que me perdi ao longo do caminho. Talvez você tenha percebido isso e não quis falar nada. Ou não. Sei lá.

Parei e dei um suspiro. Não era nada fácil dizer essas coisas. Mesmo se ele não estivesse ouvindo, mesmo se não fosse lembrar depois.

– Hoje à noite vou falar com meus pais. Mês que vem eu me mudo pro dormitório da universidade. Vou assistir às aulas que tinha planejado e volto nos fins de semana pra te visitar. Posso ler pra você os romances que estiver estudando por lá, contar tudo que estiver rolando. Melhor ainda: você pode acordar e ir também. É isso que eu realmente quero.

Eu sabia que não devia pressioná-lo. Juliet temia que ele ficasse triste ou aflito. Mas Crawford precisava saber que eu queria, mais do que qualquer outra coisa, tê-lo ao meu lado.

– Enquanto você não vem, posso fazer uma sondagem inicial, sacando qual é a melhor pizzaria, o melhor café, os lugares mais tranquilos pra gente estudar. Depois te conto tudinho. Não estou abandonando você. Pelo amor de Deus, nem pense uma coisa dessas. Quando você acordar, vai ver que fiz tudo isso por você. Não por mim. Porque minha vontade é ficar aqui do seu lado.

Eu achava. O que era mesmo que eu queria? De verdade? Porque eu me sentia muito solitária ali. Perdida. Deslocada. Mais outras coisas que eu não podia contar. Antes, quando reclamava que a mãe dele nunca ficava satisfeita comigo, ele discordava e dizia que ela gostava de mim. Víamos a coisa por ângulos diferentes.

– Amanhã não vou passar o dia todo naquela sala de espera. Vou comprar o que preciso pra universidade. Vou ficar um pouquinho com a mamãe. Com as gêmeas também. Mas às quatro estarei aqui. É que eu preciso ir me acostumando com a ideia de não estar aqui o tempo todo. Me preparar pra quando chegar a hora de ir embora. Você entende, não entende?

Ele não ia responder. Não esperava que respondesse. Mas perguntei mesmo assim.

Quando cheguei em casa, às oito e meia da noite, logo senti o cheirinho do bolo de carne que mamãe havia preparado para o jantar. Ela o envolvia em bacon, o que deixava a casa perfumada por um tempão. Também havia um aroma doce de maçã. Fazia tempo que eu não me via assim, com tanto apetite. Que não pensava em mim mesma.

– Você chegou na hora certa – disse minha mãe, espiando pela porta da cozinha. – Acabei de tirar as tortinhas de maçã do forno. Estão quentinhas, uma delícia. Se quiser, pode comer a sobremesa primeiro. Só não conta pro Knox.

– Aposto que ele não está em casa. Ou já estaria aí, colado no forno, esperando as tortas ficarem prontas.

Mamãe riu.

– Você tem toda a razão. Ele saiu pra encontrar uns amigos na cidade, ou algo assim.

Amigos? Seriam os amigos da fraternidade? Slate estaria entre eles? Estariam fazendo o quê? Nada disso era da minha conta, claro. Aliás, eu nem sabia por que estava tão curiosa.

– Mês que vem eu vou pra universidade – falei de repente.

Mamãe ficou imóvel por um segundo, depois deixou na mesa o prato que estava segurando, deu um suspiro e correu para me abraçar. Eu retribuí o abraço.

– Ah, meu amor, você nem imagina como isso me deixa feliz – disse. – Só Deus sabe como eu queria ouvir essas palavras. Você não vai se arrepender, acredite em mim.

Ela ainda me abraçava enquanto falava, e eu pude sentir o nó de emoção na garganta dela. Percebi quanto ela andava preocupada comigo. Então me senti culpada, arrependida por não ter pensado nos sentimentos dela. Seria esse o tal egoísmo de que Juliet me acusava?

– Eu precisava de tempo. Pra decidir o que era melhor pra mim.

Não acrescentei "e o que era melhor pro Crawford". Precisava parar com isso. Eu vinha fazendo tudo que podia para ajudá-lo, mas agora não estava pensando na felicidade dele. Relacionamento tem a ver com a felicidade de ambos.

– Eu sei – respondeu mamãe, fungando, rindo de si mesma quando desfez o abraço para enxugar os olhos. – São lágrimas de felicidade. Não me segurei. Estou tão aliviada... Vai, come as suas tortas. Se quiser, não precisa nem jantar.

Então foi minha vez de rir.

– Na verdade, quero muito esse bolo de carne.

– Então aproveita! – Ela bateu palmas enquanto ria mais um pouco com os olhos molhados. – Volta pra vida, minha filha.

Viver minha vida parecia algo errado. Desde o dia do acidente, sentia que estaria fazendo algo horrível se vivesse minha própria vida. Crawford não estava vivendo a dele, então por que eu devia viver a minha? Mas não era assim que eu precisava ver a coisa. Era egoísmo meu pensar desse jeito. Crawford me amava e não ficaria feliz com essa minha autopunição. Ele a odiaria.

– Deixa eu fazer o seu prato – ofereceu-se minha mãe. – Fiz purê de batata do jeitinho que você gosta. Sem casca, bem cremoso.

Sentei à mesa e deixei que ela me paparicasse. Sabia que isso lhe fazia bem, e já estava mais do que na hora de ela se sentir bem outra vez. Vinha sofrendo do seu jeito, e a culpa era toda minha. Eu não podia continuar fazendo isso com ela.

– Juliet vai gostar de saber. Outro dia mesmo ela me falava que queria muito que você fosse pra universidade. Que era isso que Crawford ia querer também.

Assenti. Eu já sabia disso. Só precisava aceitar.

12

Fiel à promessa, Slate ia ao hospital várias vezes por semana para ler para Crawford. Depois do dia em que fiz compras com minha mãe, mudei um pouco os meus horários. Tomava café em casa, depois ia para o hospital para ver como estavam as coisas. De vez em quando saía para ficar com Malyn e Maddy, ou então passava em casa para arrumar minha mudança e ficar um pouco com mamãe. Às quatro, voltava para o hospital e passava meu tempo com Crawford.

No início não foi fácil, mas a nova rotina me deixou menos culpada por estar negligenciando minha família. Além disso, quando ia dormir, à noite, ficava com a impressão de que tinha realizado mais coisas do que antes. Algo que deixaria Crawford feliz, acho. Saber que eu também estava feliz. Era disso que eu precisava, ao contrário do que imaginara antes.

Eu estava na segunda semana dessa minha nova vida quando cheguei ao hospital e encontrei Slate já de saída. Minha intenção não era entrar no quarto de Crawford. Tinha passado mais cedo apenas para conversar com Juliet e as enfermeiras. Isso me fazia bem, dar uma passada para me manter atualizada.

– E aí? – falei para Slate quando saí do elevador que ele estava esperando.

Achei que devia chamá-lo para tomar um café.

– Oi! Hoje ele está bem. O médico disse que tem observado uma melhora diária na atividade cerebral. Ouvi dizer que você vai se juntar à gente lá na faculdade mês que vem. Que bom.

Assenti.

– Pois é. Estou arrumando as coisas pra me instalar no dormitório.

Ele riu.

– Ah, a vida no dormitório... Você vai adorar! – Ele fez uma pausa, depois apontou com o queixo o elevador que tinha acabado de descer sem ele. – Que tal um café?

Algumas semanas antes eu teria recusado o convite. Mas agora precisei refletir. Tomar um café com o cara que estava ajudando meu namorado não parecia uma má ideia. Eu devia isso a ele.

– Claro. Estou precisando.

Slate abriu aquele sorriso que, honestamente, era bem marcante. Fiquei me sentindo culpada por pensar algo assim, então foquei no elevador e mais uma vez apertei o botão de descer.

– Preciso estar de volta daqui a duas horas pra uma partida de pôquer com meu tio. Mas o lugar onde compro aquele café gostoso não fica longe daqui.

– Por mim, tudo bem. Não estou com pressa. Só entro pra ver o Crawford às quatro.

Slate ficou mudo até sairmos do elevador, então virou para mim e quebrou o silêncio.

– Percebi que você não tem vindo com a mesma frequência de antes. Não que isso seja da minha conta, mas fiquei curioso pra saber por quê.

Eu podia apostar que Knox tinha contado alguma coisa para ele, se é que não tinha contado tudo. Ou talvez Slate não tenha perguntado nada. Ajeitei a bolsa no ombro, um tique nervoso, e segui caminhando ao lado dele.

– Eu estava sendo egoísta. Minha família estava sentindo minha falta, todo mundo estava preocupado comigo. Crawford nem sabe que estou aqui, exceto quando leio pra ele ou converso com ele no quarto. Pelo menos espero que ele esteja me ouvindo. Mas, no resto do tempo, minha família precisa ver que estou vivendo minha própria vida. Não é fácil. Fico achando que não devia estar vivendo enquanto ele está lá dentro, mas não posso continuar fazendo isso com eles. Não está certo.

Slate suspirou.

– Bem, eu nunca colocaria você e a palavra *egoísta* na mesma frase. Mas acho legal isso de você pensar mais na família.

Eu dei de ombros.

– Essa história toda não tem sido fácil pra eles. A minha ausência... Eles ficam preocupados comigo. Eu comecei a pensar no que Crawford vai querer encontrar quando acordar. Se ele souber que larguei minha vida só pra ficar do lado dele, vai ficar triste, se sentindo culpado. Como eu disse antes, eu estava sendo egoísta. Precisava dar um jeito nesse meu sentimento de culpa e voltar a viver a vida com um mínimo de normalidade.

Era estranho contar essas coisas todas para Slate. A gente mal se conhecia, mas lá estava eu, me abrindo como se fôssemos velhos amigos. Por quê? Eu não fazia a menor ideia.

– Acho que, se Crawford te ama do mesmo jeito que você obviamente o ama, ia querer que você vivesse a sua vida. É o que você também ia querer pra ele na situação inversa.

– Claro – respondi sem hesitar.

– Meu carro está no terceiro piso – disse ele quando saímos para a rua.

– O meu está logo ali. Você não vai voltar pra cá depois? – perguntei, olhando para ele pela primeira vez durante nossa pequena conversa.

– Vou.

– Então vamos no meu carro.

Ele sorriu.

– Vale, acho que você é a primeira mulher que tenho só como amiga. Estou gostando, sabia?

Eu tinha um monte de amigos homens. Eram amigos do Crawford, que se tornaram amigos meus por tabela. Mas dava para entender essa escassez de amigas de Slate. As mulheres sempre queriam algo mais dele.

– Pra tudo tem uma primeira vez. Além disso, vou precisar de um amigo quando chegar lá na faculdade.

– Bem – disse ele, rindo –, vai ser engraçado tentar convencer todo mundo de que somos apenas amigos. Ninguém vai acreditar.

Abri o carro com o controle remoto.

– Talvez seja bom pra sua reputação – comentei, também rindo.

– Ou vai acabar com ela.

Eu podia ver que ele estava brincando, mas conhecia um lado dele que provavelmente os outros nem sabiam que existia. O cara que lia para crianças internadas num hospital, que lia para um desconhecido em coma. Esse Slate era bem diferente daquele que eu tinha visto se esfregando com uma enfermeira no corredor. O cara tinha muitas facetas... Me perguntava por que ele não mostrava a faceta boa com a mesma frequência que mostrava as outras.

– E aí? Você manda bem na direção ou vai me deixar de cabelos em pé? – perguntou ele assim que entramos no carro.

– Sou uma excelente motorista – respondi.

E era mesmo, sobretudo depois do acidente. Eu agora era muito mais cautelosa do que antes. Slate se recostou no banco de couro.

– Tudo bem. Vou confiar em você.

Sorrindo, dei partida no carro e saí da vaga. Era legal ter alguém pra conversar outra vez, alguém que não fosse um parente pegando no meu pé ou se preocupando comigo.

– Como vai ser quando ele acordar? – perguntou Slate.

Era uma pergunta estranha. Eu não sabia o que responder. Eu voltaria para casa? Seria essa a vontade dele? Então continuei muda, atenta ao trânsito à minha volta.

13

O carro dos meus pais estava lotado com as coisas de que eu precisaria para decorar e arrumar meu quarto. Meu Honda Civic transbordava de roupas e sapatos. Por sorte o estacionamento do campus não ficava muito longe do dormitório. Papai parou na vaga mais próxima, e Knox desceu para ajudá-lo a descarregar. Knox tinha trazido na sua caminhonete as poucas coisas de que precisaria para se mudar para o dormitório da Kappa Sigma. Somente os alunos de terceiro e quarto anos podiam morar nos prédios das fraternidades.

De repente me lembrei do Slate. Fiquei me perguntando se ele também se mudaria para o prédio da Kappa Sigma. Se eu o encontraria por lá. Depois do café daquele dia, ele havia pedido meu número de celular. Falou que mandaria uma mensagem para marcar um café, mas ainda não dera sinal de vida.

– Seu quarto é no terceiro andar – explicou Knox. – Vire à esquerda quando sair do elevador. É a última porta à direita. O quarto está aberto, e a garota que vai morar com você já está lá. – Ele deu um risinho e acrescentou: – Acho que vou ter que visitar minha irmãzinha com muita frequência.

Ótimo. Meu irmão tinha gostado da minha colega de quarto. Isso podia ser bem divertido.

Meu pai riu também. Tirou mais uma caixa do carro e foi com ela para a entrada do prédio. Minha mãe parou do meu lado, depois correu os olhos pelos sete andares do edifício que seria minha casa dali em diante. Confesso que me sentia intimidada com aquilo tudo. Não sabia direito se estava pronta para enfrentar aquela nova vida.

– Sei que, neste momento, você não vai acreditar muito no que eu vou dizer – declarou ela –, mas você está prestes a entrar numa das melhores fases da sua vida.

Eu sabia que ela estava sendo sincera, que não tinha falado aquilo só para me animar. Mas como seria possível ter "uma das melhores fases da minha vida" sem Crawford? Eu ainda não tinha resposta para essa pergunta, mas sabia que minha mãe queria que eu concordasse, ou até que dissesse que esperava que fosse assim.

– Ele devia estar aqui – foi o que consegui dizer. – Descarregando suas coisas, ajudando a arrumar as minhas, depois indo comigo explorar o campus...

Era assim que devia ter sido.

– Mas ele não está aqui – interrompeu minha mãe. – A vida coloca essas pedras no nosso caminho, filha. Essa não será a única. Você provou que é forte o bastante pra seguir em frente. Por mais que sinta falta dele, vai acabar encontrando a felicidade outra vez.

– Vou fazer o possível – falei, pegando a mala que havia tirado do carro.

– Sei que vai.

Ajudava bastante saber que eu estava apenas a uma hora de casa, que podia voltar correndo sempre que precisasse do meu quartinho ou de um lugar para me esconder. Isso me deixava bem mais tranquila. Até que Crawford despertasse e viesse viver comigo a vida que tínhamos planejados juntos. Não essa outra que eu estava tentando construir sozinha.

O interior do prédio era exatamente como eu tinha imaginado. Sofás, mesinhas e velas acesas se espalhavam pelo saguão principal, reunindo em cada canto um pequeno grupo. Na parede dos fundos ficava uma lareira apagada. Na fila enorme do elevador, fiquei aliviada ao ver outras calouras na mesma situação que eu, também acompanhadas dos pais. Havia malas e caixas por toda parte. Não era difícil identificar as veteranas, que trocavam beijos e abraços com as amigas que voltavam das férias.

O elevador já tinha feito três viagens quando enfim chegou nossa vez.

– É a mesma coisa todo ano – disse uma ruiva, sorrindo para mim. Tinha sardas charmosas no nariz, cabelos encaracolados e curtinhos. – Falei que desta vez eu não viria antes do domingo, mas não aguentei e vim hoje mesmo, como todo mundo. Já não via a hora de vazar da minha cidade. Sabe como é?

Infelizmente eu não podia dizer a mesma coisa. Tinha sido difícil sair de Franklin. Mas preferi não falar nada. Simplesmente retribuí o sorriso e assenti.

– Eu não estava preparada pra essa confusão toda – comentei. – Devia ter imaginado.

A ruivinha suspirou.

– Pois é. E a confusão só vai aumentando ao longo do dia. Ainda bem que chegamos cedo. – Ela prendeu seu copo térmico debaixo do braço, depois estendeu a mão e se apresentou: – Meu nome é Mae. Estou no segundo ano. Você é caloura, não é?

Apertei a mão dela.

– Sim. Meu nome é Vale. Muito prazer.

Um brilho surgiu de repente nos olhos grandes e expressivos dela.

– Puxa, adorei seu nome. Tenho uma coisa com nomes diferentes. Tenho até uma caderneta em que anoto eles. Vou acrescentar o seu. – Ela riu. – Mas não precisa ficar preocupada. Não sou nenhuma maluca. É que nasci com esse nome bobo e triste. Mae Rose. Então decidi que não ia fazer a mesma covardia com meus filhos. Venho colecionando nomes desde os 7 anos.

Por incrível que pareça, gostei da garota. Ela me parecia autêntica. Autêntica e falante. O que era ótimo. Eu não precisaria abrir muito a boca quando estivesse com ela, porque ela falaria o tempo todo.

– Faz sentido – observei, e só então lembrei que mamãe estava do meu lado. – Esta é a minha mãe.

Mais uma vez ela precisou prender o copo debaixo do braço para estender a mão, já que estava carregando cabides de roupa.

– Prazer – disse ela a mamãe. – Vale vai adorar aqui.

– Também acho – respondeu minha mãe.

O elevador enfim chegou ao terceiro andar, onde Knox e meu pai esperavam por nós.

– Caramba – reclamou Knox. – Precisavam demorar tanto?

– Ah, deixa de onda, rapaz – disse papai, revirando os olhos. – Você bem que gostou. Ficou paquerando o tempo todo.

– É seu irmão? – perguntou Mae, com os olhos arregalados.

– É. Às vezes eu até gosto dele.

Mae deu um risinho nervoso, e Knox piscou para ela. Meu Deus! O que mais aquele ano havia reservado para mim?

14

Minha colega de quarto era praticamente uma boneca Barbie. Não estou exagerando. Juro. Everly Adali Lane devia ter 1,80 metro de altura, uma cabeleira loura que escorria até a cintura e olhos de um azul quase marinho, bem mais escuros que os meus. Os lábios eram carnudos, pareciam ter recebido algum tipo de preenchimento, e a cintura era minúscula.

Como se não bastasse, era uma princesa. Bem diferente de mim, que cresci cercada de irmãos, nunca fui muito chegada a maquiagem e sempre gostei de usar All Star. Quem visse Everly ali naquele primeiro dia de faculdade, vestida como estava, ia achar que a garota estava pronta para um encontro. Aquilo prometia.

– Puxa, é tudo branco... – comentou ela enquanto minha mãe estendia sobre a cama a colcha que eu havia escolhido, que realmente era toda branca, apenas com uns babados nas bordas. Do jeito que eu gostava.

– O quê? A colcha? – perguntei, olhando para a cama que ela encarava.

– É – disse Everly lentamente, como se não conseguisse entender por que diabos alguém haveria de escolher uma colcha toda branca. Por que ela estava tão chocada? – Mas pelo menos as fronhas são coloridas, não são?

– Infelizmente não... – falei, observando de longe, temendo que a cabeça da garota fosse explodir a qualquer momento.

Perto da cama dela havia um cesto grande, do qual ela tirou uma almofada peluda e rosa que mais parecia um algodão-doce.

– Toma – disse, arremessando a almofada na minha cama. – Pode ficar.

Minha mãe olhou para mim com os olhos arregalados. Também não estava entendendo nada. Não sabia o que pensar da garota.

– Certo, obrigada – falei, sem saber se realmente devia estar agradecida por uma almofada peluda bem bobinha.

– Também trouxe uns quadros que a gente pode espalhar por aí pra dar um toque. Você não está pensando em pendurar pôsteres, está? Porque pôster não dá. Não suporto.

Everly Adali estava no seu dia de sorte. Eu nem sequer havia pensado em pôsteres. Tinha trazido apenas um espelho oval com uma moldura branca. Mas agora estava até com medo de tirá-lo da caixa.

– Não, não tenho pôster nenhum – tranquilizei-a.

– A melhor notícia do dia – festejou ela, depois começou a esguichar um spray perfumado nas duas camas. – Lavanda com baunilha. Comprei em Cotswolds, quando fui à Inglaterra nestas últimas férias. Você vai dormir bem melhor, vai ver. Você ronca?

– Feito uma serra elétrica – disse papai, entrando no quarto com a última das caixas.

A essa altura Knox já havia ido para o dormitório da Kappa Sigma. Prometera que passaria mais tarde para ver como eu estava. Agora era a hora de dizer adeus para os meus pais. Depois disso seríamos apenas nós, eu e Everly.

– Obrigada – falei para meu pai, tirando a caixa das mãos dele para guardar no armário.

– Bem, agora é com você – disse mamãe. Depois me puxou para um abraço e sussurrou no meu ouvido: – Aproveite a vida outra vez, filha.

– Vou tentar – prometi.

Papai me abraçou também.

– Se ficar com saudade, é só voltar. A gasolina é por minha conta.

– Valeu – falei sorrindo e apertei o braço dele.

– A gente ama você, filha – disse ele baixinho.

– Também amo vocês.

Eles beijaram meu rosto e foram embora, deixando-me sozinha com minhas caixas e minha vida nova.

– Quer dizer que você ronca – disse Everly assim que eles deram as costas.

Eu até já havia esquecido a pergunta. Poderia dizer que roncava, sim, e muito, e deixar que ela passasse o dia inteiro com os cabelos em pé. Ou poderia tentar ser amigável com a garota.

– Não, não ronco – respondi.

Ela soltou um suspiro dramático de alívio.

– Ah, ótimo! – exclamou. – Bem, marquei um café hoje à tarde com um cara gato que venho tentando pegar desde o ano passado.

Não fiquei nem um pouco surpresa. A saia mal cobria o traseiro da garota, e a blusinha era um top que deixava a barriga de fora.

– Certo. Divirta-se.

– *Claro* que vou me divertir – disse ela, rindo de orelha a orelha.

Assim que Everly saiu, me joguei na cama e suspirei só de pensar nas sete caixas que tinha para desempacotar. O dormitório até que não era mau. Não demoraria muito para que o quarto que havia deixado em casa deixasse de ser um lugar de refúgio e se transformasse num lembrete de tudo que havia mudado na minha vida.

Tudo ali era novo. Diferente.

Levantei da cama e abri uma das caixas. A primeira coisa que vi foi o porta-retratos de prata com uma foto minha e do Crawford na festa de formatura. Eu o havia comprado uma semana antes do acidente. Deixei-o no criado-mudo e dali a pouco já estava sentindo um nó na garganta.

Era saudade. Muita saudade.

Parecia já ter passado uma eternidade desde a última vez que eu vira aquele sorriso da foto. Aquele sorriso que me fazia tão bem. Eu me dispunha a fazer qualquer coisa para ver Crawford sorrindo. Mas agora percebia que muitas vezes fazia apenas o que *ele* pedia, e não o que *eu* realmente queria. Será que eu tinha perdido a identidade tentando agradá-lo sempre? E ele? Teria notado?

Mais uma vez corri os olhos pelo quarto. Uma coisa era certa: eu estava procurando quem eu era outra vez. Quando Crawford despertasse, não encontraria a mesma Vale de antes. Encontraria a Vale por quem havia se apaixonado lá no início.

Mamãe tinha toda a razão. Eu estava vivendo um novo começo. Precisava ser forte, precisava aprender a viver minha vida. O que não significava esquecer a vida que tivera com Crawford. Nossa relação fazia parte da pessoa que eu era. Estaria sempre comigo.

Quando Crawford despertasse, muitas coisas mudariam de novo. Mas eu não estava em condições de pensar nisso agora. Precisava terminar de arrumar aquelas caixas, depois comer alguma coisa. Talvez procurasse

Mae lá embaixo no saguão. Eu tinha gostado mais dela que da minha colega de quarto. Bastou me lembrar de Everly para que eu revirasse os olhos ao ver a almofada rosa em cima da cama.

Minhas roupas mal cabiam no armário; minha mãe havia exagerado na dose. Tinha colocado muito mais pares de sapato do que eu realmente precisava, e bordara um V nas toalhas azul-petróleo só porque possuía uma máquina de bordar monogramas e achava que assim elas não sumiriam. O banheiro que eu dividiria com Everly já estava atulhado com as coisas dela, mas por sorte eu havia trazido uns cestos que poderia empilhar contra a parede ao lado do armário. Terminada a arrumação, desarmei as caixas de papelão e procurei a carta de boas-vindas da universidade, lembrando ter lido nela alguma coisa sobre caçambas de lixo reciclável. Eles sabiam que naquele fim de semana o volume de caixas de papelão seria especialmente grande.

Depois de ler as instruções duas vezes para decorá-las, peguei minhas caixas e saí com elas para o corredor. A fila do elevador estava pior do que antes, então resolvi descer de escada, porque eram apenas três andares. Eu teria que descer essa escada, sair pela porta dos fundos, virar à esquerda e procurar pela primeira caçamba azul.

Deixei as caixas caírem no chão umas três vezes antes de chegar à tal porta dos fundos. De fato teria sido bem mais fácil descer de elevador, mas agora não havia mais o que fazer. Quando enfim encontrei a caçamba azul, já estava com a roupa empapada de suor e os braços pegando fogo.

– Espera aí que eu vou te ajudar – disse um cara que eu não podia ver por causa das caixas, que sumiram de repente das minhas mãos.

Nunca me senti tão agradecida quanto naquele momento.

– Pronto, já foram embora – completou, como se eu não tivesse percebido que elas haviam sumido.

– Muito obrigada – falei, arfando de tanto cansaço, percebendo que estava fora de forma.

– Não precisa agradecer. Acabei de fazer a mudança da minha irmã.

Era um ruivo muito alto. Mas um ruivo desses mais bonitos, tipo o príncipe Harry. Forte também, como dava para ver pela camiseta justa. Mas não fiquei olhando. Não seria educado.

– É muita gentileza sua. Meu irmão não ficou pra me ajudar. Mas não fez por mal. Também tinha que arrumar as coisas dele.

– Não sei se sou tão gentil quanto parece. Meus pais me fizeram prometer que eu ajudaria a Mae até o fim. Se eu tivesse quebrado a promessa, a esta altura ela já teria ligado pro papai. Então...

Ele sacudiu os ombros, rindo.

– Você disse *Mae*? Uma garota que tem uma lista de nomes diferentes? – perguntei.

Os dois podiam muito bem ser irmãos. Eram ambos ruivos e simpáticos.

– Ela mesma. Mae e sua caderneta idiota... – disse ele, revirando os olhos.

– Entrei na lista dela, fique sabendo – falei rindo.

– É mesmo? Nesse caso, preciso saber como você se chama. Meu nome é Charlie – disse ele, estendendo a mão.

– Vale – respondi, apertando a mão dele. – Muito prazer, Charlie.

– Caso você esteja se perguntando, temos uma irmã mais nova que se chama Anne. Meus pais nunca foram lá muito criativos nos nomes dos filhos. Acho que isso explica a mania da Mae.

Ele me fez rir. Exatamente como a irmã.

– Na minha opinião, Charlie, Mae e Anne são nomes muito respeitáveis.

Ele riu.

– Mamãe é inglesa. Ia gostar de ouvir isso. Concorda com você.

– Jura? Acabei de pensar que você parece um pouco com o príncipe Harry.

Ele ergueu a sobrancelha.

– E eu aqui, achando que podíamos ser amigos...

Mais uma vez ele me fez rir, e rir me fez bem. Por um instante esqueci da minha dor e pude respirar fundo.

– Podia ser pior – prosseguiu ele. – Você podia ter falado que eu parecia com o príncipe William. Pelo menos sou o filho rebelde.

Assenti.

– Pois é. Sinta-se elogiado.

Charlie olhou para trás e riu.

– Lá vem a Mae. Doida pra me ver pelas costas. Está escrito na testa dela.

Mae realmente vinha caminhando na nossa direção.

– Para de dar em cima da minha amiga em potencial, Charlie – disse ela assim que se aproximou. Depois olhou para mim. – Mais um nome sem graça na nossa família. Obra dos nossos pais, hum.

– Na verdade seu irmão estava ajudando com as minhas caixas – expliquei. – Estavam pesadas demais.

– Ótimo. Pelo menos pra isso ele serve. Agora vaza. Vou levar a Vale pra tomar um bom café e experimentar o melhor sorvete da vida dela.

– Divirtam-se – disse Charlie, depois olhou para mim com um sorriso malicioso. – Mas não deixe que Mae ensine os péssimos hábitos dela. Sabe aquela história que todo mundo engorda 10 quilos no primeiro ano de faculdade? Se você não ficar esperta com os sorvetes dela, vai ganhar esses 10 quilos de um dia para o outro.

– Ah, não enche o saco! – retrucou ela, e deu um tapinha no braço do irmão. Depois enroscou o braço no meu. – Até gosto de ter esse aí por perto, mas às vezes ele me irrita.

Sorri para ele e agradeci novamente.

– Mais uma vez, muito obrigada, Charlie.

– Disponha, Vale – disse ele, e foi embora.

– Meu irmão adora morenas de olhos azuis. É a praia dele – contou Mae. – Além disso, você é toda pequenininha, tem esse bronzeado natural que todo branquelo ama. Ele já está caidinho por você.

Eu não queria ninguém "caidinho" por mim. Não estava aberta a nada que não fosse uma simples amizade. Mas não explicaria isso a Mae. Não estava pronta.

– Você já terminou de arrumar suas coisas? – perguntei, para mudar de assunto.

– Já. Estou livre pra te apresentar às pessoas. E aí, gostou da sua colega de quarto? Quem é ela?

Era uma pergunta complicada...

– O nome dela é Everly. Um tipo assim... meio Barbie. Jogou uma almofada peluda rosa na minha cama.

Mae jogou a cabeça para trás e deu uma boa gargalhada.

– Ai, meu Deus! Não te colocaram com uma caloura, mas também não precisavam te colocar justo com a Everly! É quase cruel! Vou te apresentar minha amiga Jasmine daqui a pouco... Ainda está desfazendo as malas, vai encontrar com a gente mais tarde... Foi ela que ficou com a Everly no ano passado. Essa Everly é a *definição* da palavra *diva*!

15

Quando entrei no café do campus, imaginei que encontraria um monte de universitários, e foi o que aconteceu. Imaginei que conheceria um monte deles, e, como Mae era muito sociável, conheci. Mas o que eu não havia imaginado era encontrar minha colega de quarto numa das mesas, trocando chamegos com Slate Allen.

Everly parecia ser exatamente o tipo de garota fútil o suficiente para perder tempo com alguém como Slate. Mesmo assim eu não imaginava que nossos caminhos se cruzassem tão cedo num lugar tão grande como aquele campus.

– Everly e Slate Allen – disse Mae, e percebi que eu não tirava os olhos dos dois. – Não estou nem um pouco surpresa. Desde o ano passado que ela dá mole pro cara, mas ele é muito galinha. Cada dia está com uma garota diferente.

Antes que desviasse meu olhar, Slate olhou na minha direção, e eu senti um calafrio estranho. Virei depressa o rosto para o cardápio escrito em giz na parede do café, acima do barista.

O que tinha sido aquele calafrio? Familiaridade?

– Slate está olhando pra você. Escuta o que eu estou dizendo, amiga. Fique longe desse aí. É dor de cabeça na certa – sussurrou Mae. – E agora está vindo na nossa direção. Merda.

Fiquei nervosa, mas não entendi por quê. Slate tinha sido um amigo naquele verão em que eu mais precisei de amigos. Não tinha nenhuma obrigação de manter contato. Não tinha prometido nada. Eu estava agindo de um modo estranho, precisava dar um jeito nisso imediatamente.

– Vale.

A voz dele continuava mansa e quente, e eu gostava. Sorrindo, virei para ele.

– Slate! E aí, tudo bem com você?

Eu tinha parecido animada demais. Queria sumir dali. Senti um ódio repentino de mim mesma, achando que tinha exagerado no entusiasmo.

– Tudo ótimo. E você? Já está instalada?

– Ah, você conhece a Valerie? Minha colega de quarto? – perguntou Everly, agarrando o braço de Slate para marcar território.

– O nome dela é Vale – corrigiu ele, ainda olhando para mim. – E, sim, somos amigos.

Aquilo estava ficando cada vez mais esquisito.

– Querem beber alguma coisa? – perguntou o cara do outro lado do balcão, e quase dei um longo suspiro de alívio.

– Sim – respondi, virando para ele. Não tinha conseguido estudar o cardápio, então preferi não arriscar. – Um café bem forte. Duplo.

– Pra mim vai ser um *mochaccino* com calda de caramelo light – pediu Mae ao meu lado. – Duplo também.

– Seis dólares e 45 – disse o barista.

Eu já ia abrindo a bolsa para pegar a carteira quando Mae deu um tapinha na minha mão.

– Hoje é por minha conta. Amanhã você paga. – Antes que eu protestasse, ela argumentou: – Você só pediu um café simples. Deve ser 1 dólar. O resto é todo meu.

– Tudo bem.

– Vamos pra algum lugar mais sossegado – disse Everly às minhas costas.

– Você vai ficar por aqui, Vale? – perguntou Slate, e o climão só aumentou.

– Vamos – interveio Mae. – Estamos esperando uns amigos.

Slate me deu um sorriso.

– Você faz amigos rápido.

Bem, Slate era para ter sido meu primeiro amigo na universidade.

– Mae me colocou debaixo das asas – falei com sinceridade.

– Antes que meu irmão fizesse isso – brincou ela, depois virou para pegar nossos cafés no balcão.

– Então a gente se vê por aí – disse Slate.

Everly se colocou entre nós.

– Tchauzinho – falou.

– Tchau – rebati.

E Slate saiu atrás dela.

– Garota, por que você não disse que conhecia Slate Allen? Pelo amor de Deus, não vai dizer que já se pegaram.

Quase tropecei de tanto susto e virei o rosto para ela.

– O quê? Claro que não! Ele é amigo do meu irmão. Os dois são da Kappa Sigma. A gente se conheceu nesse último verão. Somos apenas amigos. Aliás, sou comprometida – acrescentei.

E não estava mentindo.

– Ah – disse Mae, arregalando os olhos. – Deixou um namorado na sua cidade? Em outra universidade?

Ela ia abrindo caminho através da multidão, mas pelo visto não havia nenhuma mesa livre. Eu não sabia direito para onde estávamos indo.

– Na minha cidade – respondi, sem maiores explicações.

– Esses nunca duram muito. Você sabe disso, não sabe? – Ela parou diante de uma mesa onde já estavam duas garotas. Falou com ela, em tom de brincadeira: – Cheguem pra lá, vadias.

– Mae, por que você estava conversando com Slate Allen? – perguntou a morena.

– Deixa de ser chata, garota – disse a loura. – Já peguei e sei que vale a pena.

– Você é uma piranha, Sam – disse Mae, sinalizando para que eu sentasse ao lado delas. – Esta é minha nova amiga Vale. Está no quarto da Everly, coitadinha, e é amiga do Slate.

– Slate não tem amigas – disse a morena, olhando para mim com desconfiança.

– Também acho. Cheguei aqui no mesmo ano que ele, nunca vi o cara com amiga nenhuma.

– Aposto que ela já pegou também – disse a morena.

A loura, que agora eu sabia que se chamava Sam, revirou os olhos e chutou a amiga.

– Cala a boca, garota!

– Bem, essas são minhas amigas Sam e Joy – disse Mae, sentando também. – Elas não têm filtro, então já vou me desculpando pelas bobagens que vão sair da boca delas.

– Você também não tem filtro nenhum, Mae – comentou Joy. – Mas e aí? Como é que você ficou amiga de Slate Allen?

Para falar a verdade, eu nem sabia direito se éramos amigos, mas decidi explicar antes que alguém pensasse que era mais uma das vítimas dele.

– Ele e meu irmão Knox são da mesma fraternidade. Só conheci o Slate agora, nesse último verão.

– Knox McKinley é seu irmão? – perguntou Sam, endireitando-se na cadeira.

Deu até um pouco de medo, mas respondi que sim.

– Ele é um gato. No próximo fim de semana vai rolar uma festinha lá na Kappa Sigma, e estou cavando um convite só pra ver seu irmão. Vou usar meu novo vestido vermelho pra chamar a atenção dele.

Eu já estava acostumada com o sucesso de Knox com as meninas. No colégio era a mesma coisa.

– Atenção, garota. Se você tentar usar a Vale só pra se aproximar do irmão dela, vou proibir qualquer contato. Perseguir irmão de amiga é falta grave, esqueceu?

Sam fez beicinho.

– Pensei que a regra só valesse pro Charlie.

– Não. Pro irmão da Vale também.

Joy deu uma risada.

– Isso não vai acabar bem...

– Agora até acho que acredito nessa história de amizade com o Slate. Ele não ia pegar a irmãzinha de um colega de fraternidade. Eles são muito rígidos com isso lá na Kappa Sigma.

Os pequenos milagres. Dei um gole de café, um pouco aliviada. As três começaram a conversar sobre o que tinham feito nas férias de verão, depois fizeram um monte de perguntas sobre a minha vida. Preferi não contar que meu namorado tinha ficado na cidade porque estava em coma. Ainda não me sentia preparada para falar disso.

16

Por causa das cortinas de blecaute que Everly tinha pendurado na janela do nosso quarto, acordei sem saber direito que horas eram. O quarto estava um breu. Peguei o celular: nove e meia. Uau! Eu tinha apagado às dez e meia. Nem vi Everly chegar. Pelo menos a garota não era barulhenta.

Acendi a lanterna do telefone e iluminei o chão para encontrar o caminho do banheiro. Minha intenção era ficar pronta antes que ela acordasse, pois assim não teríamos que dividir o espaço.

– Apaga essa lanterna aí, caramba – resmungou ela.

– Desculpa – falei, desviando a luz para os cestos que tinha empilhado junto da parede.

– Apaga isso aí *agora* – rosnou ela, fazendo um barulho alto com as cobertas.

– Só estou procurando minhas coisas pra me arrumar no banheiro – expliquei.

– Então anda logo com isso!

Peguei meu cesto e desliguei a lanterna. Faria o possível para não quebrar um tornozelo ou bater a cara na parede enquanto tentava encontrar a porta certa. Estava morrendo de medo daquele monstro deitado na cama. Pelo visto, minha colega de quarto não funcionava direito de manhã.

Por sorte encontrei o banheiro. Tranquei a porta antes de acender a luz. Apenas uma medida de segurança caso Everly surtasse e tentasse me atacar por causa da claridade vinda das frestas. Aquela garota não era fácil. Eu agora tinha uma almofada peluda rosa na minha cama! O que mais ela queria?

Abri o chuveiro para esquentar a água antes de tirar a roupa. O vapor se espalhou pelo banheiro, e eu não via a hora de tomar aquele banho quentinho. O quarto estava gelado. Como se não bastasse o ar condicionado, Everly tinha deixado um ventilador ligado a noite inteira.

Eu e Knox tínhamos combinado de almoçar juntos. Ele tinha me mandado uma mensagem na véspera. Depois do nosso encontro, eu iria à biblioteca pegar os livros de que precisava para começar as leituras para cada matéria. Mae dissera que tinha um compromisso naquela tarde. Ela ia falar com o gerente do bar onde ela havia trabalhado como garçonete no ano anterior, um lugar chamado Polly's. Tinham prometido empregá-la de novo quando ela voltasse das férias. Mae falou que perguntaria aos caras se eles tinham uma vaga para mim também, e eu estava rezando para que tivessem. Meus pais esperavam que eu trabalhasse para bancar minhas despesas pessoais. Pagariam pela gasolina do carro só quando eu voltasse para casa. Todo o resto seria por minha conta.

Sabia que havia recebido outras duas mensagens, mas, por causa da dificuldade para chegar ao banheiro, ainda não as havia lido. Faria isso depois do banho. O mais provável era que fossem da minha mãe ou de algum dos meus irmãos, querendo saber como eu estava.

Eu ainda não estava com saudades de casa, mas sentia um aperto no coração sempre que pensava em Crawford. Minha vontade era ligar para Juliet e pedir notícias, mas temia que ela ficasse triste ao ser lembrada que eu estava na universidade e o filho dela não. A mulher já tinha que lidar com tristeza suficiente. Eu havia pedido à minha mãe que me mantivesse informada.

A contragosto, desliguei a água, saí do chuveiro e me embrulhei em duas toalhas com monograma, uma para o corpo e a outra para a cabeça. Só então peguei o celular para ler as mensagens.

Uma era da mamãe.

A outra era do Slate.

A primeira dizia: "Boa noite, meu amor. Espero que você tenha tido um ótimo dia. Te amo."

Respondi rapidamente, contando das novas amizades que tinha feito no café e dizendo que a amava também.

Depois abri a segunda. "Boa noite." Mais nada.

Não havia o que responder. Já era de manhã. Slate tinha enviado a mensagem no meio da noite, então fiquei me perguntando se Everly já havia chegado ao quarto quando ele a escreveu. Mas eu não tinha tempo para pensar nessas coisas, que, aliás, não tinham a menor importância.

Abri o cesto sobre o tampo do vaso e peguei a escova de cabelo. Tinha um dia cheio pela frente, de preferência sem nenhum sinal de Slate e Everly. Por enquanto não havia lugar na minha vida para nenhum dos dois. Everly não era a pessoa mais simpática do mundo, mas de modo geral eu me dava bem com todo mundo. Cedo ou tarde acabaria acertando os ponteiros com ela também. Mas não agora.

Sequei os cabelos, fiz minha maquiagem e depois precisei de toda a concentração para me vestir no escuro. Quando enfim consegui sair, Everly só havia xingado três vezes. Nada mau, dadas as circunstâncias.

Como não seria possível fazer hora no quarto e ler alguma coisa até me encontrar com Knox, fui direto para o café em busca de uma dose matinal de cafeína. O lugar não estava tão cheio quanto na véspera, mas era domingo. O mais provável era que as pessoas ainda estivessem na cama. Como Everly.

– Acordou cedo – disse uma voz masculina.

Era Charlie, atrás de mim na fila, as mãos enterradas nos bolsos da calça.

– Já são mais de dez – observei.

– É verdade. Mas hoje é domingo, e você devia ter chutado o pau da barraca ontem à noite. Era a sua primeira no campus. E a ressaca, onde está?

– Acho que não recebi esse memorando. Às dez e meia eu já estava dormindo.

Charlie riu.

– Você é uma peça rara, Vale McKinley.

– É o que dizem por aí.

– O que deseja? – perguntou a atendente.

Eu me virei para responder. Ainda não conhecia o cardápio direito, então pedi apenas café preto. Pelo menos estava economizando dinheiro.

– Ela também vai querer uma dose de caramelo no café e um muffin de canela com cobertura. Pra mim vai ser a mesma coisa – disse Charlie, vindo para o meu lado com a carteira na mão. – Hoje o café é por minha conta – acrescentou, e deu uma piscadela.

Qual é o problema desses dois irmãos? Eu agora devia um café a cada um. Mas não ia reclamar. O muffin de canela estava com uma cara ótima.

– Obrigada, mas a próxima é minha – falei.

Charlie recebeu os dois muffins e olhou para mim de um jeito engraçado.

– O dia em que eu deixar uma mulher pagar alguma coisa pra mim, minha mãe sobe na vassoura e vem bater na minha cabeça com ela.

A imagem me fez rir.

– Pode deixar, não vamos contar pra ela.

Ele arregalou os olhos e falou baixinho:

– Você não prestou atenção na parte da vassoura? Ela vai saber. Sabe de tudo, aquela bruxa. Vai ligar daqui a pouco, querendo saber quem é a morena linda com quem tomei café da manhã.

Senti o rosto queimar. "Morena linda." Eu não estava acostumada com esse tipo de elogio. Namorar o mesmo cara desde criança era a coisa mais fácil do mundo. Era confortável. Aquilo era uma novidade para mim.

Charlie me entregou os dois pratos com os muffins, pegou os cafés e me conduziu até uma das muitas mesas vazias perto da janela. Dali a gente podia ver a rua, bem mais simpática sem o movimento da véspera. Carvalhos formavam uma aleia nas duas calçadas, e havia canteiros de flores por toda parte, até mesmo em torno das caçambas de lixo.

– Devo confessar que liguei pra minha irmã ontem, perguntando de você. Sei que parece que estou dando mole, mas sei que você deixou um namorado para trás. Não vou mentir. Fiquei um pouco chateado, mas acho que foi o destino que fez a gente se encontrar aqui neste café, e nada impede que sejamos bons amigos.

Isso me deixou mais tranquila. Eu não saberia como reagir caso Charlie me chamasse para sair e não queria criar um clima com a Mae. Gostava dela, queria cultivar aquela nova amizade.

– Vou adorar ser sua amiga – falei, e dei um gole no café.

Tinha esquecido do caramelo. A textura cremosa me tomou de surpresa. Fiquei fã na hora.

– Esse caramelo é uma delícia.

– Também acho – disse ele, sorrindo. – E o adicional custa só 50 centavos. Aquele café que minha irmã pede custa cinco pratas.

– Bom saber.

– Espera só pra você provar o muffin.

Peguei o garfo, parti um pedaço pequeno e levei à boca. A massa era quentinha e molhadinha. Derretia na língua.

– Uau! – exclamei, e parti um pedaço maior.

– O melhor muffin da cidade – garantiu.

– Aqui deve ficar lotado de manhã durante a semana.

Fiquei triste só de pensar que não poderia comer aquilo todo dia antes da aula. A menos que acordasse mais cedo. Todas as minhas aulas começavam às oito. Onde é que eu estava com a cabeça quando montei meu horário?

– A fila sai pela porta – disse Charlie. – Mas tenho meus contatos. Posso quebrar seu galho se estiver por perto.

Ri da brincadeira e dei mais uma mordida. Fazer novos amigos estava sendo mais fácil do que eu havia imaginado. Apesar da saudade de casa e de Crawford, tudo indicava que eu seria feliz naquele campus. Quando Crawford acordasse e ficasse completamente bom, eu mostraria tudo a ele, e viveríamos juntos aquela experiência. Ele adoraria esses muffins.

– E esse tal namorado? Foi pra outra escola?

Falar sobre o Crawford nunca era fácil. Eu precisava contornar a verdade.

– Este ano ele vai ficar em casa. Tem umas questões pessoais pra resolver. Por enquanto a gente vai se ver só nos fins de semana, depois ele vem pra cá também.

Charlie ouvia com o garfo parado no ar, como se estivesse esperando por mais detalhes.

– Há quanto tempo vocês estão juntos?

– Desde os 6 anos – respondi.

Depois ri baixinho. Essa informação sempre produzia uma cara de espanto.

– Uau! Então você nunca teve outro namorado? – perguntou ele, mal acreditando no que tinha acabado de ouvir.

Assenti.

– Nunca.

– Caramba! Eu aqui achando que os meus três anos de namoro no colégio tinham sido muito.

– Desculpa, mas nessa você perdeu.

Charlie deu um risinho malicioso.

– Quem não perde pra você?

Eu estava gostando daquilo. Falar de Crawford, o café gostoso... Quando Crawford chegasse ao campus, todo mundo saberia quem ele era, todo mundo ouviria a nossa história. Seria uma adaptação fácil. Esse dia ainda chegaria. Quanto antes, melhor.

17

A segunda-feira veio e passou num piscar de olhos. A pressa para não chegar atrasada na aula; a avalanche de informações para o semestre; a falta de tempo para o almoço; o cansaço quando, lá pelas cinco horas, voltei para o quarto e me joguei na cama com um pacote de Cheetos, uma Coca-Cola Diet e um monte de coisas para estudar.

A terça foi mais ou menos igual, mas com um pacote de biscoitos salgados no lugar dos Cheetos e uma garrafa de água mineral no lugar do refrigerante. Resolvi que precisava de uma alimentação mais saudável. Mas tudo foi por água abaixo quando Mae chegou às nove com uma pizza calabresa enorme, pingando gordura, enquanto eu fazia anotações no texto que estava lendo.

As quartas eram mais tranquilas. Consegui acordar cedo o bastante para pegar um bom lugar na fila do café. Não comprei um muffin porque faltavam apenas cinco minutos para a primeira aula. Eu não teria tempo para comer nada. A boa notícia era que não havia nenhuma aula no período da tarde. Eu poderia fazer uma refeição decente e colocar as leituras em dia para a semana seguinte.

Depois das aulas da manhã, fui para a biblioteca. Everly não era lá muito chegada nos estudos. Quando estava no quarto, ela colocava Justin Bieber para tocar alto e cantava desafinado. Àquela altura eu já havia decidido que a biblioteca seria minha melhor amiga. Mas o lado bom era que Everly saía quase toda noite para encontrar algum cara. Eu não perguntava se era Slate, mas estaria mentindo se dissesse que não ficava curiosa.

Desde aquele encontro fortuito no café, eu não via nem sombra de Slate. Também não recebia outra mensagem dele. Por mim, tudo bem.

Não imaginava que Slate Allen se tornasse um bom amigo. Ele tinha lá seus interesses pessoais, e a amizade não estava entre eles.

Subi até o quarto andar da biblioteca e encontrei uma mesa mais tranquila nos fundos, escondida entre as estantes. Ninguém costumava se aventurar além do segundo andar, então achei que ali estava bom.

Não sei ao certo quanto tempo já havia se passado quando ouvi uns risinhos por perto, depois uma voz masculina sussurrando algo... Depois mais risinhos. Ergui a cabeça e olhei através da estante à minha frente. Vi uma garota recostada contra a lateral da estante seguinte.

"Slate" foi a única palavra que consegui distinguir. A garota falou o nome dele duas vezes, depois deu um gemido.

Fala sério! Irritada, tentei ignorar aquilo e me concentrar na leitura.

– Isso... – disse ele, com um gemido.

Pelo amor de Deus! Olhei para as estantes quando ouvi mais gemidos e o barulho de livros caindo no chão. O cara não tinha um quarto na fraternidade? Era lá que esse tipo de coisa devia rolar. Ou pelo menos era isso que eu achava.

Para mim já estava de bom tamanho.

Levantei da mesa e respirei fundo antes de contornar a estante e me deparar com a cena que já havia previsto: Slate agarrado a uma garota que eu não conhecia, vários livros espalhados pelo chão.

Eles olharam assustados quando me aproximei, mas não consegui olhar nos olhos de Slate. Depois do que eu tinha visto, as coisas nunca seriam mais as mesmas.

– Desculpa – falei, sem olhar diretamente para a dupla. – É que eu estou naquela mesa ali atrás. – A garota estava com os seios de fora, e eu também não queria ver aquilo. – Estou estudando e realmente não quero participar dessa... experiência de vocês. Então, se não for nenhum incômodo, por que vocês não vão pra outro lugar? Sei lá, pro quarto, pra fraternidade, pra qualquer outro lugar que não seja um espaço público?

Meu rosto ardia em chamas. Eu não era ingênua a ponto de não saber o que era sexo. Eu tinha uma vida sexual com Crawford, mas nunca tinha visto outro casal se pegando.

– É pra isso que existe este andar – rosnou a garota. – Vaza.

– Tenho certeza de que a diretoria da universidade vai concordar comigo. A biblioteca não é lugar de pegação – falei, e voltei para minha mesa. Não queria manter a conversa com pessoas seminuas.

– Depois – escutei Slate dizer.

A garota resmungou alguma coisa.

– Depois – insistiu ele.

Parecia que ela estava dando um chilique. Fiquei me perguntando se ele achava isso tão sexy quanto o boquete que recebera minutos atrás.

– Já disse. Agora não. Aqui não – disse Slate, bem mais incisivo que antes.

– Você é um babaca! – retrucou ela.

– Foi você que insistiu pra subir aqui e chupar meu pau.

Mais livros caíram no chão e, por mais que o carpete abafasse o barulho dos passos, ouvi quando ela saiu pisando forte até o elevador. Rezei para que Slate fosse atrás.

As letras nas páginas do livro que estava lendo viraram um borrão, e o coração só faltava sair pela boca. A última coisa que eu queria era que Slate viesse falar comigo.

– Ela tem razão. Esse não vai ser o único showzinho de sexo ao vivo que você vai ver se continuar vindo pra cá.

Perfeito. Ele veio falar.

– Isto aqui é uma biblioteca – respondi, mas sem erguer a cabeça.

Ouvi um risinho, e minha vontade foi arremessar um livro na cara dele.

– Eu sei. Mas um boquete entre as estantes até que não é má ideia. Tem sempre aquele risco de chegar alguém de repente. Você é virgem, Vale?

Agora ele conseguiu minha atenção. Finquei os olhos no idiota. Por sorte ele já havia fechado o zíper da calça.

– Isso não é da sua conta.

Ele deu de ombros.

– Você ficou tão vermelha quando viu a gente que pensei que nunca tivesse feito sexo.

Eu não ia permitir que aquele galinha ficasse zoando assim de mim.

– Já dormi com o Crawford.

Slate riu.

– Não é de dormir que estou falando, gata. Estou falando de trepar.

Por que foi excitante ouvir Slate dizer essa palavra? Uma palavra horrível, eu sei, mas não vou mentir: senti o coração disparar dentro do peito e um friozinho estranho na barriga. Que diabos estava acontecendo comigo?

– Preciso estudar – falei.

– Te mandei uma mensagem. Você não respondeu.

Por que ele estava falando disso agora?

– Estava dormindo.

– Eu sei. Eu vi.

– *Hein?*

Slate se aproximou da mesa, puxou uma cadeira e sentou à minha frente.

– Entrei com a Everly no quarto de vocês. Só pra te ver. Você estava dormindo. Fica linda quando dorme, sabia?

Eu não tinha ouvido nada. Não estava gostando de saber que eles entraram no quarto enquanto eu dormia. Era invasão de privacidade.

– Se eu estava dormindo, a Everly não deveria ter deixado você entrar – falei, irritada com os dois.

– Concordo. Falei pra ela não fazer isso de novo.

De novo? Como assim?

– Não entendi.

Ele recostou na cadeira e cruzou os braços.

– Everly é uma vaca egoísta. Então falei que, se ela fizesse isso de novo, se entrasse no quarto com alguém quando você estivesse dormindo, iria se ver comigo.

Ah. Eu não sabia o que dizer.

– Ela sabe que não faço ameaças à toa. Raramente ameaço alguém. Você pode ficar tranquila. Prometo.

Não me contive.

– E por que você se importa?

Ele deu de ombros.

– Pra falar a verdade, nem sei por quê. Mas me importo, sim. E é só isso que interessa.

18

Não sei direito o que aconteceu naquele dia na biblioteca, mas algo tinha sido dito nas entrelinhas. Minha relação com Slate agora era outra. Ele me mandava mensagens quase todo dia. Não apenas para desejar boa noite, mas para trocar ideias. Tínhamos longas conversas sobre quase tudo: as matérias que eu estava fazendo, o comportamento obsessivo da Everly, café, o fato de ter encontrado Charlie de novo na cafeteria, até mesmo sobre o que a gente vinha comendo.

Era como se ele quisesse apenas bater papo comigo, mais nada. E, embora conversássemos por mensagens de texto, acho que aos poucos estávamos ficando mais próximos um do outro. Mais próximo do que eu havia ficado de qualquer outro garoto que não fosse Crawford. Slate estava realmente se tornando um amigo.

Volta e meia ele me convidava para tomar um café, encontrava comigo depois das aulas e, numa determinada semana, almoçamos juntos cinco vezes. Eu gostava da companhia dele. Slate me fazia rir e nunca botava pressão, nunca parecia querer algo além da minha amizade. Ao contrário do Charlie, que ainda jogava suas cantadas. Mas eu não estava livre para sair com ninguém. Porque tinha Crawford.

Slate me fazia esquecer a dor. Quando estávamos juntos, eu me sentia melhor. Mais leve. Como se eu pudesse ser feliz outra vez. Bem no fundo, às vezes até pensava na possibilidade de um futuro sem Crawford. Quase morria de tanta culpa, mas pensava.

Pela primeira vez desde o acidente eu tinha um motivo real para me sentir culpada. Estava vivendo a vida que tínhamos planejado juntos. Não ficava pensando em Crawford a toda hora, não sofria o tempo todo com a dor da perda. Às vezes até dava gargalhadas por causa de alguma bobagem, e só mais tarde percebia que nem tinha pensado em Crawford. Não tinha orgulho disso, mas estava aprendendo a viver a vida como ela era, a cada momento. Slate estava me ajudando nisso. Mae também. Mas o Slate era... algo mais.

Eu ainda não sabia ao certo o que era esse "algo mais". Porque, embora Crawford não estivesse ali comigo, meu coração estava com ele. Desde os 6 anos. Será que algum dia isso mudaria?

Everly estava se arrumando para uma festa na Kappa Sigma sobre a qual eu nada sabia. Fiquei magoada quando ela me contou. Aquilo me pegou desprevenida. Não que eu tivesse ficado surpresa com ela. Mas Slate tinha se tornado um amigo. O fato de ele não me convidar para a festa significava que eu não era tão importante para ele quanto ele era para mim. Eu não esperava que ele quisesse ficar comigo nessa festa, nada disso, mas... a gente era amigo ou não era?

– Oieee...

Mae abriu uma fresta na porta do quarto, espiou para ver se Everly não estava por perto e só então entrou.

– Ela está no banheiro – avisei, antes que ela começasse a falar mal da garota.

Mae não era lá muito fã de Everly. Quase ninguém era.

– Quem será o bofe da vez? – perguntou baixinho, apontando para o top minúsculo, quase um fiapo de pano, que Everly havia deixado em cima da cama.

– Sei lá. Tem uma festa na Kappa Sigma.

Mae ergueu as sobrancelhas.

– E você não vai?

Àquela altura todo mundo já sabia que eu era a primeira e única amiga que Slate Allen já tivera na vida. Fiz que não com a cabeça, me esforçando para disfarçar a mágoa.

– Que babaca – resmungou Mae, depois foi até o armário.

Fiquei observando enquanto ela examinava minhas roupas como se estivesse numa missão. Dali a pouco, ela voltou para o quarto e arremessou duas peças na minha direção: uma legging preta e um bustiê prata que eu geralmente usava sob um blazer.

– Veste isso – mandou, e partiu para os sapatos.

– Isto aqui é uma legging. Preciso de uma camisa comprida por cima.

Já com uma sandália prata nas mãos, ela revirou os olhos.

– Não, Rory Gilmore, não precisa, não. Anda, veste isso. Faz uma boa maquiagem, dá um jeito nesse cabelo. Porque hoje a gente vai sair também. Quem precisa da Kappa Sigma e das suas festinhas caídas? Charlie vai pro Linc com três amigos. Vamos com ele.

– Linc?

Parada à porta, ela riu de orelha a orelha.

– É uma das boates do campus. Agora vá se trocar.

Assim que Mae saiu do quarto, olhei para as roupas que ela havia separado e pensei que não havia motivo para eu não aceitar o convite dela. Muito melhor do que ficar trancada naquele quarto remoendo as mágoas. Não precisei de muito tempo para me decidir. Troquei de roupa, fiz uma maquiagem simples e fiz rapidamente uns cachos nos cabelos. Everly ainda não tinha saído do banheiro. E, aparentemente, não sairia tão cedo. Por sorte eu já havia escovado os dentes. Não ia dar para entrar no banheiro.

Fui me olhar no espelho de corpo inteiro que Everly havia instalado na porta do quarto e quase voltei para escolher outra roupa no armário. Não era assim que eu costumava me vestir. Não que eu fosse supercareta, mas aquilo estava justo demais.

Everly *tinha* que sair do banheiro justo naquele momento. A tempo de me ver na frente do espelho.

– Pra onde você vai? – perguntou, visivelmente surpresa.

– Pro Linc – respondi, como se estivesse careca de conhecer o lugar.

– Com quem?

– Amigos.

– Amigos do sexo masculino? – ela quis saber, enxerida como sempre.

– Amigos e amigas – respondi displicentemente.

Peguei minha bolsa e abri a porta.

– Divirta-se. Ah, e manda um alô pro Slate – falei antes de sair.

Assim que as palavras saíram da minha boca, fiquei arrependida. Não queria que Slate soubesse que eu me importava. Sem esperar pela resposta de Everly, saí para o corredor e fui para o quarto da Mae, inconformada comigo mesma. "Manda um alô pro Knox" era o que eu deveria ter dito. Sem pagar de ciumenta ou invejosa.

Bati à porta de Mae, e foi Sam que abriu.

– Uau! – exclamou ela, recuando um passo para ver melhor. – Parece que Vale está pronta pro jogo!

Mae saiu às pressas do banheiro e fez um escândalo quando me viu.

– Perfeito! A gente vai se divertir à beça!

Tomara. Era disso que eu precisava: diversão. E também para esquecer a bobagem que tinha acabado de dizer para Everly. Como eu podia ter sido tão burra?

Meu celular apitou na bolsa. Mensagem do Slate: "Que tal um *brunch* amanhã?"

Resolvi não responder. Depois da farra daquela noite, ele certamente não ia precisar de um café tardio, mas de um *almoço* tardio. Talvez eu também. Silenciei o celular e guardei de volta na bolsa. Naquela noite, eu não iria mais pensar em Slate Allen.

– E aí, vamos? – perguntou Mae, dando uma última ajeitada nos cachos naturais.

– Só se for agora – disse Sam.

– Então vamos embora!

Mae passou por mim e abriu a porta do quarto.

Eu nunca havia estado numa boate antes. Nunca mesmo. Sabia dançar. Gostava de dançar. Mas nunca tinha dançado numa boate. A noite realmente prometia. Eu estava prestes a fazer algo que tinha imaginado fazer um dia com Crawford. A cada dia que passava, a culpa e a dor iam ficando menos pesadas. Devia ser isso que as pessoas chamavam de "aceitação". Mas eu ainda não estava totalmente convencida de que aceitar era uma coisa boa.

19

A pulseirinha rosa-choque no meu pulso informava aos *barmen*, ou a quem quisesse saber, que eu tinha menos de 21 anos. O símbolo preto carimbado na minha mão dizia a mesmíssima coisa. Aparentemente, eles eram supercautelosos na tal boate. Tinham de ser, já que era uma casa noturna frequentada basicamente por universitários. Mas para mim não importava. Eu não estava ali para beber. Só tinha a impressão de que aquele carimbo não sairia tão cedo da minha pele.

Charlie e seus dois amigos, Drake e Cole, estavam esperando por nós do lado de fora. Era mais que evidente o interesse de Mae pelo tal Drake, um tipo alto, bonitão, mas que tinha um ar meio sério, acadêmico, que eu não imaginava que atrairia a minha amiga. Mas ela parecia bem a fim. Sam imediatamente se pendurou em Cole. Então sobrou Charlie para mim.

– Você está linda – disse ele, abrindo caminho na confusão da porta.

– Obrigada. Sua irmã invadiu meu armário e escolheu minhas roupas.

Ele riu.

– Não posso esquecer de agradecer a ela depois.

Charlie estava dando em cima de mim. Vinha fazendo muito isso ultimamente. Era cada vez mais difícil encontrar com ele, porque eu não estava pronta para sair com ninguém. Crawford podia despertar do coma a qualquer momento, e eu não queria abrir mão disso.

– Tem bancos vazios ali no bar – disse ele, já me puxando na direção do balcão. – As meninas podem sentar enquanto os meninos pegam as bebidas.

– Pra mim, uma vodca com Coca-Cola – disse Mae para o irmão.

Charlie não estava usando pulseirinha nem carimbo algum. Eu ainda não havia perguntado quantos anos ele tinha, mas devia ter mesmo 21. Ele revirou os olhos para a irmã.

– Que tal uma Coca-Cola sem vodca?

Mae fez uma careta de revolta, mas Charlie apenas riu.

– Então pede logo aquele drinque Shirley Temple, vai – esbravejou ela, depois abriu um sorriso sedutor para Drake.

– Nem pensem nisso, vocês dois – alertou Charlie. – Minha irmã não vai beber debaixo das minhas barbas.

– Droga – resmungou Mae, e cruzou os braços com raiva.

Charlie se virou para mim.

– Quer um refrigerante?

– Uma Coca, por favor.

Em seguida, ele pediu as duas Cocas e uma cerveja. Pelo visto não tinha nada contra bebidas alcoólicas, apenas não queria que a irmã menor de idade bebesse. Aquilo era digno e raro.

– Você bebia quando era calouro – acusou Mae.

– Porque não tinha um irmão mais velho pra me impedir – retrucou ele.

Charlie tinha razão. Mas não falei nada, por medo de que Mae me atacasse com as garras que já tinha mostrado para o irmão.

A discussão já havia cessado quando finalmente um banco vagou ao meu lado e Charlie sentou. Ele passou meu copo de Coca.

– Pensei que você fosse à festa da Kappa Sigma. Fiquei surpreso e muito feliz quando a Mae disse que você vinha com a gente.

– Parece que meu irmão mais velho também não quer que eu beba por aí.

– Não era de Knox que eu estava falando – disse Charlie, com o rosto sério, chegando um pouco mais perto.

Claro que não era de Knox que ele estava falando. Era de Slate. Todo mundo comentava quando a gente fazia alguma coisa juntos. As pessoas não entendiam nossa amizade, achavam aquilo impossível. Talvez mudassem de ideia quando soubessem dessa minha noite na boate sem ele. Éramos só amigos, e ponto final.

– Slate provavelmente já tinha um encontro. Não ia me chamar pra depois ter que ficar preocupado comigo, pra garantir que eu estava me divertindo. Tem mais o que fazer.

Quando coloquei a coisa desse jeito, achei até razoável. Quase entendi ele não ter me convidado. Quase.

Charlie assentiu.

– Quer dizer então que esse cara que você deixou pra trás é sério mesmo? Você realmente não tem nada com Slate?

– Sim, meu namoro é sério. E não, realmente não tenho nada com Slate. Namorar não é a praia do Slate. Acho que ele já deixou isso bem claro.

– E quando é que você pretende voltar pra ver esse seu namorado? – quis saber Charlie.

Eu devia ter esperado por isso. Dei um gole na Coca e olhei para a pista de dança. Estava louca para dançar e esquecer tudo aquilo. Crawford, Slate e minha mágoa idiota.

– Ainda é cedo – respondi. – Estamos resolvendo umas questões.

Essa foi a única desculpa que encontrei para dar a Charlie. A única que eu daria para quem quer que fosse.

– Acontece. Passei por algo parecido com a garota que namorava no último ano do colégio. Fomos pra universidades diferentes, acabamos perdendo contato.

Não era bem isso que tinha acontecido comigo. Nem de longe. Mas a minha história não era muito comum.

Dei mais um gole no refrigerante e não disse nada.

– Não posso beber, mas ninguém vai me impedir de dançar! – gritou Mae de repente, agarrando a mão de Drake.

Deixei meu copo no balcão e vi Sam carregar Cole para a pista.

– E aí, você dança? – perguntei a Charlie.

Ele sorriu.

– Claro que sim, garota!

– Ótimo! – exclamei, e lá fomos nós também.

Assim era bem melhor. Sem conversas. Apenas mover o corpo conforme a música. Sem cutucar as feridas do passado. Eu podia esquecer tudo e apenas me mover.

Charlie mantinha certa distância na pista, mas, de vez em quando, me pegava pela cintura e chegava perto. Eu sempre dava um jeito de me desvencilhar antes que ele ficasse muito à vontade. Charlie era um cara legal, o tipo de homem que faria uma mulher feliz, mas por algum motivo eu não me sentia atraída por ele. Não conseguia imaginar um futuro com ele. Nem queria.

Mae passou rodopiando por nós, rindo muito enquanto se jogava para cima de Drake. Charlie revirou os olhos, e eu dei uma boa gargalhada. A relação deles era muito parecida com a minha com Knox. Um almoço aqui, um cafezinho ali, e só. Knox vivia sempre muito ocupado. Saía com mais garotas do que eu tinha imaginado.

Depois de algumas músicas, Mae voltou para o balcão e pediu mais um refrigerante. Eu também estava com sede, mas temia o interrogatório de Charlie, então preferi continuar dançando.

– Acho que tem visita pra você – disse ele no meu ouvido.

Parei de dançar e olhei na direção que ele apontava. Slate estava recostado no bar, encarando-me com uma garrafa de cerveja na mão.

– O que será que ele veio fazer aqui? – perguntei, sem conseguir tirar os olhos dele.

– Acho que é óbvio – respondeu Charlie.

Eu não conseguia olhar para Charlie nem falar nada. O olhar de Slate provocava uma sensação estranha em minha barriga. Era... um arrepio. Sim, era essa a palavra. Era como se uma corrente elétrica percorresse meu corpo porque ele estava ali.

Quando exatamente meu coração havia cochilado e deixado que isso acontecesse? Não, eu não podia levar essa história adiante. Seria uma grande burrice. Slate não estava a fim de namorar.

Nem eu. Porque eu *já tinha* um namoro.

– Você precisa ir lá falar com ele? – perguntou Charlie, lembrando-me que ainda estava lá.

Droga. Eu havia esquecido onde estava.

– É... acho que sim – gaguejei, e saí caminhando na direção de Slate, ainda com os olhos grudados nele.

O que havia de errado comigo? Eu não era aquela garota que estava ali.

Ou será que era? Sem Crawford, eu nem sabia direito quem era. Talvez fosse exatamente esta garota. Se meu caminho não tivesse cruzado com o de Crawford, eu teria sido essa garota. Do tipo que se deixa levar por mulherengos bonitões que só querem saber de diversão.

20

Talvez eu fosse mesmo assim.

Enquanto ia ao encontro de Slate, dizia a mim mesma que não, que eu não era esse tipo de garota. Mas, a cada passo que dava, parte de mim queria ser. Afinal de contas, alguma coisa ele devia sentir por mim. Caso contrário não estaria ali, certo? Tinha deixado uma festa na Kappa Sigma para me encontrar na boate. Ninguém esperaria algo assim de Slate Allen.

E se no fundo ele fosse um cara legal e não soubesse disso? E nós dois estivéssemos perdidos até aquele momento?

– Cadê o seu celular? – foi a primeira coisa que ele disse quando me aproximei.

Não era isso que eu esperava ouvir.

– Na bolsa – respondi, e baixei os olhos para ter certeza de que minha bolsinha de mão continuava ali, pendurada no braço.

– Confere.

Confere o quê? Meu telefone?

– O que foi? – perguntei, ainda sem entender nada.

Ele deu um gole na cerveja, depois apontou para minha bolsa com a garrafa.

– Confere o celular, Vale.

Peguei o telefone e só então vi as cinco ligações perdidas do número dele.

– Você estava precisando de alguma coisa? – perguntei, olhando de volta para ele.

– Eu só queria que você atendesse o telefone. Everly estava completamente bêbada, mas deu seu recado. Falou que você tinha vindo pra cá e que tinha mandado um alô. Você achou o quê? Que eu não ia ligar?

Jamais achei que Everly diria alguma coisa.

– Não, não achei que você fosse ligar.

– Você está com Charlie de novo. Quer dizer então que está livre pra sair com ele?

Eu não estava saindo com ninguém. Estava com Charlie e Mae.

– Mae me chamou pra sair e eu topei. Não queria ficar sozinha naquele quarto a noite inteira. Charlie encontrou com a gente aqui.

Slate bebeu mais um pouco, depois plantou os olhos em mim e ficou assim por alguns segundos. Eu já estava ficando desconcertada com aquilo. Ainda não sabia o que ele estava fazendo ali, por maiores que fossem as esperanças do meu coração traidor.

– Vale – disse ele, devagar, olhando fixamente para mim. – Você queria que a Everly me contasse que você estava aqui?

Sim. Não. Sim. Droga!

Fiquei calada. Não queria mentir, mas também não conseguiria dizer a verdade.

– Por quê, Vale? – perguntou ele, como se eu tivesse dito alguma coisa.

– Por que o quê?

Ele estendeu o braço e fez um carinho no meu rosto.

– Eu não precisava de uma resposta verbal. Seus olhos responderam por você. Então agora eu quero saber: por quê?

"Porque eu estava magoada com você", essa era a resposta que nunca sairia da minha boca. Uma questão de orgulho. Não importa que garota eu realmente fosse.

Slate sorriu e balançou a cabeça.

– Vamos lá, se despeça dos seus amigos e venha comigo. Só eu e você.

A garota que eu pensava ser recusaria o convite sem pensar duas vezes. Mas não foi isso que fez a garota que eu vinha escondendo de mim mesma a vida inteira.

Mae veio até nós e leu imediatamente o que estava estampado no meu rosto. Parecia decepcionada, mas não se opôs.

– Vai. A gente se vê amanhã – falou, antes que eu pudesse dizer o que fosse.

– Sinto muito.

Eu realmente *sentia* muito por fazer aquilo com ela. Mas não podia dizer não a Slate quando era isso que eu queria desde o início.

– Eu entendo – disse ela. – Vai!

Dei um abraço rápido nela.

– Diga tchau ao Charlie por mim – pedi.

Olhando para trás, vi que ele dançava com outra garota. Fiquei aliviada porque ele não estava esperando por mim.

– Não se preocupe com meu irmão – disse Mae. – Essa pinta de bom-moço é pura enganação. O cara é um galinha da pior espécie.

Eu duvidava muito que isso fosse verdade, mas sorri e voltei minha atenção para Slate. Ele largou a cerveja no balcão e tomou minha mão, entrelaçando os dedos nos meus. Nunca tinha feito isso antes. Por mais inocente que fosse o gesto, senti o coração disparar dentro do peito e deixei escapar um sorriso bobo. Por sorte, ele estava olhando para a saída. Seria uma vergonha se ele me visse daquele jeito, sorrindo feito uma idiota.

A brisa da noite foi um alívio depois daquela multidão e daquele cheiro constante de álcool no ar. Enchi os pulmões com o ar fresco e tentei me acalmar. Eu e o Crawford vivíamos de mãos dadas. Desde sempre. Mas com ele eu nunca havia sentido o que estava sentindo agora. Acho que nem prestava muita atenção na coisa.

Slate abriu a porta do táxi e esperou que eu entrasse. Estranhei que ele não estivesse no seu Jeep preto.

– Bebi demais pra dirigir – explicou.

Mais uma vez Slate Allen me deixou confusa. O cara era um garoto popular que recebia boquetes na biblioteca, mas era outra pessoa quando estava comigo, muito mais responsável. Mais um lado dele que talvez só eu conhecesse.

Ele entrou depois de mim.

– Refúgio das Panquecas – informou ao motorista. Depois olhou para mim. – Precisamos conversar, e estou morrendo de fome.

– Por que você saiu da festa?

Ele se recostou no banco do carro e espichou as pernas como podia.

– Porque era isso que você queria que eu fizesse.

Isso não era justo.

– Não foi isso que eu disse – protestei.

– Não, não foi – disse ele rindo. – Mas às vezes, Vale, você nem precisa dizer nada pra eu saber o que se passa na sua cabeça. Você ficou sabendo dessa festa na fraternidade. Como eu não tinha te chamado, você veio pra esta boate e ignorou minhas mensagens e minhas ligações. Queria que eu viesse te encontrar, então eu vim.

Ele estava certo? Eu tinha feito aquilo? Não era bem assim.

– Seu irmão também é da fraternidade – prosseguiu ele. – Foi por respeito a ele que não te chamei para a festa. Knox ia ficar nervoso se visse a irmã mais nova ali, rodeada de marmanjos bêbados.

– Eu estaria com você – escapou da minha boca antes que eu pudesse me controlar.

– Eu tinha um encontro – disse ele.

Ah. Bem, isso eu já imaginava.

– E onde ela está agora?

– Deixei com outro cara da fraternidade.

Eu agora estava me sentindo péssima. Tinha arruinado a noite do cara só porque ignorei aquelas mensagens. No entanto, lá estava ele, me levando para comer panquecas.

– Sinto muito – foi só o que encontrei para dizer.

– Sente mesmo? – disse ele, meio que me zoando.

– Sinto.

– *Hummmmm* – ronronou ele assim que o táxi parou diante do Refúgio das Panquecas. Ele pagou o motorista e abriu minha porta. – Pode descer que já estou indo.

Eu não queria mais conversa nenhuma. Minha vontade era voltar para o quarto e não sair de lá pelos próximos quatro anos.

O lugar cheirava a manteiga, xarope de bordo e batata frita. Slate me levou para a mesa mais distante. Eu ainda não tinha olhado para ele quando a garçonete chegou para perguntar o que íamos beber. Pedi um café, já sabendo que não ia dormir naquela noite.

– Eu não namoro, Vale. Eu só saio com as garotas. É assim que eu faço as coisas – disse ele assim que a moça se afastou.

Simplesmente assenti. Que mais eu podia fazer?

– Você e eu... a gente tem uma química, sei lá. Gosto da sua companhia.

Gosto de você. Adorei ter conhecido você naquele hospital. Mas você é do tipo que namora, Vale. Só sabe o que é estar em um relacionamento. Eu não consigo.

– Por que não? – perguntei sem pensar.

Ele bufou e recostou na cadeira.

– Porque não sou assim. Gosto da minha liberdade.

Estava sendo honesto, e eu não tinha nenhum direito de julgar o cara.

– Tudo bem.

– Tudo bem? – disse ele espantado. – É só isso que você vai dizer?

– O que mais você quer que eu diga?

Slate ficou mudo um instante, me analisando enquanto corria o polegar pela linha do queixo.

– Mas quero continuar te vendo – falou de repente.

– Somos amigos. Podemos continuar assim. Pode até ser que eu já me sinta preparada pra sair com alguém, mas isso não impede que sejamos amigos.

Caramba. De onde tinha saído aquilo? Quem disse que eu estava preparada para voltar a namorar? Onde eu estava com a cabeça?

Ele franziu o cenho.

– Você está... preparada pra sair com alguém?

Tinha ficado tão surpreso quanto eu. As palavras foram saindo da minha boca numa avalanche incontrolável, coisas que eu nem sabia que estavam dentro de mim.

– Sim... eu acho. Acho que já é hora de sair com alguém. Não sei quando Crawford vai ficar bom. Ele não ia querer que eu deixasse minha vida de lado. Não estou buscando um namoro sério, mas quero conhecer gente nova. Nunca fiquei com ninguém além do Crawford.

– Então vai ficar com quem? Com o Charlie?

Dei de ombros.

Duvidava muito que Charlie fosse querer alguma coisa comigo depois do que eu tinha aprontado com ele na boate. Mais cedo, eu só havia pensado em como queria estar com Slate. Mas agora as cartas estavam todas na mesa. Ele não queria saber de namorar.

A garçonete chegou com nossos cafés.

– Já sabem o que vão comer? – perguntou.

– Ainda não. Precisamos de mais um tempinho... – Slate leu o nome da moça no crachá preso ao uniforme. – Mary.

Ela abriu um sorriso e corou. Eu não a culpava.

– Tudo bem – disse ela, quase num gemido.

– Quer dizer então que você só ficou com Crawford até hoje? – prosseguiu Slate. – Então precisa ficar ligada, escolher direitinho com quem vai sair. Não dá pra confiar em qualquer sujeito.

Ele soava sério e sincero, como se estivesse revelando algo de suma importância, algo que eu precisava entender.

– Não vou colocar um anúncio no jornal – retruquei, ligeiramente irritada.

– É sério, Vale. Confie em mim. Se você for sair com alguém, pelo menos deixe que eu levante a ficha do cara antes.

Queria ter dado uma boa risada, mas não consegui. Ele havia falado como um dos meus irmãos mais velhos, e isso doeu lá no fundo e me deixou sem ar. O primeiro cara por quem eu tinha me interessado depois de Crawford me via como uma irmã. Até aquele exato momento, eu não havia confessado nem para mim mesma que estava a fim de Slate.

Não estava preparada para tudo aquilo que estava acontecendo comigo de uma vez só. Precisava sair daquele restaurante. Então peguei minha bolsa.

– Já entendi – falei. – Tenho quatro irmãos mais velhos. Não quero mais um. O que eu realmente quero é voltar pro meu quarto. Pode ficar e comer. A gente... a gente se fala depois.

Sem olhar para ele, levantei da mesa e saí às pressas para a rua. Precisava fugir daquele lugar. Não havia um ponto de táxi na porta, então fui caminhando pela calçada. Quando estivesse longe o bastante, ligaria para Mae. Ou procuraria o número de um serviço de táxi no Google. Qualquer coisa. Menos continuar ali.

21

– Vale!

Eu já esperava por isso. Tinha feito aquele drama todo para sair do restaurante porque precisava sair de lá antes de começar a chorar na frente dele. Mas sabia que Slate viria atrás de mim, então queria apenas ganhar uma boa frente enquanto ele pagava a conta.

Parei de andar porque ele me alcançaria de qualquer modo. À minha frente, apenas a avenida escura que levava ao campus. Respirei fundo algumas vezes, procurando me acalmar e tentando convencer a mim mesma de que não havia agido feito uma idiota.

– Caramba, Vale, o que deu em você? – perguntou ele, já ao meu lado.

O que "deu em mim" era que eu gostava dele. Gostava muito. E ainda não estava acostumada com a ideia. Foi isso que "deu em mim".

– Fiquei preocupado, garota. Será que não entendi alguma coisa? Será que minha vontade de te proteger é motivo suficiente pra você sair correndo por essa bosta de rodovia feito uma maluca? – continuou ele, apontando para a via expressa na qual eu não sabia que estava.

Merda. Acho que não era bem para o campus que eu estava indo.

– Não preciso de mais um irmão – falei.

– Você já disse isso. Mas não estou tentando ser seu irmão. Nem de longe.

Isso tirou um pouco do peso que eu sentia no peito. Mas não o bastante.

– Sou perfeitamente capaz de escolher os caras com quem posso ou não posso sair.

Ele me olhou com uma expressão de ceticismo.

– É que... é a sua primeira vez. Não quero que você se machuque, só isso.

– Por quê, Slate? Por que você se preocupa tanto comigo? Por que fica trazendo café, mandando mensagens, vindo atrás de mim? Por que você fez com que eu gostasse de você? *Por quê?* Era *isso* que você queria? Provar que podia me conquistar e depois me desapontar?

Não era nada disso que eu queria dizer, mas as palavras foram saindo da boca contra a minha vontade. Slate olhava para mim como se eu estivesse falando outra língua. Como ele podia não enxergar o que tinha feito? Tudo havia começado com aquele maldito café no hospital.

– Você precisava de café, e andava sempre sozinha. Eu queria fazer alguma coisa pra te ajudar.

Era só isso que ele tinha a dizer depois de tudo que eu havia despejado em cima dele?

– E ajudou mesmo – falei, com amargura.

Comecei a andar outra vez. Aquela conversa não levaria a lugar nenhum.

– Pra onde você pensa que está indo?

– Pro meu quarto.

– A gente está a uns 15 quilômetros do dormitório.

Droga!

– Vou chamar um táxi pra gente – disse ele.

Em vez de continuar andando sozinha na escuridão, parei e dei meia-volta.

– Tudo bem.

– Vale – disse ele, suspirando. – Não faça isso.

– Isso o quê?

Ser franca? Ele tinha alguma coisa contra a franqueza?

– Você sabe muito bem. Gosto de nós dois. Acho que funciona. Só não posso ir além disso que a gente já é.

– Que seria o quê?

– Amigos. Amigos de verdade.

Ótimo. Então éramos amigos. Menos mal. Essa era uma experiência pela qual eu ainda não havia passado: a de gostar de um cara e não ser correspondida.

– Tudo bem – concordei. – Então, amigo, será que você pode me levar de volta pra casa? Não vejo a hora de tomar um banho e cair na cama.

Ele pegou o celular, fez a ligação, depois apontou para o Refúgio das Panquecas.

– A gente tem que voltar pra lá. É o endereço que eu dei pro táxi.

Então fomos caminhando de volta para o restaurante. Eu me sentia ao mesmo tempo idiota e magoada.

– Isso não vai mudar nada entre a gente, vai? – perguntou ele.

Estava perto demais. Gostava do seu cheiro.

– Não, não vai – respondi, sem convicção.

– Você é importante pra mim, Vale. Não planejei nada disso, mas você é realmente importante pra mim.

– Tudo bem.

Minha vontade era dizer "Você também", mas não disse.

O táxi chegou rápido, poupando a gente daquele papo constrangedor sobre as coisas não mudarem. Peguei o celular e mandei mensagens para Mae e Charlie. Depois conferi meus e-mails e o Instagram, só para me manter ocupada. Por sorte Slate não tentou puxar conversa.

Quando enfim o carro parou diante do dormitório, guardei o telefone na bolsa e forcei um sorriso antes de olhar para ele.

– Obrigada pela carona. A gente se vê por aí.

Isso foi o melhor que encontrei para dizer.

O melhor que ele pôde fazer foi me deixar ir. E foi isso que ele fez.

Dali a uma hora, já deitada, peguei o porta-retratos ao lado da cama e falei baixinho para Crawford:

– Saudade...

Depois abri a gaveta do criado-mudo e deixei o porta-retratos ali dentro. Sabia que ia chorar muito. Por tudo. Por Crawford e pelas coisas que tínhamos deixado de viver juntos. Por ter encontrado outro cara que eu poderia ter amado, mas que nunca me daria uma chance.

Era estranho chorar por um relacionamento que nunca havia acontecido. Eu nem sabia que isso era possível, mas era, e doía muito. Na manhã seguinte, eu teria que começar tudo outra vez. Um novo dia. Para tentar me conhecer melhor, aprender a ser feliz. A vida tinha sido cruel comigo, mas cedo ou tarde eu acabaria encontrando meu caminho.

Não precisava de um cara para me completar. Nunca tinha precisado. Apenas não havia tido ainda a oportunidade de descobrir isso. Mas agora eu sabia.

22

Na semana seguinte, Slate mandou uma mensagem com um simples "E aí, o que você está fazendo?".

Horas depois, respondi: "Estudando."

Só isso e mais nada. Nenhuma conversinha, nenhuma tentativa de manter as coisas como eram antes. Elas nunca tinham sido nada de mais. Slate tinha feito de tudo para não deixar que eu me aproximasse.

Concentrar nos estudos e na busca de emprego foi o remédio que encontrei para atravessar a semana sem pensar nele. Sem pensar *muito* nele. Encontrar emprego até que não foi tão difícil assim. Com a ajuda de Mae, naquela sexta eu começaria a trabalhar como garçonete no turno da noite. Uma iniciante bem no olho do furacão de fim de semana, mas eu não estava tão preocupada assim porque Mae iria me treinar.

O uniforme do Polly's era um shortinho preto, que podia ser uns 2 centímetros mais baixo, e uma camiseta azul, bem justinha, na qual vinha escrito POLLY'S BAR & GRILL. Eu havia pedido uma camiseta mais larga, mas Mae explicou que era a própria Polly que exigia aquelas camisetas tão justas. "Para alegrar a clientela masculina", dizia ela. Diversos monitores de televisão passavam programas de esporte, a cerveja corria solta. Eu não conseguia entender por que a gente precisava se vestir de determinada maneira para cativar a clientela masculina. Eles já tinham esporte, cerveja e hambúrgueres. O que mais poderiam querer?

Mae me aconselhou a não reclamar, porque o uniforme ajudava bastante nas gorjetas. Na verdade, eu estava grata por estar trabalhando, e ainda por cima com uma amiga.

A noite começou sem grandes problemas. Eu ficava atrás de Mae o tempo todo, observando o que ela fazia. O sistema digital para registrar os pedidos era a única coisa que me preocupava um pouco, então eu redobrava a atenção sempre que via Mae mexendo nele, rezando para não cometer nenhuma bobagem quando chegasse minha vez de usá-lo sozinha. Minha vontade era anotar tudo aquilo em algum lugar, mas não dava. Sobretudo porque Mae nem sequer usava um bloquinho para anotar os pedidos. Guardava tudo na cabeça.

Dali a duas horas e sete mesas servidas, eu já estava um pouquinho relaxada quando Mae surgiu do meu lado.

– Tem uma mesa ali pra você atender sozinha – disse ela, rindo. – Vai ser bom pra você treinar.

Eu ainda não me sentia nem um pouco preparada para servir uma mesa sozinha, e era isso que eu já ia dizendo quando meu olhar cruzou com o de Charlie e a ficha caiu. Mae queria que eu treinasse com seu irmão e os amigos dele.

– Ah. Tudo bem. Acho que consigo.

Mae sorriu, cumprimentou com a cabeça a turma do irmão e saiu para a cozinha. Imediatamente peguei o bloquinho que ela havia me passado, e que ela mesma nunca usava. Eu não estava pronta para decorar os pedidos. Antes de tudo, precisava lembrar como usar o computador.

Charlie sorriu assim que me viu, e isso me deixou ainda mais tranquila. Ele estava de novo com Drake e Cole, além de outro sujeito que eu não conhecia, um cara com o boné virado para trás e os olhos grudados no jogo de futebol americano.

– Olá – falei sorridente. – Já sabem o que vão beber?

Charlie se recostou na cadeira, ainda sorrindo de orelha a orelha.

– Sou fã desse uniforme – comentou.

Revirei os olhos.

– Eu não.

– Mae está te ensinando as manhas?

– Está. Esta é a primeira mesa que sirvo sem a ajuda dela, então me desculpem se eu der alguma mancada.

– Mesa melhor do que esta você nunca ia encontrar – disse Drake. – A menos que traga a cerveja errada pro Cole, porque aí o bicho vai pegar.

– Que nada – emendou Cole. – Sinta-se perdoada desde já.

– Semana passada você sumiu. Deixou nosso Charlie na mão – Drake achou por bem completar.

Olhei para Charlie, arrependida do que tinha feito. Ele não merecia aquilo.

– Eu sei. Mandei mal. Não devia ter saído daquele jeito.

Cole riu.

– Parece que alguém pagou caro pra descobrir o modo operacional de Slate Allen.

– Cala a boca! – interveio Charlie, bravo.

– Então? O que vocês vão querer? – perguntei, dando o assunto por encerrado.

Todos pediram cerveja, menos Charlie, que pediu uma Coca. Anotei os pedidos, depois fui registrar no computador. As cervejas eram com o bartender, mas eu teria que me virar sozinha com a Coca.

– Tudo bem por aí? – perguntou Mae.

– Tudo.

– Vai ser bom você praticar com eles. Se precisar de ajuda, é só chamar.

– Obrigada.

Ter encontrado a Mae havia sido uma bênção na minha vida. Ela piscou para mim e voltou para a cozinha.

Dali a pouco, Charlie e os amigos pediram entradinhas e hambúrgueres. Tudo corria às mil maravilhas, e eu me sentia cada vez mais segura. Estava gostando da coisa. Trabalhar não era apenas uma necessidade, mas também uma forma de manter a cabeça ocupada. Assim, não ficava pensando em Crawford e Slate o tempo todo.

Mas o destino parecia ter um jeito estranho de lidar com as coisas, ou só gostava de dar uma boa risada. Caramba. Eu começava a me perguntar se o destino não ia com a minha cara de um modo geral. Em algum momento da vida eu havia feito algo para que ele se tornasse um inimigo.

Eu estava prestes a entregar a Coca de Charlie quando vi Slate sentando algumas mesas adiante, acompanhado de uma garota. Fiquei ali parada, olhando para os dois. Precisava dar um jeito naquilo, desviar o olhar e aceitar que esse tipo de coisa iria acontecer a toda hora. A dor que senti foi ridícula. Fiquei com ódio de mim mesma.

Antes que ele pudesse perceber o que eu estava fazendo, virei o rosto e prometi a mim mesma que não voltaria a olhar para ele. Focar no trabalho, isso era tudo que eu faria dali em diante.

– Aqui está – disse, fazendo cara de feliz. Charlie e os amigos mal tiraram os olhos do jogo na televisão para agradecer. – Vão querer mais alguma coisa? – perguntei, rezando para que me dessem algo para fazer.

– Traz pra mim aquele brownie com sorvete – pediu Charlie, e os outros foram na onda dele.

Então, quatro brownies com sorvete. Não anotei o pedido. A primeira coisa que não precisei anotar naquela noite. Mae se aproximou quando cheguei ao computador.

– Ignora o babaca – disse ela baixinho, fazendo cara de nojo.

– Não estou preocupada com isso.

Mae riu.

– Sei.

Pois é. Ela me conhecia mais do que eu imaginava.

– Slate foi um equívoco – falei. – Chega de equívocos na minha vida.

– Um equívoco que quase todas as garotas deste campus cometem. Você sacou a babaquice do cara antes das outras. Essa aí, por exemplo, a garota que está com ele. Aposto que vai estar se acabando de chorar quando encontrar o cara com outra amanhã à noite. Esse é o jogo de Slate Allen. Quando uma garota sai com ele, precisa saber que ele só está interessado no sexo.

Ainda bem que eu não tinha dormido com Slate. Não queria estar na pele daquela garota. Minha própria já estava dando trabalho suficiente. Se não estivesse morrendo de ciúmes, eu até ficaria com pena da menina.

– Preciso registrar quatro brownies – falei, mudando de assunto.

Ela assentiu.

– Tudo bem. Mas finge que nem viu cara – completou, e saiu de perto.

Depois de registrar o pedido, resolvi ir para cozinha e ficar ali esperando pelos brownies. Mas não antes de dar uma espiadela rápida...

Apenas para ver Slate olhando para mim.

23

Se havia alguma coisa da qual eu podia me orgulhar naquela noite era de não ter parado e olhado de volta para ele. Rapidamente virei o rosto e fui para a cozinha, como havia planejado. Slate estava acompanhado. Era para a garota que ele devia estar olhando.

Os brownies ficaram prontos mais cedo do que deviam, mas eu não podia ficar escondida naquela cozinha a noite inteira. Arrumei os pratos na bandeja e voltei para o salão.

Charlie olhou nos meus olhos quando me viu chegando com o pedido. Pela expressão no seu rosto, também tinha visto Slate.

Depois do último fim de semana, provavelmente achava que eu era mais uma no harém de Slate Allen. Eu não queria isso, mas era culpa minha ter saído daquela boate com o Slate. Quando a gente conhece um cara no ambiente de um hospital, a gente acaba confiando nele mais do que devia.

– Parecem ótimos – falei, já distribuindo os pratos na mesa.

– Estão mesmo – disse Cole. – Quer um pedaço?

– Melhor não. Bom apetite.

Eu podia sentir que estava com todos os músculos contraídos. Odiava que a mera presença de Slate provocasse em mim esse tipo de reação.

– Tudo bem com você? – Charlie perguntou baixinho quando coloquei o prato na frente dele.

– Tudo – falei com um sorriso forçado. – Então, vocês querem mais alguma coisa?

– Um copo de leite – disse Drake. – Desculpa, eu devia ter pedido antes.

– Bebe essa cerveja aí, cara – falou Charlie, irritado.

– Não tem problema – respondi. – Nada melhor do que um copo de leite pra acompanhar um brownie. Mais alguém? – perguntei, procurando algo para ocupar a cabeça.

– Bem, já que você vai trazer pra ele, pode trazer um pra mim também – pediu o cara que eu não conhecia.

Charlie bufou como se estivesse bravo com os dois.

– Não demoro – falei, e voltei correndo para a cozinha, parabenizando a mim mesma por não ter olhado para Slate.

Abri a geladeira comercial enorme e de lá tirei um galão de leite para encher os dois copos gelados que já tinha tirado do freezer.

– Ele já foi embora – disse Mae às minhas costas.

O susto foi tão grande que derramei um pouco de leite, mas me controlei e completei o copo. Não queria levar aquela conversa adiante.

– Deixou uma nota de 20 pra pagar as bebidas e vazou – informou Mae.

Peguei os dois copos de leite e olhei para ela.

– Não devem ter gostado de nada no cardápio – falei.

Voltei para o salão. Precisava olhar desta vez. Sabia que ele tinha ido embora, mas tinha que ter certeza. Uma fraqueza minha, eu sei. Mae estava certa. Slate não estava mais lá.

A noite seguiu sem que Mae voltasse a tocar no assunto. Ela já havia sacado que eu não queria falar do cara e, como boa amiga, ficou na sua. Ajudei-a depois que minha única mesa saiu. Não demorou muito para que nosso turno chegasse ao fim. Voltamos juntas para o dormitório, empesteando o carro dela com nosso cheiro de gordura. Não via a hora de tomar um banho.

– Você mandou muito bem – disse Mae assim que descemos.

– Valeu. Não foi tão difícil.

– A grana até que é boa. E a gente vai trabalhar juntas.

– Mas esse cheirinho de gordura... – falei rindo.

– É verdade. Depois de um tempo, você acaba acostumando.

Eu tinha lá minhas dúvidas, e ia falar isso quando percebi um vulto perto da entrada e parei. Era tarde, e achei estranho que aquele homem estivesse ali, em frente a um dormitório feminino.

– Que foi? – perguntou Mae, quando notou que eu havia empacado.

Antes que eu respondesse, o vulto se deslocou e só então pude distinguir o rosto de Slate sob o luar. O que ele estava fazendo ali?

– Não foi nada – falei. – Achei que tinha esquecido o celular no carro, mas está dentro da bolsa.

– Humm. – Ela não estava muito convencida.

Slate já tinha voltado para a escuridão quando nos aproximamos da porta. Mal olhei para ele quando entrei no prédio com Mae.

Queria poder dizer que iria direto para a cama. Slate provavelmente estava ali por causa de uma garota qualquer. Mas, depois de ele ter sumido uma semana inteira, ter levado outra garota ao bar onde eu trabalhava, e agora aquilo, eu estava pronta para soltar os cachorros e dizer exatamente o que pensava dele. Sobretudo agora que caras feito Charlie achavam que eu era mais uma das muitas rejeitadas por Slate Allen.

Falei que ia subir de escada e, tão logo Mae entrou no elevador, dei meia-volta e saí outra vez. Slate continuava no mesmo lugar.

– Está fazendo o que aqui? Não bastou o que você fez hoje? Tem mais três dormitórios femininos neste campus. Por que você não vai trepar com alguém num deles? Por que foi lá naquele bar, esfregar aquela garota na minha cara? Isso te dá prazer?

– Merda – ele deixou escapar, depois segurou meu rosto com as duas mãos e beijou minha boca.

Por essa eu não esperava.

Mas meu corpo não demorou a acompanhá-lo. Minhas mãos subiram por seus braços e os seguraram enquanto minha boca se entregava à dele, e ele viu nisso um convite para esquentar as coisas.

Meu coração batia forte no peito e os joelhos estavam bambos. Eu nem sabia que joelhos ficavam bambos com um beijo, mas os meus ficaram. Eu queria mais. Seus lábios eram quentes e macios, e buscavam os meus como se eu fosse um instrumento musical e ele soubesse exatamente como tocá-lo.

Não sei quanto tempo deixei esse beijo rolar, nem o momento exato em que caiu a ficha de que era Slate quem estava ali. Até então eu nunca tinha beijado outro homem que não fosse Crawford. E, quando enfim isso aconteceu, foi justamente com um cara que eu tinha visto horas antes com outra garota. Lembrar disso foi o balde de água fria que precisava para cair na real.

Com um gesto brusco, me desvencilhei dos braços de Slate, cobri a boca com a mão e respirei fundo diversas vezes. Estava chocada, com ele e comigo mesma. Aquilo não fazia o menor sentido, eu sabia que era uma roubada.

Nenhum de nós disse nada. Simplesmente ficamos ali, olhando um para o outro. Dizer o quê? Slate não estava ali por minha causa, tinha acabado de sair com outra garota. E tinha acabado de me beijar. Que tipo de cara faz uma coisa dessas? Os escrotos como Slate Allen, claro.

– Não acredito que você fez isso – rosnei, dando um passo para trás e afastando a mão da boca.

– Por quê?

Por quê? Fala sério. O sujeito não sabia o que era caráter, só podia ser.

– Sei lá, Slate. Talvez porque você estava no meio de um encontro. Esperando por outra mulher! – berrei, apontando para a porta do dormitório.

– Você está enganada, Vale. Eu estava esperando por você.

Ah.

Precisei refletir um pouco antes de responder. Eu desejava que ele estivesse ali à minha espera? Não. Eu não queria ver meu nome circulando pelo campus como mais umas das suas trepadas de uma noite. Era bem provável que meu nome já estivesse circulando, mas não queria piorar as coisas.

– Por quê? – perguntei.

– Sei lá. Queria ver você, só isso. Conversar com você.

– Você estava com outra garota lá no bar.

Ele deu de ombros.

– Isso não significa que eu não estivesse com saudade de você.

Significava que ele estava me deixando confusa. Completamente.

– Slate, qual é a sua? Por que você está fazendo isso comigo? Primeiro falou que queria ser meu amigo, depois sumiu do mapa. E agora aparece aqui, dizendo que estava com saudade. Sabia muito bem onde me encontrar esse tempo todo. Não me procurou porque não quis.

Ele suspirou e correu a mão pelos cabelos.

– Eu sei.

Aquela conversa já dera o que tinha que dar. Eu havia trabalhado a noite toda, queria tomar um banho e cair na cama. Então fui caminhando de volta para a porta.

– Vale, espera! Por favor.

Foi o tom de voz que me fez parar, mais do que as palavras. Hesitei um instante, depois olhei para trás.

– Eu não sei explicar direito, mas você é... diferente. Sei lá, eu quero você todo dia, mas não consigo namorar ninguém. Não sou assim, entende?

Mas eu era. Pelo menos com Crawford. Não com outro cara. Eu ainda não me sentia pronta para namorar alguém que não fosse Crawford. Como poderia exigir de Slate um compromisso que eu mesma não estava preparada para assumir? Cedo ou tarde, Crawford acordaria. Eu ainda não havia perdido as esperanças. E aí? O que eu faria quando ele despertasse?

– Também não estou pronta para namorar – falei.

– Entendo.

Então, como é que ficava? Eu devia continuar saindo com Slate e beijando o cara enquanto ele pegava toda noite uma garota diferente? Eu era capaz disso?

– Será que não dá pra gente... ficar? Sem exclusividade? Quero ver você mais vezes. – Ele abriu um pequeno sorriso. – E quero te tocar... Droga, eu sonho em tocar você...

Meu coração disparou de um jeito que quase perdi o ar. Slate Allen queria me tocar, e as imagens brotaram imediatamente na minha cabeça. Eu queria a mesma coisa. Então decidi ali mesmo: sim, eu podia fazer aquilo. Assim como ele, isso era tudo que eu podia prometer. Exigir mais que isso seria injusto, já que havia Crawford. Quanto mais tempo Crawford ficava em coma, maior a possibilidade de que ele nunca mais ficasse bom. Mas eu ainda não estava preparada para dizer que ele nunca acordaria. Não pretendia desistir dele. Nem mesmo depois de perceber que nossa relação não era assim tão perfeita quanto eu imaginava. Fiz tanto para deixá-lo feliz. Eu me transformei. Agora queria voltar a ser quem eu era. Talvez ele não aceitasse quem eu era agora quando acordasse. Mas eu sabia que não poderia mais deixá-lo tomar as decisões por mim.

– Tudo bem – respondi.

Naquele momento, não pensei nas consequências, no que poderia sentir quando o visse com outras garotas. Não pensava em outra coisa que não fosse o bem que ele me fazia quando estava por perto e como ele dissipava minha tristeza.

Slate se aproximou outra vez e me puxou pela cintura. Antes que eu pudesse fazer algo para acalmar o coração, a boca dele já estava colada na minha e eu precisei me agarrar em seus bíceps para não cair quando meus joelhos fraquejaram.

Aquilo estava de bom tamanho. Era tudo que podíamos prometer um ao outro naquele momento. Ou para sempre. De repente senti uma fisgada no coração, sem saber direito por quê. Olhar de frente para os meus sentimentos por Slate significava aceitar que minha vida estava mudando. Mas, se Crawford despertasse do coma, eu voltaria para ele. Era minha única certeza.

24

"Café da manhã?" Foi com essa mensagem que acordei no sábado. Já passava das dez, e eu precisava levantar de qualquer modo.

Respondi "Sim" e rapidamente troquei de roupa no escuro, como sempre fazia.

Dali a vinte minutos Slate já estava na porta do dormitório, esperando por mim com um copo de café na mão. Depois do que tinha acontecido na véspera, não sabia o que esperar, mas certamente não era isso. Com o cabelo um pouco comprido preso atrás das orelhas, ele estava usando uma camiseta cinza justa com o emblema da Kappa Sigma. A calça jeans também não estava ruim. Slate sempre chamava atenção quando a usava.

– Bom dia! – cumprimentou ele com um sorriso meio sonolento.

Faltava pouco para as onze horas, mesmo assim ainda era cedo para ele.

– Bom dia pra você também – falei. – E obrigada pelo café.

– Dormiu bem?

Fiz que sim e bebi do café. Realmente tinha dormido bem. Talvez porque estivesse exausta, ou por causa da decisão de sair com o Slate.

– Topa ir até Nashville pra comer alguma coisa?

Naquelas redondezas o único lugar decente para tomar café da manhã era a tal casa de panquecas de onde eu tinha fugido por causa dele. Não queria relembrar o mico daquela noite.

– Claro – respondi.

– Também preciso ver meu tio. Está internado outra vez. Por causa dos efeitos da quimioterapia. Se você quiser, pode ir junto pra ver seus pais.

Isso não estava nos meus planos. Voltar para encarar Crawford e minhas lembranças. Estava com saudade dos velhos, seria bom revê-los. Slate precisava visitar o tio e pelo visto não queria ir sozinho.

– Tudo bem – falei rapidamente, antes que mudasse de ideia.

– Quero que você conheça o tio D. Contei a ele sobre você durante o verão, e ele ficou curioso.

– Você contou sobre mim? – perguntei, surpresa.

– Claro que contei! Você era a coisa mais interessante naquele hospital.

Eu também havia falado com Crawford sobre Slate, numa das minhas noites com ele. Mas decidi ficar calada. Seguimos para o Jeep, e ele abriu a porta para que eu entrasse. De novo. Assim como Crawford sempre fazia. Mas eu não esperava isso dele, Slate.

– Obrigada – falei, um pouco envergonhada por ter ficado surpresa com a gentileza.

Ele sorriu como se tivesse lido meus pensamentos, depois contornou o carro e entrou também. O Jeep tinha o cheiro dele. Do perfume que ele usava. Era bom estar ali.

Já estávamos na estrada quando olhei para o lado e me dei conta de que não sabia quase nada sobre Slate. Ele sabia muito mais a meu respeito. Mas, claro, ele tinha perguntado. Tinha procurado saber. Eu não havia feito nada parecido.

– Você sempre morou com seu tio?

– Desde os 6 anos. Meu pai se mandou pouco depois que nasci. Nunca conheci o cara. E minha mãe morreu de uma crise aguda de pneumonia quando eu tinha 6. Não tinha plano de saúde, e um belo dia simplesmente não acordou. O único parente vivo que ela tinha era o irmão mais velho, que foi lá me buscar.

Senti um nó na garganta.

– Quanto tempo você ficou sozinho até que aparecesse alguém? – perguntei com a voz embargada.

– Lá pelo fim do dia, quando vi que ela não ia mais acordar, liguei pro 911. Ela já tinha me ensinado: se acontecesse alguma coisa de ruim e ela não pudesse ajudar, eu devia ligar pro 911. Até hoje me pergunto, sei lá, se eu tivesse ligado mais cedo, de repente podiam ter feito alguma coisa pra salvá-la. Mas eu era apenas uma criança. Tio D me ajudou a lidar com essa culpa.

A minha vida tinha sido absolutamente segura. Com o Crawford era a mesma coisa. Agora Slate estava vendo o tio que o havia criado morrer aos poucos, e isso me parecia uma grande injustiça. Ele já havia sofrido o suficiente.

Depois do acidente, eu ficara de tal modo focada em Crawford que não me passou pela cabeça como nossa vida tinha sido fácil até então. Para mim, nada podia ser mais horrível do que aquilo. Bobagem. As coisas sempre podiam ser piores.

– Você foi muito esperto ao ligar pro 911. Não sei se eu aos 6 anos teria tido essa iniciativa – admiti.

– Claro que teria. Acho que as crianças sacam as coisas antes dos adultos e tomam as decisões mais acertadas. Muitas vezes os adultos entram em pânico e acabam fazendo besteira.

Tinha tanta coisa que eu ainda não sabia sobre Slate, mas, quanto mais eu descobria, maior ia ficando meu respeito por ele. Tudo bem, era um galinha e sabia que era bonito o bastante para conseguir o que queria, mas não tinha tido uma vida fácil.

– Então foi aí que você foi morar com seu tio e começou a trabalhar na fazenda?

Ele fez que sim com a cabeça, depois sorriu como se lembrasse dessa época com carinho.

– Isso aí. Tio D não acredita nessa história de autopiedade. Mamãe tinha acabado de ser enterrada quando ele me ensinou a dar comida pras galinhas e recolher os ovos. Eu ainda nem tinha desfeito as malas ou começado as aulas na escola nova. Todo dia eu trabalhava duas horas antes de entrar em casa e me vestir pra escola. Não era fácil, mas acho que foi isso que me ajudou a enfrentar a barra daqueles primeiros meses. Perder minha mãe, mudar pra uma fazenda a cinco horas de distância, para uma casa nova, com um tio que eu mal conhecia... É muita coisa pra uma criança de 6 anos digerir. O trabalho na fazenda me ajudou. Eu não tinha tempo de ficar pensando na vida.

Aos 6 anos eu brincava de boneca e fazia birra quando queria ir para o parquinho. Quando ouvia a música do carrinho de sorvete, saía correndo para chamar Crawford e comprava um picolé com ele. Uma vida de conto de fadas em que nunca acontecia nada de mau.

– Seu tio deve ser um cara legal – falei simplesmente.

Slate deu uma risada.

– Ele é. Apesar da boca suja e de falar mais do que devia. É rabugento pra caramba, mas não quer o mal de ninguém. Berra muito, reclama muito, só isso.

Eu estava ansiosa para conhecer o tal tio, descobrir esse outro lado da vida do Slate. Quanto mais ele falava, mais eu ia enxergando a pessoa especial que ele no fundo era. Talvez estivesse me metendo numa cnrascada e não devesse ver nele uma pessoa especial. Mas era assim que eu o via. E não era exagero nenhum.

25

Voltar ao hospital onde eu havia passado boa parte do verão foi mais difícil do que eu imaginava. Não demorou para que viessem à tona todas as lembranças que eu vinha evitando desde a ida para Bington. A noite do acidente, quando chegamos ao hospital, a notícia de que Crawford estava em coma. Lembranças que eu preferiria esquecer.

Eu queria aproveitar para ver Crawford, mesmo sem ter marcado com Juliet uma visita. Já não estava disposta a deixar que ela tomasse decisões por mim.

Cada enfermeira que passava por nós acenava para Slate, chamava o nome dele ou piscava. Eu não queria contar quantas, mas eram tantas que não resisti. Uma atrás da outra.

– Pode ir apagando esse veneno do olhar – disse ele alto demais quando entramos no elevador. – Não transei com todas elas.

– Não tem veneno nenhum no meu olhar – rebati.

E ele apenas riu, balançando a cabeça. Provavelmente estava com esse olhar.

– Agora está fazendo cara de brava – continuou ele, ainda rindo.

Virei para ele.

– Por que você não olha pro outro lado? Por que fica olhando pra minha cara?

– Porque ela é linda.

Ah.

A porta do elevador abriu e lembrei que estávamos indo ver o tio dele. Uma visita importante para mim. Mesmo sem conhecê-lo, eu já tinha muito respeito pelo homem. Por mais rabugento e desbocado que fosse.

– Tio D era um homem grande. Quando eu era criança, achava que ele parecia o Incrível Hulk, que ele podia fazer qualquer coisa. Mas o câncer foi acabando com ele aos poucos. Não é fácil vê-lo agora, tão fraquinho.

Slate estava me preparando. Ou talvez estivesse preparando a si mesmo, alertando a criança que havia sido um dia de que o tio grandalhão não existia mais. Isso me deixou emocionada de novo, e precisei me conter para não chorar. Não podia entregar os pontos. Naquele momento, Slate precisava de uma pessoa forte a seu lado.

– Chegamos – disse ele, batendo na porta antes de girar a maçaneta e entrar.

– Porra, garoto, eu já estava achando que você não vinha mais! Inferno, eu já podia ter esticado as canelas há muito tempo, sabia?

O homem tinha um vozeirão grave, bem diferente do que eu imaginava para uma pessoa no seu estado.

– Não enche. Estou aqui, não estou? E trouxe uma surpresa, uma coisa linda de se ver.

Contornando Slate, deparei-me com um homem definhado e pálido, mas que ainda dava sinais do Hulk que havia sido um dia. Ele abriu um sorriso quando pousou os olhos azul-claros nos meus.

– O Senhor seja louvado! O sujeito trouxe uma menina que não está seminua e pendurada nele feito uma prostituta vulgar!

– Tio, esta é minha amiga Vale McKinley. Já falei dela pro senhor. É a namorada daquele cara que está em coma. Vale, este é o meu tio D.

Ele ainda me olhava de cima a baixo.

– E o tal namorado, como vai? Já abriu os olhos?

Balancei a cabeça.

– Não, senhor. Ainda não.

– Então é melhor o panaca se apressar, antes que outra pessoa fisgue você. Meninas bonitas assim não ficam solteiras por muito tempo.

– E aí, já se alimentou hoje? – interrompeu Slate.

O tio olhou bravo para ele.

– Não precisa mudar de assunto, moleque. Não falei nenhuma besteira. E também não me alimentei. Não vou comer essa porcaria que servem aqui. Um prato de estrume de cavalo seria bem melhor.

Ele virou o olhar esmorecido na minha direção.

– Quanto a você – disse, e apontou para o sobrinho com o dedo esquelético –, esquece esse aí. Você merece coisa muito melhor. O pilantra não consegue ficar com uma só. Ele é assim. Desde que percebeu que tinha essa fuça que faz a mulherada abrir as pernas, começou a usar a seu favor. Uma vergonha, eu sei. Uma moça boa como você seria o único remédio pra fazer o pilantra ser feliz como sempre fingiu ser.

– O senhor precisa comer alguma coisa – insistiu Slate. – O que vai querer? É só falar que eu busco.

Precisei abafar a risada quando o velho revirou os olhos antes de responder ao sobrinho.

– Moleque, eu aviso quando quiser comer alguma coisa. Agora para de ser mal-educado e deixa eu conversar com a menina. Ela precisa dos conselhos de um macaco velho feito eu, de alguém que já viu de tudo na vida.

Slate bufou, depois foi para o sofá sob a janela.

– Melhor você sentar também, Vale. Porque isso aí vai longe.

Então fui e sentei ao lado de Slate. O tio dele era um cara engraçado, e eu me divertia com essa troca de farpas entre os dois.

– Agora eu quero saber dessa faculdade aí de vocês. É muito importante estudar, fiquem sabendo. Senão vão acabar feito eu, ralando a vida inteira numa fazenda.

Slate cruzou os braços e virou para mim.

– Você primeiro – disse ele.

– É mais difícil do que eu tinha imaginado. Quase não saio da biblioteca.

Fiquei vermelha só de falar da biblioteca e esperava que ele não tivesse percebido. Lembrar do flagra que dei em Slate e na garota daquele dia era tudo que eu não precisava naquele momento.

– Mas é bom pra manter a cabeça ocupada.

– E você, moleque? – perguntou o tio. – Tem frequentado a biblioteca também? Pra fornicar ou pra estudar?

Dessa vez não consegui me segurar e dei uma boa gargalhada. Slate balançou a cabeça.

– Poxa, tio, pega leve, né? Olha a Vale aí.

Tio D ergueu o que seria um par de sobrancelhas se a quimioterapia não tivesse comido todos os pelos da sua cabeça.

– Está achando o quê? Que ela não sabe? Posso até apostar que já conhece sua fama! É um milagre que aceite ser vista em público com você!

– Somos amigos – informou Slate.

Tio D bufou e abanou a mão num gesto de impaciência.

– Não tem nada a ver com amizade. Essa moça é boa e certa demais pra você. Ou pelo menos é assim que você pensa. Mas escuta o meu conselho, garoto, porque sei do que estou falando. Essa garota não estaria aqui visitando seu tio doente se não ligasse pra você. Tira esse monte de merda da cabeça e vê se põe um pouco de juízo no lugar! Pelo menos uma vez na vida. Não vá estragar sua vida só por causa de um rabo de saia ou de uma trepada fácil. Aliás, a melhor trepada nunca é fácil. Você é que não sabe ainda.

Faltava pouco para que eu explodisse de tanto constrangimento. Sabia que estava vermelha feito um pimentão. Podia sentir as bochechas pegando fogo.

– Bom, acho que já deu – disse Slate. – Por hoje basta de lição de moral. Vou buscar alguma coisa pra você comer.

Mas o homem não tinha terminado ainda. Ele se virou para mim.

– O garoto é malandro, eu sei. Sou o primeiro a admitir. Mas também não é má pessoa. Tem um coração gigante. Quando ama alguém, ama de verdade. Não decepciona a gente, não deixa a gente na mão, não importa o que aconteça. Não deixe que os erros do passado dele, nem os possíveis erros do futuro, impeçam você de se deixar amar por um coração assim tão grande.

26

A saia justa com o tio de Slate acabou passando quando ele começou a falar sobre a enfermeira gostosa que havia faltado ao trabalho naquele dia e que ele comeria qualquer coisa das mãos dela, até biscoito salgado com pasta de amendoim.

Eu gostava do papo dele. Slate estava certo: o homem não tinha filtro, falava tudo que lhe vinha à cabeça. Sempre que eu lembrava que ele estava com uma doença incurável, meu coração ficava apertado. Não gostava de imaginá-lo morto. O amor e o respeito nos olhos de Slate toda vez que olhava para o tio eram mais do que evidentes. Agora eu entendia perfeitamente por que Slate era daquele jeito.

Depois fomos para o quarto do Crawford. Eu não sabia o que estava me deixando mais nervosa: a presença de Slate ou a reação de Juliet quando me visse.

– Por que você não entra sozinha? – sugeriu ele. – Vou comprar uma Coca-Cola, depois espero você aqui.

Eu poderia responder que não, pedir que ele entrasse comigo, mas não foi o que fiz. A ideia de entrarmos juntos naquele quarto era um dos motivos da minha aflição. Não se tratava de um medo irracional de que Crawford nos visse ali e suspeitasse de alguma coisa. É só que... Era uma traição. Pelo menos é como eu sentia.

– Tudo bem – falei.

Slate apertou minha mão.

– Vai lá. Conversa com ele. Fico esperando aqui.

Pois é. Eram atitudes desse tipo que faziam de Slate um cara especial. Nesses momentos, era difícil continuar fingindo que ele não era mesmo especial. Quem se mostraria tão compreensivo numa situação dessas? Eu não conhecia ninguém.

Bati de leve na porta antes de abri-la e entrar. Juliet, claro, estava sentada ao lado do filho com um livro aberto no colo. Ela ergueu a cabeça de imediato e olhou para mim com ar de surpresa.

– Vale! Eu não sabia que você estava na cidade...

– Cheguei agora há pouco e vou embora hoje mesmo. Queria ver Crawford. Devia ter ligado antes, mas foi uma decisão de última hora.

Aparentemente ela não ficou incomodada com a visita. Graças a Deus.

– Ele vai gostar de ouvir sua voz. Knox passou aqui uns dias atrás e leu pra ele. Acho que a atividade cerebral aumentou. Crawford precisa ouvir outras vozes que não sejam a minha.

Fui para perto da cama.

– Ele está com um aspecto bom – comentei.

Mas não estava sendo totalmente sincera. Porque Crawford estava magrinho, bem diferente do atleta que tinha sido um dia. Era difícil vê-lo daquele jeito. Queria que ele abrisse os olhos ali mesmo e olhasse para mim.

– É... Ultimamente parece que tem melhorado. Deve estar se preparando pra acordar a qualquer momento – disse Juliet, esperançosa.

Eu também tinha essa esperança, mas dizê-lo era difícil.

Juliet se levantou.

– Vou deixar você sozinha com ele e aproveitar pra comer alguma coisa. Fique à vontade.

Ela estava diferente. Juliet não era assim. Mas, pensando bem, eu não estava mais acampada naquela sala de espera.

Tão logo ela saiu, baixei os olhos para Crawford. Eram tantas lembranças... Antes eu pensava que nelas só havia coisas boas, mas agora sabia que não. Também havia aquelas menos felizes. Como eu ter me transformado só para agradar meu namorado, mesmo sem perceber. Nunca mais seria como antes. Quando ele despertasse, não deixaria que isso voltasse a acontecer. Eu amava Crawford. Ele estava incluído em todas as minhas lembranças da juventude. Mas eu precisava voltar a ser quem era de verdade. E Crawford teria que me amar como eu sou.

– A vida na universidade é bem parecida com o que a gente tinha imaginado – comecei. – Fiz vários amigos. Você ia gostar deles. Aliás, você ia gostar de tudo em Bington. Foi uma boa escolha que você fez. Ainda bem que topei ir junto.

Ele estava dormindo. Então continuei falando.

– Sinto a sua falta, mas estou fazendo um esforço pra tocar o barco pra frente. Pra viver. Antes a vida sem você me parecia impossível. Eu não queria nem tentar, mas sabia que você ia querer que eu tentasse, então é isso que estou fazendo.

Corri os olhos pelo quarto que havia se tornado parte integral da vida dele. Da existência dele.

– Logo, logo você vai acordar. As coisas vão ser diferentes. Pra nós dois. Isso me deixa preocupada. Até um pouco assustada. Não sou a mesma garota que estava com você na noite de formatura. E sei que você também não será o mesmo. Isso não é exatamente o que eu imaginava quando a gente conversava sobre a vida de adulto.

Apenas silêncio. Fiquei ali, apenas olhando ele respirar. Até que Juliet voltou com uma garrafa de água. Me despedir deles foi mais fácil do que eu havia imaginado. É, minha vida realmente estava mudando.

Slate não fez nenhuma pergunta sobre Crawford quando voltamos para o Jeep. Também não fez nenhuma menção ao que o tio dele dissera no quarto. Achei que fosse fazer as duas coisas, mas ele agia como se nada tivesse acontecido. Então fiquei na minha. Ele estava caladão, e dava para perceber como ficava abalado ao ver o tio tão doente. Deixá-lo ali parecia ser o mais difícil.

Não eram só os meus pais que estavam esperando pela nossa chegada, mas a família inteira, a julgar pela quantidade de carros estacionados na rua. Eu havia ligado mais cedo para avisar minha mãe de que passaríamos no hospital de depois iríamos vê-los, e ela havia insistido para que jantássemos com eles.

Slate havia topado. O único ausente seria Knox, que estava em Bington. Sábado à noite ele trabalhava numa estação de rádio local. Mas eu nem havia contado a ele que vinha com Slate, pois não queria ouvir sermão. Não precisava dos conselhos de ninguém.

– Pelo visto, a família inteira veio jantar – falei, achando que aquilo não estava lá muito certo. Não era para um "jantar de família" que eu havia convidado Slate. – Meus irmãos e eu somos muito próximos. Eles ainda não se acostumaram com a minha mudança. Jonah você não vai conhecer hoje porque ele é fuzileiro naval e está numa missão. Mas os outros estão todos aqui.

Slate assentiu com um sorriso, mas um sorriso menos espontâneo que os que dera antes da visita ao tio. Ele ainda estava muito abalado. Minha vontade era abraçá-lo e dizer que tudo ficaria bem. Mas a verdade era que não, tudo *não* ficaria bem, e nós dois sabíamos disso. Tio D estava com os dias contados.

– Tudo bem. Gosto dos McKinley que conheci até agora. O restante também deve ser gente boa.

E era. Eu adorava minha família. Depois de passar uma tarde inteira com Slate e o tio dele, percebi que eu era uma garota de muita sorte por ter nascido numa família assim tão grande. Nenhum caso grave de doença. Nenhuma morte. Crawford era a primeira tragédia no nosso caminho. E eu ainda acreditava que um dia ele ficaria bom.

– Bem, uma coisa é certa: a comida vai ser boa. Provavelmente um dos meus pratos prediletos. A sobremesa deve ser um bolo *red velvet*.

– A filhinha da mamãe veio visitar – brincou Slate.

– Exatamente – ri, porque era isso mesmo.

Abri a porta e o deixei entrar.

– Chegamos.

Nossa casa não era enorme, mas grande o bastante para acomodar todo mundo. No saguão de entrada, um cabide de parede sustentava duas capas de chuva, um guarda-chuva, a bolsa da mamãe e as *ecobags* que ela usava nas compras. Mais adiante, uma escada levava aos quatro quartos do andar de cima: o dos meus pais, o meu, o de Knox e Jonah, o de Dylan e Michea. Os quartos continuavam como sempre foram, apesar de não morarmos mais ali. A única diferença era que agora havia um berço no quarto que havia sido de Dylan e Michea. As gêmeas já estavam grandes demais para usá-lo, mas ele continuava lá, esperando por mais netos.

A gritaria era tanta na sala e na cozinha que eles nem ouviram nossa chegada. Típico da minha família. Todo mundo falando ao mesmo tempo.

– VALE!!

Maddy foi a primeira a nos ver. Gritou meu nome e veio correndo com os bracinhos abertos.

Peguei-a no colo e dali a pouco já estava cercada por todos. Minha mãe, meu pai, Malyn e Catherine tinham vindo da cozinha. Michea e a noiva dele, Hazel, tinham vindo da sala com Dylan.

– Nem vimos vocês entrando – disse mamãe, secando as mãos no avental de bolinhas rosa que as gêmeas haviam pintado para ela no último Dia das Mães.

– Imagino que não, com essa gritaria toda! Pessoal, este aqui é Slate Allen, um amigo da faculdade. Ele e o Knox são da mesma fraternidade – falei, depois disse a Slate: – Dylan e as gêmeas você já conhece. Esta é a Catherine, mulher dele e mãe das meninas.

Em seguida foi a vez de papai e Michea, que apertaram a mão de Slate. Terminadas as apresentações, Maddy achou por bem informar a todos que o vira no hospital beijando uma enfermeira. Ela e a irmã jamais esqueceriam daquilo. Dylan logo tratou de silenciar a filha, e eu ri para Slate. Ele precisava ser mais cuidadoso quando beijava alguém.

A mesa já estava pronta, e eu podia apostar que mamãe tinha colocado todo mundo para trabalhar. Tínhamos uma mesa rústica, comprida e larga, que papai havia construído com as próprias mãos logo depois de se casar com mamãe. A família agora ocupava de ponta a ponta os dois bancos que ele também havia construído.

A comida foi colocada no centro para que as vasilhas fossem passadas de mão em mão e cada um se servisse. Precisei me espremer para sentar ao lado de Maddy e deixei que Slate ficasse na ponta.

– Como vai o seu tio? – perguntou minha mãe, depois que todos estavam acomodados e tinham arrumado seus pratos.

– O cara é duro na queda – respondeu ele –, mas não está melhorando.

Mamãe olhou para ele com um carinho do qual só as mães são capazes.

– Bem, estamos aqui, caso precise levar alguma coisa para ele. Uma comidinha, ou só pra pedir notícias. É só você ligar. Ontem mesmo eu tinha pensado em mandar o Dylan com um prato. É tanta comida que sobra nesta casa...

– Ele vai adorar – disse Slate. – Meu tio detesta a comida do hospital. E o apetite dele não anda lá grandes coisas.

Minha mãe abriu um sorriso triste. Eu podia apostar que dali em diante tio D receberia uma marmita todos os dias. Em nenhum momento, porém, ela pediu notícias do Crawford ou perguntou sobre minha visita ao hospital. Talvez porque Slate estava ali.

– Eu queria muito que Knox estivesse aqui hoje – disse ela, olhando para seu prato de comida. – Outro dia ele até passou pela cidade, mas não teve tempo de nos visitar. É muito difícil pra mim ficar longe dos meus caçulas...

– Sim, porque eu e Michea não servimos pra nada. Mas, se Michea e Hazel apressassem esse casamento e tivessem logo um filho, aí sim ela ficaria feliz. As gêmeas já estão grandes, e ela precisa de um bebê pra cuidar.

Dylan tinha falado em tom de brincadeira, mas havia um grau de verdade nas palavras dele.

– Deixa sua mãe em paz – disse papai, molhando seu pão de milho no vinagrete de nabo. – Ela está ótima. Aliás, estamos todos felizes que Vale tenha ido pra faculdade, que esteja vivendo sua vida outra vez. Ninguém está reclamando aqui.

– E as aulas, o que você está achando? – perguntou Catherine, mudando de assunto antes que a conversa desandasse.

– Estou adorando. É mais difícil do que eu tinha pensado, mas estou me virando.

– E o Knox, o que está achando da vida nova na fraternidade? – perguntou Michea a Slate.

O resto do jantar transcorreu tranquilamente. Aqui e ali meus irmãos contavam alguma história sobre a minha infância, e Slate morria de rir. Algumas eram bem constrangedoras, mas, como ele estava rindo, tudo bem.

Quando nos despedimos, papai e mamãe disseram a Slate que ele podia aparecer sempre que tivesse vontade, que ele não precisava de mim quando quisesse comer uma boa comida caseira. Dei um abraço forte nos dois, agradecida pelo que tinham feito, mesmo sem saber. Eles tinham oferecido a Slate algo que ele nunca tivera na vida: uma grande família.

27

Everly não estava nem um pouco satisfeita comigo. E eu até podia adivinhar por quê. Eu era uma boa colega de quarto. Nunca abria o blecaute da janela quando precisava de luz para me vestir de manhã, deixava todo o espaço do banheiro para a garota, nunca reclamava da bagunça que ela fazia no quarto, das roupas e sapatos que deixava por toda parte, às vezes até na minha cama. Diabos, tinha até aceitado a almofada rosa peluda e os quadros ridículos que ela havia espalhado pelo quarto.

Portanto, Everly não tinha motivo algum para estar com raiva de mim. Mas estava. E era tudo por causa de Slate. Ele agora vinha me buscar de carro todo dia no dormitório, depois íamos juntos para a faculdade. Eu não dava muita importância, embora gostasse do café que ele trazia e do tempo que isso me economizava. Mas o dormitório inteiro andava comentando, pois Slate Allen nunca fazia esse tipo de coisa.

Mas estava fazendo comigo.

Dizer às pessoas que éramos apenas amigos também não me parecia certo, já que estávamos saindo. Não exigíamos exclusividade, mas estávamos saindo. Eu procurava não pensar muito nessa questão da exclusividade. Não queria saber quem mais ele andava pegando. Por enquanto, tinha a impressão de que ele estava saindo só comigo.

Quando saí do banheiro na manhã da sexta-feira seguinte, me deparei com Everly plantada à porta do quarto, impedindo minha passagem. Nessa hora ela geralmente ainda estava na cama, gritando para eu ficar quieta.

– Por que você? Por acaso você faz mágica na cama? É a rainha do boquete? Quer dizer... alguma coisa você deve fazer. Porque sou mil vezes mais bonita do que você, garota. Eu sou a trepada do sonho de qualquer um. *Olhe para mim!* – exclamou ela, apontando para as próprias curvas como se esperasse aplausos. – Então, como explica esse grude de vocês? Slate Allen não gosta de grude. Gosta de pegar e largar. Todo mundo sabe disso.

Eu sabia que o cara sobre o qual estávamos falando esperava por mim diante do prédio. Ele já havia mandado uma mensagem.

– Sai da minha frente, Everly. Tenho que ir pra aula.

Vermelha de raiva, ela deu um tapa na porta de madeira.

– *Responde, cacete!* – berrou.

Esse não era o primeiro chilique que ela dava na minha frente, mas talvez fosse o pior.

– Provavelmente porque não me comporto dessa maneira – respondi.

– Dessa maneira como? – perguntou ela, confusa.

– Feito uma vadia psicopata. Agora sai da minha frente.

– Você me chamou de... *vadia*? – ela rosnou aos berros.

Eu já começava a me perguntar quem mais estaria acompanhando o barraco do outro lado da porta. Podia até imaginar o grupinho de curiosas no corredor.

– Não esquece de "psicopata". É muito importante.

Havia ódio em estado puro em seus olhos. Talvez eu tivesse ido longe demais. Nunca tinha comprado briga com ninguém na vida, não queria começar agora.

– Você vai se arrepender, garota. Sempre consigo o que quero. *Sempre!*

Uma ameaça que não fazia sentido algum. O que ela queria? Slate? Nesse caso, que esperasse sentada.

– Tô ligada. Posso passar agora?

Ela revirou os olhos e finalmente deu um passo para o lado.

Quando abri a porta, dei de cara com três garotas no corredor, todas de olhos arregalados. Como eu havia imaginado. Até a hora do almoço a fofoca já teria circulado pelo campus inteiro. Eu teria que prevenir Slate, por mais boba que fosse a coisa toda.

Slate me passou o café assim que entrei no Jeep.

– Está atrasada.

Eu era sempre muito pontual.

– Everly – expliquei, antes mesmo de beber do café.

Ele já estava habituado ao meu calvário com Everly.

– Precisou se vestir no escuro outra vez?

– Não. Já dominei essa arte. Mas hoje ela acordou cedo pra me ameaçar por sua causa. Não está feliz com isto aqui – expliquei, apontando para nós dois. – Não acha possível que você queira sair com a mesma garota duas vezes.

Slate riu.

– Eu sei, ela é meio pancada da cabeça mesmo. Fazia um ano que vinha dando mole, então acabei cedendo, só pra ficar livre.

– Muito romântico – resmunguei.

– Este sou eu, o grande romântico.

Respondi com um risinho de sarcasmo, depois dei um gole no café. Não tinha dormido direito durante a noite e tinha um dia cheio pela frente na faculdade, mais o trabalho à noite. Seria meu primeiro dia sem Mae do lado para ajudar, e eu estava nervosa, mas já contando com as gorjetas.

– Você trabalha hoje à noite? – perguntou Slate.

Respondi que sim. Fiquei esperando que ele perguntasse a que horas eu saía, mas ele não falou nada. Bebemos nosso café em silêncio, até que ele parou o carro diante do prédio em que eu ia descer e se inclinou para o meu lado.

– Vem cá – disse ele.

Inclinei também e ele me beijou. O beijo pelo qual eu agora esperava toda manhã. Não era nada fácil seguir para a aula depois de um beijo assim, ainda com o gosto dele na boca e seu cheiro nas narinas. Essa era a melhor parte das minhas manhãs.

– A gente se vê depois – sussurrou ele em seguida, os lábios ainda roçando os meus.

Apenas concordei. Minha respiração ainda estava um tanto alterada. A única maneira de sair do transe era lembrar que nunca ficava assim com os beijos de Crawford. Foi isso que descobri nas minhas caminhadas para a sala de aula toda manhã. Minha vida realmente estava mudando. Eu estava feliz outra vez. Sem Crawford.

Eu não imaginava que aproveitar a vida sem ele seria possível. Mas as lembranças continuavam lá. Tínhamos crescido juntos, e esses momentos de felicidade jamais sairiam da minha cabeça. Às vezes a vida joga uma mudança no nosso caminho só para nos deixar mais fortes, para provar que nem sempre sabemos o que é melhor par nós.

Quando cheguei à sala, abri meu laptop sobre a mesa e fiquei esperando pelo professor. Essa era a minha rotina de sempre: deixar meu copo de café num lugar seguro, ligar o computador e logar na internet.

– Ela não é a única – cochichou alguém por perto. – Slate vai levar Babs pra festa da Kappa Sigma hoje à noite. Faz uma semana que ela não fala de outra coisa. Então acho que ele e essa aí são só amigos mesmo. Vai ver ela é lésbica.

A autora do comentário não se esforçou muito para não ser ouvida. Pelo contrário, o tom de voz mostrava que desejava chamar minha atenção. Se queria me ferir ou irritar, conseguiu. Não porque Slate estivesse fazendo algo de errado. Ele já havia deixado bem claro que não éramos exclusivos um do outro. Mas comigo era diferente. Eu não me sentia capaz de beijar um cara e depois sair com outro. Não era isso que eu queria. Isso era o que *ele* queria. E me doía aceitar.

Crawford jamais faria algo parecido comigo. E eu tinha pedido aquela situação. Tinha topado. Mas começava a achar que não conseguiria levar adiante.

28

Quando recebi a mensagem de Slate sugerindo que a gente almoçasse junto, dei a desculpa de que tinha um grupo de estudo depois da aula e não podia faltar. Ele não reclamou, e eu não disse mais nada. Fiquei na biblioteca a tarde toda, até o último minuto antes de me trocar e seguir para o trabalho, só por medo de que ele passasse no dormitório para me ver. Não estava preparada para encontrá-lo. Não depois de beijá-lo e ficar sabendo que ele iria se encontrar com outra logo mais.

Ele certamente transaria com a garota. Era isso que ele fazia. Eu sabia disso, mesmo assim deixava que ele me beijasse toda manhã e sempre que o encontrava de tarde. Mas quantas vezes ele havia me deixado para ir se deitar com outra mulher depois? Até então ele não havia forçado a barra, não havia feito mais do que me beijar. Apesar da fama de gostar de sexo selvagem, ele só segurava minha mão, pegava meu rosto e às vezes minha cintura quando queria me beijar.

Talvez não tivesse atração sexual por mim. Só podia ser. Parecia gostar de me beijar, mas eu começava a desconfiar de que ele só queria me agradar. Talvez não ficasse tão abalado com meus beijos quanto eu ficava com os dele. Slate não explodia de tesão quando estava comigo, não tentava ir além dos beijos. Mas ele iria além dos beijos naquela noite. Subiria para o quarto com a tal garota e transaria com ela. No dia seguinte, claro, ela contaria para todo mundo e eu seria a amiga lésbica de Slate Allen.

Perfeito.

Meu telefone vibrou com uma mensagem dele perguntando onde eu estava. Cogitei me fazer de morta, mas depois mudei de ideia. Respondi que estava indo para o trabalho.

Ele não escreveu mais nada. Ótimo, porque eu não estava a fim de papo. Não seria nada fácil conversar com ele. Minha vontade era arremessar o celular para longe toda vez que recebia uma mensagem dele. Não devia estar com raiva dele. Não era culpa dele, só porque eu queria ir além e ele não. Pelo menos ele tinha sido honesto comigo.

Por sorte, o movimento na minha primeira noite sozinha como garçonete foi tão grande que nem tive tempo de pensar em festinhas de fraternidade e Slate Allen. Minha cabeça estava ocupada demais tentando lembrar o que cada cliente tinha pedido para beber e qual o ponto do hambúrguer de cada um.

Embolsar 300 dólares e 45 centavos em gorjetas, já descontada a parte do bartender e dos ajudantes, foi bastante agradável. Eu não tinha contado com tanta grana. Mae já havia alertado que o movimento das noites de sexta era bem melhor que o dos outros dias, mas mesmo assim fiquei superfeliz. Queria trabalhar toda sexta-feira.

Mas essa não foi a única surpresa da noite. Foi apenas a primeira.

Quando dei o expediente por encerrado e saí pela porta dos fundos, topei com Slate à minha espera no estacionamento, recostado ao meu carro com uma expressão séria. Ele deveria estar na festa da Kappa Sigma, com a tal garota.

Parei onde estava e por um segundo fiquei olhando para ele, sem saber direito se queria aquele confronto. Slate só estava ali porque sabia que *eu* sabia da tal festa. Será que ele já havia transado e deixara a garota para trás? Seria tão raso assim? Estava achando o quê? Que podia vir correndo para os meus braços depois?

– O que você veio fazer aqui? – perguntei, mal disfarçando a raiva.

– Queria te ver.

Balancei a cabeça e passei direto por ele para abrir a porta do carro.

– Já viu. Agora pode voltar lá pra garota que você quer comer e me deixa sozinha.

Ai... Não foi isso que eu quis dizer. Mas as palavras escapuliram da minha boca sem qualquer censura.

– Não entendi – respondeu ele.

Aquilo me deixou ainda mais furiosa. Abri a porta do carro com uma violência totalmente desnecessária e fulminei Slate com o olhar.

– Então vou explicar. Mudei de ideia. Não vou conseguir levar essa parada adiante, seja lá o que ela for. – Refleti um instante, depois disse: – Não sou esse tipo de garota. Nunca vou ser.

O passo seguinte seria entrar no carro e sumir dali o mais depressa possível. Mas Slate foi mais rápido. Ele correu para o meu lado e me deteve antes que eu pudesse fugir.

– De que parada você está falando, Vale? Não vai conseguir o quê?

Ele queria ouvir com todas as letras. Tudo bem, então. Desvencilhei-me dos braços dele e virei para encará-lo.

– Não vou conseguir fazer o papel da garota que você mantém por perto, mas por quem não tem interesse sexual. Então transa com todo mundo. Não consigo aceitar que você me beije, Slate, depois vá dormir com outra mulher que te dá tesão. Se eu não estou à sua altura, *tudo bem!* Não vou insistir. Também tenho o meu orgulho. Eu...

De repente, a boca dele já estava colada à minha e eu fiquei sem palavras. Tentei afastá-lo, mas ele me agarrou pelos pulsos e me imobilizou enquanto me beijava como se não houvesse amanhã. Bastaram alguns segundos dessa intensidade para que eu baixasse a guarda e retribuísse as carícias dele, deixando a mão correr do seu peito para seus cabelos.

Slate lentamente foi descendo as mãos pela minha cintura até cravá-las na minha bunda e me puxar para mais perto. Eu sabia muito bem o que era aquele volume rígido contra minha barriga. Sabia o que isso significava: Slate realmente tinha tesão em mim.

Comecei a me esfregar nele, querendo sentir aquilo. Sentir seu corpo. Estremeci com o gemido que transbordou do peito dele, e tentei puxá-lo ainda mais para perto.

Slate baixou as mãos até minhas coxas, afastou meus joelhos ligeiramente e começou a pressionar os quadris ali onde eu mais queria. Dei um gemido contra os lábios dele e fui mexendo meus próprios quadris até que a fricção entre os corpos me desse o prazer que eu tanto buscava.

– Caralho... – sussurrou ele.

Slate foi cobrindo meu pescoço de beijos, descendo cada vez mais. Quanto mais ele se aproximava dos meus seios, mais eu gemia e arfava. Eu queria aquilo. Queria fazer aquilo com Slate. Não estava nem aí se ele tinha saído com outra garota pouco antes. Queria ele e pronto.

– Vale – disse ele baixinho, erguendo o rosto para me encarar. – Vamos pro meu carro.

Fiz que sim com a cabeça, mas não sabia se minhas pernas obedeceriam. Slate me pegou no colo e foi caminhando comigo até os fundos do estacionamento, onde ele havia deixado o Jeep. Já estávamos ao lado do carro quando ele me deixou no chão e pressionou meu corpo contra o metal frio da porta.

– Preciso deixar uma coisa bem clara – disse ele. – Quis transar com você desde o dia em que te conheci. Se não fui adiante, foi por respeito, não por falta de vontade. Você é diferente.

Ah.

Então voltou a me beijar e foi abrindo os botões do meu shortinho com absoluta competência. Estávamos no estacionamento do meu trabalho, mas quando o shortinho começou a escorregar perna abaixo, deixei que caísse para o chão e dei um passo para me livrar dele. Slate abaixou para pegá-lo, depois foi correndo a mão pela minha coxa nua até alcançar a virilha.

Mal consegui respirar quando ele se inclinou para beijar a seda rosa da minha calcinha. Aquilo era algo que eu nunca tinha feito com Crawford. Aliás, eu e Crawford não tínhamos transado mais do que algumas poucas vezes. Como sempre acontecia com Slate, aquela era uma experiência diferente. Uma experiência transformadora.

29

Slate me puxou contra seu corpo, abriu a porta atrás de mim, ergueu meu corpo e me acomodou gentilmente no banco do carro. Depois baixou minha calcinha, jogou-a no banco traseiro e afastou meus joelhos, expondo-me para ele. Mais uma coisa que eu nunca tinha feito antes.

– Preciso sentir o seu gosto – disse ele com a voz rouca.

Em seguida ficou de joelhos e afundou a cabeça entre as minhas pernas. Bastou uma primeira lambida para que eu gritasse o nome dele e o agarrasse pela cabeça. Eu nunca havia experimentado nada parecido. Queria mais. À medida que ele ia passeando a língua nos lugares em que eu mais desejava, mais sedenta eu ia ficando. Eu apenas repetia o nome dele enquanto retorcia o corpo de tanto prazer, cada vez mais próxima do êxtase. Toparia qualquer coisa para poder sentir aquilo.

Quando estava prestes a berrar e quase arrancando todos os cabelos de Slate, meu mundo explodiu e sucessivas ondas de prazer percorreram meu corpo. Ainda tremia da cabeça aos pés quando ele beijou minha barriga e me puxou para um abraço.

– E aí, gostou? – disse ele, visivelmente satisfeito.

Dei um risinho. A resposta era óbvia.

– Gostei.

– Eu também. Mas por enquanto vamos ficar nisso.

Hein? Como assim, "ficar nisso"?

– Não fica brava comigo – prosseguiu Slate. – Gosto de ver você assim, molinha e relaxada nos meus braços. Vou pegar leve com você, Vale. Você é diferente. Não vou tratar você como trato as outras. Não consigo. Também tenho os meus sentimentos... Simplesmente... não dá.

E eu deveria me contentar só com aquilo? Ficar com o cara daquele jeito, mesmo sabendo que ele pegava outras meninas? Doía terrivelmente só de imaginá-lo tocando outras mulheres como havia feito comigo. Não dava para suportar.

– Também não consigo – falei, afastando-me dele. – Foi ótimo, mas... não consigo ficar com você sabendo que sou apenas uma entre muitas.

Slate suspirou e tomou meu rosto entre as mãos. Eu adorava quando ele fazia isso. Era como se ele mostrasse que eu era dele. Que cuidava de mim. Que me queria.

– Você é a única, Vale. Faz duas semanas que não fico com ninguém. Quanto mais ficamos juntos, mais eu quero você. Só você. Não consigo nem chegar perto das outras, porque elas não são você.

Eu queria muito acreditar nisso. Era muito bonito, mas não era verdade.

– Sei que você convidou uma garota pra festa de hoje.

– Pois é. Eu já imaginava. Mas cancelei com ela depois que a gente se beijou hoje de manhã. Disso você não sabia, certo? Eu não queria sair com ela. Eu queria você.

Ah.

Ele deu um beijinho na ponta do meu nariz.

– E só você, Vale. Pela primeira vez na vida não estou à procura de nada. Encontrei o que estava faltando.

Senti um aperto no coração e meus olhos ficaram molhados. Eu não queria chorar, então deitei a cabeça no ombro dele e respirei fundo. Imediatamente me senti segura. Mais que isso, me senti feliz. Completa. E não era Crawford quem estava ali.

– Você está chorando? – perguntou ele, meio que rindo.

Balancei a cabeça, aliviada porque as lágrimas não tinham rolado, depois olhei para ele.

– Não.

Slate sorriu.

– Você é tão linda que a gente quase fica cego e não enxerga a beleza que mora aí dentro. Você vê um mundo diferente com esses seus olhos, Vale, e eu quero ver esse mundo também. Aliás, quando estamos juntos, eu consigo ver.

– Obrigada – falei, novamente com a voz embargada.

– Pelo prazer épico, ou porque estou completamente apaixonado por você?

Mais uma vez ele estava brincando.

– Pelas duas coisas – falei baixinho, sentindo que meu rosto corava novamente ao ouvi-lo ser tão direto.

– Caso esteja se perguntando, você não só é linda como tem um gostinho delicioso – disse ele, e foi deslizando a mão sob minha blusa até alcançar minha bunda ainda nua.

Dei um risinho e novamente escondi o rosto no ombro dele.

– E ainda por cima é tímida. O que me deixa ainda mais amarradão.

Que bom que ele estava "amarradão". Queria que ele não saísse nunca mais de perto de mim.

Não foi fácil dormir aquela noite. Nada tirava o sorriso que tinha no rosto enquanto olhava para o teto relembrando tudo que tinha ouvido de Slate pouco antes e nosso beijo de boa-noite. Nem mesmo se Everly chegasse às duas da madrugada, completamente bêbada, tropeçando nas coisas, me xingando, imaginando que eu estava dormindo. Virei o rosto para que ela não visse que eu estava sorrindo.

Eu estava louca para contar tudo para Mae, mas não quis acordá-la. Àquela altura ela já começava a sacar o que eu sentia por Slate, que eu queria ir além daquela amizade de que eu tanto falava. Confessar isso a ela seria divertido, tornaria a coisa mais real. Às vezes eu achava que estava sonhando. Sobretudo agora, com Slate.

30

Na noite seguinte, Slate ocupava uma das mesas que eu servia, acompanhando o jogo na televisão, quando Knox entrou e foi direto falar com ele. Rapidamente registrei os pedidos de outra mesa e me aproximei dos dois. Fazia uma semana que eu não falava com meu irmão sobre meu lance com Slate. Mas, depois que Slate fugiu da festa na Kappa Sigma para ficar comigo e agora que estava numa das minhas mesas, estava claro que as coisas tinham mudado entre nós. Agora éramos um casal.

Slate só ouvia enquanto Knox falava algo com uma expressão séria que me deixou em pânico. Meu irmão não tinha nada que se meter na minha vida. Eu sabia o que ele pensava de Slate. Sabia também que ele estava errado.

– O que você está fazendo aí, Knox? – perguntei, sem ao menos tentar disfarçar a irritação.

– Conversando com o Slate, só isso – respondeu ele, tranquilamente.

Knox era a marra em pessoa.

– Sei. Vai pedir alguma coisa ou já está de saída? – insisti.

Ele levantou a mão.

– Calma aí, maninha. Só estou levando um papo com o cara.

Eu odiava quando ele falava comigo como se eu fosse uma criança.

– E eu estou perguntando por quê.

Ele se recostou na cadeira.

– Porque um passarinho me contou que vocês dois estão em um relacionamento. E eu nunca soube que Slate era disso. Ao contrário de você, não é? Não quero que você se machuque.

Eu já ia abrir a boca quando Slate se adiantou.

– Eu nunca machucaria sua irmã. Não conseguiria. Ela é importante demais pra mim.

Como sempre acontecia quando ele me beijava ou dizia esse tipo de coisa, minhas pernas ficaram bambas e o coração deu uma ou duas cambalhotas dentro do peito.

– É mesmo? – Knox perguntou a Slate.

– Juro – respondeu Slate sem hesitar.

Knox olhou de novo para mim.

– É isso mesmo que você quer? Com ele?

Eu sabia o que ele queria dizer com isso. Era de Crawford que ele estava falando. Minha vida inteira tinha sido ao lado de Crawford. Era isso que minha família esperava de mim. Como explicar isso a ele?

– Pois é. As pessoas mudam. A vida muda.

Knox ficou olhando para mim enquanto digeria essas palavras. Eu sabia que ele tinha entendido o recado. Por fim, ele assentiu.

– Tudo bem. Se é isso que você quer...

– É sim.

– Então me traz uma porção de asinhas de frango e uma Coca.

Ufa. Passou. Agora ele ia ficar ali e comer com Slate. Com um suspiro aliviado, saí para registrar o pedido e fazer a ronda das outras mesas.

Eu temia o confronto entre os dois, mas agora podia dar a página por virada. Não queria ter que defender minha relação com Slate com ninguém, muito menos com minha família.

Algumas garçonetes, notando que Slate não saía da minha seção, vieram me perguntar sobre ele. Umas já o conheciam, outras queriam conhecer. Mae passava por mim com um olhar curioso, e eu sabia que precisava contar tudo para ela. Ela era minha amiga.

Mais tarde, vendo que Knox não sairia do lado de Slate, ela não se aguentou e veio falar comigo. Plantou as duas mãos na cintura e arqueou as sobrancelhas ruivas.

– E aí?

Eu sabia exatamente o que ela queria saber.

– Estamos namorando. Tipo... com exclusividade.

Ela arregalou os olhos, deu uma espiada rápida em Slate.

– Exclusividade com *Slate Allen*? Jura?

– Juro.

– Caramba! Achei que você fosse dar pro cara hoje à noite ou fazer alguma burrice semelhante.

– Foi ontem à noite que a gente conversou e decidiu sobre esse lance da exclusividade. É que... nosso caso é diferente.

Mae deu uma gargalhada.

– *Claro* que o caso de vocês é diferente, não precisava nem falar! Slate Allen não namora ninguém!

Concordei, e não consegui esconder o sorriso.

– Então é por isso que Knox está aí – continuou ela. – Fiquei até preocupada, achando que eles fossem duelar em nome da sua virtude ou algo assim.

– Não, só veio bancar o irmão mais velho.

– Charlie vai ficar decepcionado.

Fazia uma semana que eu não via o irmão dela. Charlie já sabia do meu interesse por Slate. Não consegui esconder dele. Na verdade, conversamos sobre isso uns quinze dias antes, quando nos encontramos para almoçar.

– Iiiiih, barraco à vista – sussurrou Mae, olhando na direção da mesa de Slate.

Everly e uma amiga tinham acabado de sentar com ele e Knox.

Slate imediatamente buscou meu olhar. Eu sabia que ele não tinha nada a ver com a história, mas esperava que ele tomasse alguma providência. Ele começou a conversar com a Everly, sério, volta e meia olhando na minha direção.

A certa altura, quando ela se adiantou para botar a mão no peito dele, Slate não pensou duas vezes: ficou de pé, falou alguma coisa sobre ela estar desesperada e saiu de perto, deixando meu irmão sozinho com as duas garotas. Knox abriu um sorriso.

Fiquei onde estava até que Slate parou à minha frente. Ele me abraçou e plantou um beijo demorado na minha boca, para que todo mundo visse.

– Vou ficar esperando no carro até você sair – disse ele ao meu ouvido, depois deixou o dinheiro da conta nas minhas mãos e foi embora.

Eu podia sentir as adagas que Everly lançava com o olhar, mas não estava nem aí. Continuei sorrindo feito uma boba, admirando meu namorado flanar pelo salão. Mae veio para o meu lado.

– Meu Deus... Sam nem vai acreditar quando eu contar pra ela.

Na verdade, eu não estava nem um pouco preocupada com Sam ou com qualquer outra das garotas de Slate. Preferia pensar naquilo que ele tinha acabado de fazer. Certamente, não seria a última vez que teria de agir assim. Era Slate Allen, e as mulheres esperavam que ele estivesse disponível. Até aquele momento eu não havia pensado em como o assédio funcionaria.

Quando me virei para Knox, ele abriu um leve sorriso e assentiu. Com certeza ainda não aceitava totalmente meu namoro com Slate, mas também não era contra. Eu não precisava da aprovação dele, mas confesso que isso facilitava bastante as coisas.

Everly agora jogava seu charme para cima de Knox. Ela agia como se nada tivesse acontecido, como se não tivesse acabado de levar um fora de Slate Allen. Como se o bar inteiro não tivesse visto. Se ela já não gostava de mim, agora sentiria ódio. Dali para a frente eu teria que dormir com um olho aberto. Ou pelo menos esperar acordada até que ela chegasse bêbada no quarto e apagasse na cama. O que acontecia quase diariamente. Era um espanto que ela conseguisse passar nas matérias.

– Deixa que eu termino de servir a mesa pra você – ofereceu Mae. – Se você for lá, a bisca certamente vai falar alguma besteira, e eu vou ser obrigada a dar um chute naquele traseiro esquelético da Barbie. Melhor evitar fazer isso no expediente.

Concordei. Realmente era melhor ficar longe de Everly.

31

A boa notícia foi que Everly não voltou para o quarto naquela noite. Já eram quase duas da madrugada quando enfim parei de me preocupar e acabei adormecendo. Na manhã seguinte, sozinha no quarto, abri as cortinas e deixei o sol entrar. É estranho como a gente sente falta de algo tão trivial quanto um quarto ensolarado pela manhã. Muitas vezes só damos valor a uma coisa quando somos privados dela.

Era domingo, e eu não trabalharia à noite. Slate e eu tínhamos combinado de fazer uma trilha nas montanhas, com direito a piquenique na hora do almoço. Eu estava adorando a ideia de sair do campus e ficar sozinha com ele. Além disso, sempre gostei de caminhar. Eu e Crawford vivíamos fazendo trilhas, e eu queria ter esse tipo de lembrança com Slate também.

Eu me sentia pronta para começar a construir lembranças com Slate. Pronta para me afastar daquelas que eu tinha com Crawford. Quanto mais tempo ele ficava em coma, mais distante ia ficando nosso passado juntos.

Slate me esperava com um pacote de muffins e um copo de café nas mãos. Eu havia encomendado nosso almoço numa delicatéssen da cidade, portanto teríamos que passar lá para pegá-lo.

– Bom dia – disse ele, inclinando-se para um beijo.

– Bom dia – falei contra os lábios dele.

– E aí? A bruxa má aprontou alguma ontem à noite?

– Nem apareceu no quarto. Graças a Deus.

– Se ela fizer alguma coisa, me avise. Deixa que eu cuido dela.

Peguei meu café, sorrindo.

– Vai fazer o quê? Dar uma surra na garota? Não é legal essa história de homens que batem em mulheres.

– Claro, mas sei como lidar com a Everly.

Não perguntei o que ele tinha em mente, talvez porque não quisesse saber.

– Muito 007 da sua parte – brinquei, e tirei do pacote um muffin de banana com nozes.

– A gente faz o que pode – disse ele, e pegou um muffin de gotas de chocolate.

– Precisamos passar pela delicatéssen da Sixth Street. Aquela com o flamingo cor-de-rosa na porta. Encomendei nosso almoço lá. Eles até colocam num cesto de piquenique.

Slate riu.

– Era só isso que estava faltando pra virarmos profissionais em trilhas: um cesto de piquenique.

Dei de ombros. Eu não estava nem aí se parecíamos ou não profissionais.

– As pessoas vão morrer de inveja.

– E é isso que a gente quer – concordou ele.

– Exatamente.

Terminamos os muffins e buscamos nossa comida, mas ainda tínhamos uma viagem de vinte minutos pela frente. Eu gostava de passar por Nashville de carro. Tinha crescido nos subúrbios da minha cidade, e "ir ao centro" costumava ser um grande evento na minha infância. Sempre que passava por ali, eu dava rédeas à criança que ainda habitava em mim.

– Tio D ligou mais cedo – contou Slate. – Recebeu alta. Falou que Jeffery, um vizinho e grande amigo dele, vai passar de vez em quando na fazenda pra ver como ele está, e que a Wilma, mulher do cara, vai levar as refeições. Fico preocupado, mas Jeffery e Wilma são boas pessoas. Vou dar uma ligada pra eles hoje à noite pra saber como estão as coisas.

Para Slate era difícil ficar longe do tio doente. A preocupação estava estampada em seu rosto. Eu queria fazer alguma coisa para ajudá-lo, mas não sabia exatamente o quê.

– Quem sabe a gente não faz uma visita na semana que vem? – sugeri. – Peço uma folga no trabalho e a gente passa o fim de semana inteiro com seu tio em Huntsville. Aí você vê direitinho se ele está precisando de alguma coisa.

Slate parou num sinal vermelho, depois olhou para mim.

– Você faria isso?

– Claro!

Ele sorriu, depois me deu um beijo rápido.

– Obrigado – disse. – Isso significa muito pra mim.

– Não precisa agradecer.

Seguimos em silêncio uns 8 quilômetros até o estacionamento da trilha.

– O circuito inteiro é de apenas 8 quilômetros. Mas a trilha é cascuda, vou logo avisando. Sugiro que a gente transfira a comida pra minha mochila e deixe esse cesto no carro, por mais fofo que ele seja. Mais fácil de carregar.

– Boa ideia – concordei, e fiz a transferência.

– Essas suas botas são ótimas – comentou ele, olhando para meus pés.

– Minha família se amarra em trilha.

Essa foi a única explicação que encontrei. Não queria falar das minhas caminhadas com Crawford. Queria que aquele dia fosse apenas nosso.

– Tio D e eu também costumávamos caminhar. Sobretudo quando eu era mais novo.

– Era aqui que vocês vinham?

– Viemos umas dez vezes, eu acho.

Ótimo. Pelo menos ele conhecia o terreno.

– Então vamos lá – falei.

Slate fechou o carro e guardou as chaves num bolsinho lateral da mochila. Havia só mais um carro no estacionamento, o que significava que a trilha estava vazia. Para mim, estava ótimo.

Íamos falando das nossas experiências com trilhas, contando histórias engraçadas, parando aqui e ali para admirar a natureza deslumbrante e intocada. A certa altura, Slate parou para me agarrar e dar outro beijo, dizendo que não aguentava mais olhar para mim sem ao menos experimentar um pouco. Sempre que ele fazia coisas desse tipo, eu me derretia toda.

Já estávamos com fome quando chegamos a uma clareira com algumas mesas espalhadas, perto de um riacho com peixes saltando entre as pedras.

– Chegamos – disse ele, colocando a mochila sobre uma mesa.

– Estou morrendo de fome – confessei, já tirando da mochila os sanduíches de salada de frango, as frutas, as batatas fritas e os brownies.

Por sorte eu havia encomendado uma quantidade maior de sanduíches, porque àquela altura eu comeria dois, e podia apostar que Slate comeria até mais.

– Quantos são pra mim? – perguntou ele, pegando um dos sanduíches.

– Vou comer dois. Os três outros são seus.

Slate se debruçou sobre a mesa para me dar mais um beijo, e só então atacamos nosso almoço.

32

O dia estava perfeito. Quanto mais tempo eu passava ao lado de Slate, mais o admirava. O amor que ele tinha pelo tio era mais que evidente, apesar da vida difícil que eles tiveram na fazenda. Ele havia aprendido a trabalhar duro. Já eu não tinha passado por nada semelhante na minha vida. Nem Crawford.

Estávamos quase chegando à curva que nos levaria de volta ao estacionamento quando Slate me pegou pelo braço.

– Está ouvindo? – perguntou baixinho.

Fiquei muda, redobrei a atenção, mas não ouvi nada. Fiz que não com a cabeça.

– Tem certeza? – insistiu ele, depois me puxou para mais perto e sussurrou no meu ouvido: – Escuta.

Eu estava ficando nervosa com aquilo. Sabia que tinha ursos na região e não estava preparada para topar de frente com um deles. No entanto, por mais que me esforçasse, não ouvia nada além do rumor do riacho e do canto de alguns poucos pássaros.

– Não estou ouvindo nada de diferente – respondi afinal, o mais baixo possível.

– Ótimo – disse Slate. – Eu também não.

Depois ele colocou as mãos na minha cintura e me apertou contra o próprio corpo, cobrindo minha boca com a sua. Um sorriso beijando o outro.

Ele havia me enganado, e eu gostava desse tipo de brincadeira. Volta e meia me surpreendia pensando nos beijos dele. Sobretudo naquela caminhada, quando a ideia me ocorria a cada trinta segundos. Slate tinha aquele tipo de boca que faz a gente pensar em beijos.

Dali a pouco ele se afastou e, olhando diretamente nos meus olhos, perguntou:

– Você confia em mim?

Eu confiava, sim. Totalmente. E foi isso que respondi.

Em seguida ele tirou minha camiseta e me deixou ali, só de top.

– Quero ver você inteira – pediu.

Sua voz era tão profunda e abafada que me fez imaginar que ficar nua em um lugar público não era uma má ideia. Mais uma vez, deixei que ele tomasse a iniciativa. Porque eu queria a mesma coisa.

Tirei o sutiã e joguei no mato à nossa volta. Mas não consegui olhar para ele. Senti o peito queimar quando comecei a tirar a legging. Slate, porém, não deixou que eu continuasse, porque pegou meu rosto e me puxou para mais um beijo.

Meus seios agora roçavam no peito dele, provocando arrepios. Melhor que isso, só se ele também estivesse de peito nu. Então comecei a arrancar sua camiseta, avidamente, e ele precisou recuar um passo para que eu terminasse o trabalho.

Agora, quando meus seios encontraram a pele de Slate, os arrepios foram bem mais intensos. Quando ouvi seu gemido de prazer, tentei puxá-lo ainda mais para perto, como se isso fosse possível. Aquilo era muito melhor do que eu poderia ter imaginado. Estar com Slate era extasiante. Tudo parecia certo. Como se nada pudesse ser mais perfeito.

Ele tentou baixar minha calcinha, sem pressa, mas tivemos que nos separar para que eu pudesse descalçar as botas e tirar a legging. Eu agora estava só de calcinha, e Slate deu um passo atrás para me ver melhor.

– Você é boa demais pra mim. Eu soube disso assim que te vi pela primeira vez. Você é perfeita demais, linda demais, intocável demais.

Não. Eu não era. Não tinha nada de perfeita.

– Discordo – falei apenas, e comecei a desabotoar a bermuda dele.

Slate deteve minha mão e sussurrou meu nome.

– Não faz isso. Senão vou ficar querendo mais. Você nem imagina o esforço que estou fazendo pra não te encostar naquela árvore e pirar de tanto prazer... entrando em você.

Não foi exatamente uma declaração de amor, mas ele falou com sinceridade. Bastante explícito, e era isso que eu queria. Era isso que meu corpo pedia.

– Vem... – falei, sem medo algum.

Porque eu não tinha medo nenhum com o Slate. Eu confiava nele.

– Vale... – sussurrou ele com a voz embargada.

Continuei desabotoando sua bermuda, até que ela caiu no chão. Depois tirei a calcinha, sempre com os olhos grudados nele. Eu estava sendo corajosa. Eu nunca tinha sido assim, tão atirada. Nem mesmo com Crawford. O sexo que a gente fazia era tímido, às vezes quase atrapalhado.

Eu estava nua com um homem num lugar público, e eu queria aquilo. Tudo era diferente.

Ele terminou de se despir, pensou um pouco e só então pegou a carteira na bermuda que havia deixado no chão, tirando dela uma camisinha. Não falei nada. Era Slate Allen quem estava ali na minha frente. E eu só tinha a agradecer por ele ser um cara prevenido. Em momento algum eu havia parado para pensar em proteção, mas gostei de ver que ele se preocupava com a minha segurança.

Slate pegou sua camiseta no chão e foi me beijando enquanto me carregava para uma das mesas de piquenique. Depois forrou a mesa com a camiseta e me colocou em cima dela.

– Já sonhei com isso um milhão de vezes – disse. – Mas era sempre em algum lugar especial. Não no meio do mato, em cima de uma mesa de piquenique.

As palavras dele me fizeram sorrir. Para mim não havia lugar mais perfeito. Dei um beijo nele.

– Foi exatamente assim que eu imaginei – brinquei.

Agora foi ele quem deu uma risada.

– Quero muito você, sabia? – falou com a voz rouca.

Ele me puxou bruscamente contra o peito nu. Afastei as pernas e deixei que sua ereção pressionasse o meu corpo no lugar certo.

– Por favor – supliquei, já erguendo os quadris.

Quando ele entrou em mim, percebi imediatamente que meu mundo jamais seria o mesmo depois daquele dia. Agarrei-o pelos braços, joguei a cabeça para trás enquanto ele ia me preenchendo em ondas. O calor daquele corpo sobre o meu, a fricção das peles, tudo isso só fazia aumentar o meu desejo.

– Caralho... – gemeu quando comecei a girar os quadris, pedindo mais.

Foi o que bastou para que ele ir mais fundo, com mais intensidade. Exatamente o que eu precisava. Disse aquilo em voz alta, e ele sussurrou meu nome de volta.

Ergui as pernas e pressionei os joelhos contra a cintura de Slate, deixando que ele entrasse ainda mais fundo. E comecei a gritar junto com ele, os dois enlouquecidos de tanto prazer.

– Isso é o paraíso! – berrou ele enquanto agarrava meus quadris.

A intensidade aumentou ainda mais, e a essa altura suas pupilas já estavam tão dilatadas que pareciam ocupar todo o verde da íris. Slate parecia um homem dominado pelo próprio prazer, e isso me deixou louca. Apoiando as mãos na mesa, ergui os quadris e gritei o nome dele, talvez o de Deus também, e me deixei levar pelas sucessivas ondas de euforia.

O urro que Slate deu ao chegar no clímax foi a coisa mais sexy que já ouvi na vida. Ele fincou os dedos na minha pele. Queria que eles deixassem marcas. Para me lembrar de como aquele momento foi bonito.

Aos poucos minha respiração foi voltando ao normal. Slate me puxou para um abraço enquanto saía devagar de dentro mim. Abracei suas costas e ficamos assim por um bom tempo. Nada poderia estragar minha felicidade naquele momento, uma felicidade ainda maior do que eu havia imaginado.

– Estou apaixonado por você.

As palavras de Slate deviam ter me chocado. Mas não chocaram. Não depois daquilo. Eu senti. Não esperava aquela transformação. Era o presente que eu não sabia que desejava. Meu caminho agora era algo completamente diferente. Eu estava feliz.

Ah, se momentos como aquele pudessem durar para sempre...

No entanto, como em todos os sonhos bons... cedo ou tarde a gente precisa acordar.

PARTE DOIS

Acordo pra dormir, e desperto devagar,
Sinto meu destino naquilo que não temo.

Theodore Roethke, *The Waking*

33
VALE

Tudo era um grande borrão. O que estava borrado eu não sabia, pois não conseguia me concentrar. Ouvia barulhos à minha volta que não conseguia entender. Eu me sentia presa. Abri a boca na esperança de dizer alguma coisa, mas nesse instante escutei alguém gritar por perto:

– Ela acordou!

Quem acordou?, pensei. Depois tive a impressão de que estava vendo uma pessoa conhecida. Um rosto que me acalmava. O rosto da minha mãe.

– Vale! Querida!

Sua voz ia ficando mais nítida e ela falava com mais calma agora. Eu gostava de como aquela voz me fazia sentir.

Eu sabia quem eu era. Vale McKinley. Então, por que não sabia onde estava nem o que estava acontecendo?

– Jonathon, chama os meninos – disse mamãe.

Jonathon era meu pai. Os meninos eram meus quatro irmãos: Dylan, Michea, Jonah e Knox. Mas por que ela os estava chamando?

– Mãe – falei afinal, apesar da garganta seca e dolorida.

– *Shhh*, fica quietinha por enquanto – disse ela, olhando para mim através das lágrimas.

Notei que seu rosto estava mais fino e com duas manchas escuras em torno dos olhos. Estaria doente?

Eu ia perguntar isso quando duas mulheres e um homem se aproximaram para tirá-la de perto e começaram a trabalhar em volta de mim. Eles falavam comigo e me chamavam pelo nome. Demorei um tempo para perceber que eram enfermeiros. Virei o rosto e corri os olhos pelo lugar, e finalmente me dei conta de que estava num hospital.

Por que eu estava ali?

De repente me veio à cabeça uma série de lembranças: o guinchar dos pneus, meu grito de susto, a expressão de terror nos olhos de Crawford, o breu que se instalou depois. Fora isso eu não conseguia me lembrar de mais nada.

Crawford. Onde estava Crawford? Eu precisava encontrá-lo, sabia que ele estava machucado.

– Ela está tentando sentar – alertou uma das enfermeiras.

E a outra se adiantou para me conter, obrigando-me a deitar de novo.

– Ainda não, querida – disse ela. – Você ainda não pode se mexer.

– Crawford. – Era quase um grunhido que saiu da minha boca enquanto eu tentava me desvencilhar. Eu tinha que encontrar Crawford.

Agora eram as duas enfermeiras que me imobilizavam, falando coisas para me acalmar, mas eu não escutava. Onde estava minha mãe? Precisava ir atrás de Crawford. De repente lembrei: o caminhão estava vindo bem na nossa direção... Crawford estava apavorado.

– Não, meu anjo, fica quietinha... Por favor...

Era minha mãe outra vez, debruçada na cama. Ela acariciava minha testa de um jeito que eu conhecia tão bem, como ela fazia sempre que precisava acalmar os filhos.

– Crawford... – insisti.

Mamãe olhou para as enfermeiras.

– O médico já está a caminho – garantiu uma delas.

Médico? Para quê? Eu estava dormindo, mas já havia acordado e precisava socorrer Crawford. Sabia que ele estava machucado.

– Ele precisa se apressar – pediu mamãe, aflita.

Ela parecia tão doente. Por que estava ali do meu lado quando devia estar de cama?

– Mãe...

– Filha, não tenta falar nada... Vamos esperar o médico. Ele já deve estar chegando por aí.

– Os meninos também já estão vindo – disse papai, surgindo de repente no meu campo de visão. – E aí, filhinha... Já era hora de você acordar! Eu estava morrendo de saudade.

Meus olhos ficaram marejados assim que ouvi sua voz. Talvez porque também sentia saudade dele, talvez por causa do medo que me afligia.

Medo do que ainda escondiam de mim. Medo do que eu estava prestes a descobrir.

– Pai...

Ele se inclinou e beijou minha testa.

– Filha, não se preocupe. Deus foi bom conosco. Logo, logo você vai ficar boa.

Mais do que a mim, ele parecia querer tranquilizar a si mesmo.

– Crawford... – falei.

Ele olhou para minha mãe, depois para as enfermeiras, assim como ela mesma tinha feito antes.

– A Bela Adormecida acordou – disse uma voz desconhecida e grave, fazendo com que meus pais se afastassem da cama.

Eu não queria que eles saíssem do meu lado. Eram tudo que eu conhecia. Tudo de que me lembrava.

– Ela está perguntando pelo Crawford – disse mamãe.

O médico assentiu, sorrindo.

– Sinal de que a memória dela não foi afetada, graças a Deus. Ela sabe quem é?

– Sabe – respondeu papai. – E reconhece a gente também.

– Ela está tentando falar – acrescentou a enfermeira loura. – E fica repetindo o nome de Crawford.

O médico era um homem relativamente jovem, de cabelos vermelhos e olhos bondosos. Gostei da cara dele, mas queria respostas. E, se alguém não aparecesse rapidamente para dá-las, ninguém me prenderia naquela cama. Fiz um teste sob as cobertas e vi que não tinha perdido o movimento das pernas. Ótimo.

O médico examinou os aparelhos aos quais eu estava presa, depois veio se apresentar.

– Sou o Dr. Haufman. Papai também é médico, Dr. Haufman assim como eu, então, pra evitar confusão, prefiro que os pacientes me chamem de Dr. Charlie. Sobretudo aqueles com quem tenho um contato mais frequente. Como você. Agora vamos checar sua memória. Você lembra o número do seu celular?

Por que ele queria saber meu número de celular? Que importância isso podia ter?

Eu já ia respondendo quando me deu um branco. Eu não lembrava o número. Mas lembrava do meu endereço de casa. Então foi isso que respondi.

– Essas lacunas de memória são bastante comuns – explicou o médico a meus pais. – Mas parece que ela ainda se lembra do principal.

Levantei de novo o tronco com os cotovelos e virei para mamãe.

– Cadê o Crawford? – perguntei, a voz já bem mais forte.

– Vocês podem trazer gelo e um pouco de água para ela bebericar? – o médico pediu a uma das enfermeiras. – Esta é a enfermeira Everly. Ela e a enfermeira Mae têm sido as suas enfermeiras mais frequentes neste último mês. Pode ir se acostumando, porque ainda vai conviver um bocado com elas.

A enfermeira Everly tinha cabelos muito louros e compridos, presos num rabo de cavalo. Lembrava uma boneca Barbie. Eu queria perguntar sobre Crawford outra vez.

Minha garganta estava muito, muito seca.

– É melhor que ela saiba logo de uma vez. Vai se lembrar – disse o médico, depois olhou para mim. – Bebe um pouco de água. Até a noite de ontem você tinha um tubo na garganta, mas tiramos quando você começou a ficar irrequieta na cama. Já esperávamos que fosse acordar. Sua garganta vai ficar dolorida por um tempo, mas beba um pouco de água nesse canudo que vai te dar algum alívio. Mais tarde, se você quiser, podemos mandar trazer um sorvete.

Essa não era bem a resposta que eu estava buscando. Espera aí... *Tubo na garganta?*

– Por que tubo? – perguntei.

O médico contornou a cama e sentou na beirada do colchão como se fosse um velho amigo e estivesse ali para jogar conversa fora.

– Você estava em coma, Vale – explicou ele. – Por um mês e três dias. Sofreu um acidente de carro. Disso você lembra, não é?

A enfermeira ruiva voltou com a água gelada num copo de plástico com canudo. Dei um gole. Precisava beber um pouco antes de falar. Apesar do choque térmico na garganta, a dor diminuiu. Dei mais uns goles, depois deixei o copo na bandeja.

– Crawford. O caminhão não freou...

Na mesma hora me veio à cabeça a imagem do caminhão vindo na nossa direção parecendo desgovernado, invadindo a contramão. Com um golpe de direção, Crawford rapidamente virou o carro para evitar que o caminhão nos acertasse de frente ou pegasse o lado do passageiro. Queria que batesse apenas no lado dele. Depois olhou para mim, e o terror estampado nesse olhar era algo que eu jamais esqueceria.

– O motorista do caminhão dormiu ao volante – explicou meu pai. – O caminhão ia acertar você em cheio e Crawford jogou o carro para a direita. Salvou sua vida.

– Vamos ligar pra ele daqui a pouco. Crawford está bem, não se preocupe. Passou aqui uns dias atrás – disse minha mãe. – Mas agora, meu amor, você precisa descansar.

Passou aqui uns dias atrás? Estranho. Esse não era o Crawford que eu conhecia. Onde ele estava?

De repente ouvi a voz do Knox.

– Liguei pro Crawford. Ele está no treino. Deixei um recado.

Treino? Fiquei confusa. Treino de quê? Onde?

Mamãe assentiu como se isso fizesse todo o sentido do mundo, depois correu a mão pelos meus cabelos para me acalmar.

– É tão bom ver esses olhinhos abertos... – comentou.

Knox veio para o meu lado também.

– Oi – disse apenas, mas com os olhos molhados de emoção.

– Oi – respondi, preocupada com ele.

Nunca o tinha visto chorar. Nem mesmo quando ele quebrou a clavícula no colégio.

– Ainda bem que você acordou. As aulas da faculdade começam daqui a pouco. Você não podia perder. Depois de tantos planos e preparativos...

Faculdade. Eu estava indo para a faculdade. Tentei me lembrar de mais alguma coisa, mas a cabeça começou a latejar e eu fiz uma careta.

– Por hoje basta de estímulos – disse Dr. Charlie. – Vamos dar um tempinho pra que ela descanse e vá se acostumando outra vez com a realidade. O resto da família deve estar chegando, imagino.

Mamãe fez que sim com a cabeça, mas ficou onde estava.

– Será que não é arriscado. Ela fechar os olhos outra vez, assim tão cedo? – perguntou, apavorada.

– Não tem risco nenhum – respondeu o médico. – O coma já acabou.

Essas palavras ainda ecoavam na minha cabeça quando enfim adormeci.

34
VALE

Quando voltei a abrir os olhos, encontrei o quarto cheio. Dylan, o primogênito, olhava pela janela. Michea, o segundo mais velho, via TV com o controle remoto na mão, sentado na beirada da minha cama. Jonah, que em tese deveria estar numa missão militar, também via televisão, mas de pé, com os braços cruzados. No sofá, sentado ao lado do papai, Knox fazia algo no celular.

Foi mamãe que me viu acordar. Levantou da poltrona e veio para o meu lado.

– Oi, querida... – disse ela baixinho.

Estava tão magrinha que fiquei preocupada. Parecia ter envelhecido uns dez anos desde a minha festa de formatura. Eu queria perguntar a ela sobre isso, mas acabei lembrando.

– Até que enfim! – disse Dylan, aproximando-se pelo outro lado. – Você voltou a dormir antes que eu pudesse matar a saudade desses olhinhos azul-bebê.

Ele segurou minha mão. Também estava com dois círculos escuros em torno dos olhos. Observei as pessoas que estavam ali à minha volta, que eu amava tanto, e vi que estavam todas exaustas. Tinham passado por maus bocados por minha causa.

– E as gêmeas? – perguntei, ainda sofrendo com a garganta machucada.

Mamãe apertou o botão para subir o encosto da cama, depois buscou o copo de água gelada e colocou o canudo na minha boca sem que eu precisasse pedir.

– Maddy e Malyn estão morrendo de saudade! Já sabem que você acordou e não vão dar sossego para Catherine enquanto não vierem aqui pra te ver. Mas achei que você ainda não está preparada pra tanta agitação.

Eu queria muito ver minhas sobrinhas. Queria ver minha cunhada também.

– Fala pra Catherine trazer elas logo – pedi.

– Falo, sim. – Dylan deu um beijo na minha testa. – Nunca fiquei tão feliz por ver uma pessoa de olhos abertos! Você nos deu um susto e tanto, menina.

Apesar das dores, consegui sorrir.

– Para de monopolizar a garota, rapaz! – disse Jonah, empurrando Dylan para o lado. – Faz seis meses que não vejo minha irmã. Agora é minha vez!

Eu não via Jonah desde o último Natal, na folga de dois dias que ele havia tirado para visitar a família. Eu nem havia me acostumado direito com aquele cabelo raspado. Antes ele tinha uma cabeleira enorme, uma juba que batia nos ombros.

– Eu estava morrendo de saudades... – falei.

E percebi que os olhos do meu irmão tinham um brilho de lágrimas represadas. Quase morri de tanta pena. Dele e dos outros. O meu sofrimento seria igual se fosse algum deles que estivesse no meu lugar. Éramos muito próximos uns dos outros.

– Eu também estava com saudades – disse ele, apertando minha mão. – Sabia que a Marinha dá uma licença especial pra quem está com uma irmã caçula em coma?

Coma. Uma palavra tão fria e ao mesmo tempo tão familiar. Eu tinha acabado de sair do coma.

– Quando foi o acidente? – perguntei.

Jonah olhou para nossa mãe do outro lado da cama, e foi ela quem respondeu.

– Na noite da sua formatura.

Exatamente, pensei.

– Então estamos em julho?

– Quase. Hoje é 28 de junho – corrigiu ela.

Knox sentou no pé da cama.

– O verão foi um porre sem você. Voltei pra curtir a família nas férias, e você aí, dormindo feito pedra.

Sorri. Esse era o Knox que eu conhecia. Sempre fazendo piada. O comediante da família.

– Não sei se isso foi engraçado – interveio Michea, preocupado.

Michea era o protetor.

– Foi, sim – falei, e Knox piscou para mim.

– Que tal pedirmos aquele sorvete que o médico sugeriu? – disse papai.

Michea imediatamente se ofereceu para ir buscar.

– Vai começar *Grey's Anatomy* – observou Knox, voltando para a frente da televisão. – Nada mais apropriado para um hospital. E aí? Encara um episódio?

Fiquei sem saber o que responder. Me sentia perdida. Como se alguém estivesse faltando. Ou como se *eu* estivesse faltando. A vida que eu pensei que era minha não estava lá. Eu ainda não compreendia direito. Mas minha família precisava me ver bem, então era assim que eu iria me apresentar. Percebia nitidamente as marcas de preocupação e estresse no rosto de cada um. Eu havia saído do coma, tinha sobrevivido. Precisava parecer bem, eu devia isso a eles. Mesmo que por dentro não estivesse.

– Claro – falei para Knox.

Mamãe imediatamente abriu um sorriso. Era isso que eu precisava ver. Fazia muito tempo que ela não sorria. Tinha passado por um mês inteiro de sofrimento e preocupação. Eu precisava ficar bem por ela, mais que por todo mundo.

– Vou buscar a Catherine e as meninas – disse Dylan. – Vão querer chegar antes do sorvete.

– Tudo bem – disse papai –, mas vá com cuidado.

Dylan olhou para ele com uma cara feia, depois saiu.

Não era o estilo do meu pai pedir *cuidado* em algo tão simples quanto buscar a família em casa. Pelo visto, muita coisa havia mudado naquele último mês.

Não apenas na minha vida, mas na deles também. Nossa família nunca tinha precisado lidar com esse tipo de medo. Aquilo havia mexido conosco, mas estávamos juntos. Nossas lembranças eram basicamente um grande verão de felicidade: férias, sol, picolé, chá gelado, churrasco na casa dos vizinhos, biscoitos roubados do jarro grande em formato de morango de minha mãe. Nenhum sofrimento real.

Até o dia do meu acidente.

Deitei a cabeça no travesseiro e fechei os olhos. Podia ouvir o que Meredith Grey dizia na TV e as histórias que Jonah contava a papai sobre sua próxima missão. Só me restava fazer uma coisa: respirar. Porque eu havia acordado para uma vida estranha, cheia de lacunas. Crawford ainda não havia chegado. Mas não era só isso... Havia outra coisa faltando. Uma pessoa importante. Eu só não sabia quem.

– Ela dormiu – disse Michea, voltando com o sorvete. – Abaixa o volume.

Eu esperaria as meninas chegarem para comer. Precisava de mais alguns minutos sob a proteção daqueles olhos fechados. Esse seria meu único refúgio por um tempo. Sabia que eles não sairiam do meu lado tão cedo. Nem eu queria que saíssem. Os demônios já começavam a rondar na escuridão. As lembranças horríveis daquela noite nunca sairiam da minha cabeça.

35
SLATE

– *Full hand*, porra! – disse tio D, batendo as cartas no tampo da mesa de rodinhas que nos separava.

O velho era tão desbocado quanto era bom de pôquer. Quando aceitava o convite para jogar, eu sabia que dava a ele o direito de zoar com a minha cara durante uma semana inteira. Mesmo assim aceitei. Ele tinha acabado de ser operado para tirar tumores do corpo, mas já descobriram que estava sendo comido por dentro. Teria que encarar outra rodada de quimioterapia, que talvez lhe desse mais alguns meses de vida. Mas ainda não havia jogado a toalha.

– Vou buscar uma Coca-Cola – falei, já levantando da cama. – Quer alguma coisa?

– Fugindo da raia, é? – provocou.

– Claro que não! Estou com sede, só isso. Também vou dar uma passada pra ver o Knox e pedir notícias da irmã dele. Ainda não estive com ele hoje.

Eu havia encontrado meu colega de fraternidade uma semana após a irmã dele ter chegado ao hospital, ainda antes da cirurgia do meu tio. A garota tinha sofrido um acidente de carro, estava em coma, e o cara estava branco feito um fantasma. Dava a impressão de que não dormia fazia semanas. Eu vinha fazendo um esforço para visitá-lo todo dia de manhã com um copo de café fresco para reanimá-lo. Naquele dia, no entanto, o médico havia me parado no corredor para dizer que a quimioterapia não daria a tio D mais do que seis meses de sobrevida. Sem o tratamento, o mais provável era que ele morresse dali a um mês.

Tio D vinha dizendo que não queria a químio. Ele era cabeça-dura, e eu vinha brigando com ele por causa disso. Não estava preparado para perdê-lo. Aquele homem era tudo que eu tinha na vida.

– A família deve estar comendo o pão que o diabo amassou... – disse ele, balançando a cabeça. – Diz ao garoto pra não sumir. Não tenha pressa, mas, cacete, vê se traz um café bom e um cigarro quando voltar.

Estávamos num hospital. Ele sabia perfeitamente que eu não traria cigarro nenhum. Mesmo assim vivia pedindo.

– Vou trazer o *café* – falei, só para deixar claro. – Quer que eu pegue o controle remoto?

– Quero. Melhor esse lixo da TV que a vida real.

Ri com ele, depois saí para o corredor. Se não fosse aquele homem, minha vida teria sido bem diferente depois da morte da minha mãe. Se ele não tivesse se oferecido para me criar, eu teria ficado sob a tutela do governo, pulando de um lar provisório para outro. O trabalho era duro naquela fazenda, mas com isso eu havia aprendido a ser homem.

Knox estava a caminho do elevador quando cheguei ao corredor que levava ao quarto da irmã, onde eu era sempre muito bem-recebido. Os parentes da garota sempre me ofereciam comida e pediam notícias do meu tio. Uma família grande, todos muito bacanas. Eu não estava acostumado com aquilo. Era uma tristeza ver aquela menina ali, vegetando numa cama de hospital, ligada a um monte de aparelhos. Tão jovem e tão linda. Nunca a tinha visto acordada, mas sabia qual era a cor dos seus olhos. Tinha visto fotos. Ela está sempre alegre nelas, sempre com um sorriso estampado no rosto. Parecia ser uma figura verdadeira, tinha uma energia diferente, um olhar humano que fazia a gente querer ficar do lado dela. Estava mais do que evidente que a família achava a mesma coisa. Knox era muito próximo da irmã, e eu compreendia perfeitamente o sofrimento dele. Estava passando pela mesma situação.

– E aí, cara, como vão as coisas? – perguntei.

Knox sorriu. Um sorriso de verdade. Um sorriso que eu não via desde nossa última festa na Kappa Sigma, no fim do ano letivo.

– Minha irmã acordou – disse. – Está bem. Falando direitinho, lembrando de tudo. E perguntando sobre Crawford. – O sorriso deu lugar a um ar de preocupação. – Ainda não consegui falar com o filho da mãe. Está exagerando na curtição na faculdade.

Eu ainda estava abalado com o prognóstico do meu tio, mesmo assim fiquei mais leve ao ouvir as boas-novas de Knox. Tio D também ficaria feliz quando soubesse. Sabia que a garota era irmã de um amigo meu, tinha um carinho especial por ela. Ele era um velho rabugento, mas tinha um coração enorme.

– Que notícia boa, cara! Eu já ia buscar um café pra você. Puxa, sua família deve estar aliviada.

– Pois é. Minha mãe não ia aguentar por muito tempo. Vale é a caçulinha dela. Na verdade, é a caçulinha da família inteira! Mas minha mãe estava sofrendo mais que todo mundo. Deve ter perdido uns 5 quilos, e já era magrinha antes disso.

– Vocês estão precisando de alguma coisa? Querem que eu busque algo pra Vale?

Eu precisava ajudar. Era estranho. Knox e eu éramos amigos, mas não muito próximos. Tudo havia mudado naquele mês de convivência no hospital. Passar um tempo com a família dele havia me ajudado a lidar melhor com o câncer do meu tio. Eu sempre ficava arrasado quando via a Vale naquela cama. Tinha a impressão de que havia um elo especial entre nós, por mais estranho que isso fosse. Talvez porque ela tivesse sofrido o acidente mais ou menos na mesma época em que cheguei da faculdade e encontrei meu tio caído no chão do celeiro, cuspindo sangue num acesso de tosse. Ele já sabia dos tumores nos pulmões, mas não havia me contado.

– Valeu. Por enquanto não estamos precisando de nada. Michea trouxe sorvete, e ela está descansando. Fala pro seu tio que passo lá mais tarde pra levar uma surra no pôquer.

Ao longo daquele último mês, Knox tinha visitado nosso quarto pelo menos três vezes por semana. Geralmente trazia uma marmita com a comida preparada pela mãe, e sempre jogava uma mãozinha de pôquer com meu tio. O velho adorava Knox. Sentia mais fundo a história da Vale depois de conhecer um membro daquela família que nunca saía de perto da garota em coma. Eu já não via a hora de contar a ele que Vale tinha despertado.

– Falo sim, pode deixar. Eu mesmo acabei de levar uma surra do cara. Saí do quarto pra respirar um pouquinho e me preparar pra zoação que vem por aí.

Uma enfermeira loura e cheia de curvas passou por nós.

– Oi, Slate – ela disse, depois piscou o olho e soprou um beijinho na minha direção.

Chamava-se Hope, acho. Três dias antes eu tinha transado com ela dentro de um quartinho. Andava tenso com a situação do meu tio, precisava relaxar, e a enfermeira já vinha dando mole fazia um tempão. Decidi gastar energia numa boa trepada. O que até ajudou, pelo menos por um tempo.

– Oi – falei, sem saber se o nome dela era mesmo Hope.

– Fala sério – disse Knox, dando uma risada. – Você comeu a loura, não foi?

Apenas dei de ombros. Não era a primeira enfermeira que eu pegava.

Não que me orgulhasse disso. Tinha me acostumado, só isso. Desde os 15 anos que eu pegava quem quisesse. Sobretudo as garotas mais velhas. Maria Grace tinha 18 anos e dois peitões maravilhosos quando tirou minha virgindade debaixo da arquibancada do campo de futebol americano da escola. Eu estava no primeiro ano do ensino médio, e ela no último, quase se formando. Bons tempos.

Da última vez que tive notícias, Maria já estava no segundo filho e ainda não havia se casado. Pena que não tivesse ido para a universidade, mas fazia muito sucesso dançando numa boate. Dois anos antes eu tinha visto uma apresentação dela num inferninho qualquer.

– Seu tio ainda vai ficar muito tempo internado? – perguntou Knox.

– Mais uns dias ou uma semana, sei lá. Ele está se recusando a fazer a químio. Então não sei.

Knox ficou visivelmente preocupado.

– Se eu puder ajudar de alguma forma é só falar – disse ele.

– Valeu. Também estou às ordens se vocês precisarem que eu busque ou compre qualquer coisa. É sempre bom dar uma escapada e descansar um pouquinho do velho.

Knox entrou no elevador e foi embora. Olhei na direção do quarto de Vale. Realmente estava feliz com a recuperação dela. Tinha certa curiosidade com relação à garota. Sentia como se já a conhecesse desde muito. Conhecia seu rosto perfeitamente de tanto observá-la dormindo. Tinha lido para ela um monte de vezes. Tinha conversado com ela sobre meu tio. Várias vezes tinha rendido alguém da família que precisava passar em casa para descansar ou tomar banho. Vale tinha se tornado uma pessoa importante para mim. Mas eu nunca tinha escutado o som da sua voz.

E eu queria muito ouvi-la.

36
VALE

Três dias depois de eu sair do coma, Crawford entrou no quarto com um buquê de rosas vermelhas e uma margarida branca no centro. Eu via televisão, mas minha cabeça estava longe dali. Mal ouvia quando mamãe fazia algum comentário ao meu lado.

– Crawford! – exclamou ela, feliz.

Eu olhava para ele, e ele para mim, ambos em silêncio. Eu estava decidida a ficar de bico calado até que ele dissesse alguma coisa. Por onde o garoto tinha andado naqueles três últimos dias? Jogando futebol americano? O campus de Bington nem era tão longe assim, ficava a uma hora de carro.

– Oi – disse ele.

Eu nem piscava. Continuei imóvel e calada.

Mamãe inventou uma desculpa qualquer e saiu do quarto para nos deixar sozinhos. Precisei me conter para não dizer: "Leva ele junto."

– Sinto muito por não estar aqui quando você acordou. Todo mundo dizia que você não ia querer que eu faltasse aos treinos e perdesse minha bolsa de estudos. Eu precisava tomar uma decisão, Vale.

De novo: o garoto tivera três dias para encontrar um tempinho para vir me ver.

– Eu entendo seus motivos pra não estar do meu lado quando acordei – falei.

Sabia que ele leria nas entrelinhas. Crawford sempre foi um cara inteligente e eu não precisava entregar tudo mastigado para ele.

Ele deixou as flores numa jarrinha de prata ao lado da cama e pegou minha mão.

– No início eu vinha todo dia, não saía daqui. Mas meus pais, e os seus também, ficavam dizendo que isso não era saudável pra mim, que essa não seria a sua vontade.

Para minha surpresa, ele não havia entendido a indireta. Talvez tivesse levado algumas pancadas na cabeça durante os treinos. Eu não havia contado que ficaria com tanta raiva dele. Isso era novo para mim. Quando acordei e vi que ele não estava lá, não foi exatamente raiva que senti, mas uma indiferença. Não sabia muito bem como explicar. De algum modo eu havia aceitado que as coisas haviam mudado. Sem choro nem sofrimento.

– Entendo os seus motivos – repeti.

Ele franziu as sobrancelhas, depois fez um carinho na minha mão.

– Mas não está feliz de me ver agora.

– Três dias, Crawford – falei por fim. Caso contrário, ele continuaria sem entender.

Ele suspirou. Agora tinha entendido.

– Eu sei. Só ontem recebi a mensagem do Knox. Os treinos duram o dia todo, depois deito na cama e apago. Só lembrei de carregar a bateria do celular ontem à noite.

Ele não vinha recarregando o celular, mesmo sabendo que a namorada estava em coma. E aparentemente não via nada de errado nisso. Talvez ele fosse assim desde o início e eu simplesmente havia aceitado. Parecia que *eu* havia mudado durante o coma, e ele não.

– Sei.

Em outros tempos eu teria coberto Crawford de beijos, feliz com a chegada dele. Teria feito um monte de perguntas sobre o futebol americano e sobre as coisas que ele havia feito. Teria dito e feito o que fosse preciso para colocar um sorriso no seu rosto. Agora eu simplesmente... não me importava.

– Você está magoada comigo – constatou ele, preocupado. – Poxa, Vale, me desculpa. Juro por Deus, se eu não saísse tão cansado dos treinos, teria lembrado de recarregar o telefone. Teria chegado aqui logo depois de você abrir os olhos. Nunca vou me perdoar.

Crawford parecia estar sendo sincero, mas as palpitações que ele costumava provocar no meu coração não estavam mais lá. Por quê? Talvez porque eu tinha passado tanto tempo dormindo. Eu estava confusa.

A porta se abriu de repente, e a enfermeira Mae entrou.

– Estou vendo que você está com visita, mas precisamos ir pra fisioterapia, botar esses músculos pra trabalhar. Depois do que você conseguiu fazer ontem, estou louca pra ver o que você vai aprontar hoje.

Na véspera eu havia suado a camisa até o último segundo dos exercícios, disposta a fazer qualquer coisa para sair daquele hospital e retomar minha vida de antes. Ou minha nova vida.

– Vamos lá. Ele já está de saída – falei, e olhei para Crawford. – Obrigada pela visita. Boa sorte com o futebol.

Ele baixou a cabeça, surpreso com minha frieza. Mas era só isso que eu tinha a oferecer naquele momento.

– Vou ficar esperando aqui – disse Crawford. – Não quero sair do seu lado.

Eu não queria voltar para o quarto, sobretudo depois de uma exaustiva sessão de fisioterapia, e ser obrigada a levar aquela conversa adiante.

– Não. Prefiro que você vá embora. A gente se vê outro dia.

Crawford parecia derrotado. Cheguei a sentir uma pontinha de culpa. Pela expressão em seu rosto e pelo efeito de minhas palavras nele. Na verdade, ainda tinha o hábito de fazer de tudo para agradar meu namorado.

Precisei lembrar a mim mesma que ele tinha levado três dias para vir me ver. *Três dias*. Até o melhor amigo dele tinha vindo antes para ver como eu estava. Que conclusão eu podia tirar daquilo?

– Amanhã eu volto – prometeu ele.

– Tudo bem – falei, mesmo sem acreditar muito.

Ele ainda me encarou por um bom tempo, mais do que devia, depois saiu, me deixando sozinha com Mae.

Àquela altura, eu já tinha a enfermeira como amiga, se é que enfermeiras podem ficar amigas de pacientes. Ela era carinhosa comigo e falava bobagens só para me divertir. Era infinitamente mais simpática que a outra, a tal Everly. Aliás, eu até já havia pedido que fosse sempre ela a vir me buscar para a fisioterapia. Nos seus dias de folga vinha outra, chamada Sam.

– Deixa eu adivinhar – Mae foi logo dizendo. – Esse aí era o Crawford.

– Era.

– Chegou meio atrasado, não?

Eu dei de ombros.

– Pois é. Mas não tive nem vontade de conversar direito com ele. Antes o meu mundo se resumia a ele. Mas agora... Tenho coisas mais importantes com que me preocupar.

Ela assentiu.

– Tem mesmo. Como arrebentar naquela academia hoje.

Mais uma vez ela me fez rir.

– Exatamente. Hoje eu vou *arrasar* naquela academia!

37
SLATE

A casa de dois andares era maior que a nossa, mas não muito. Esperava uma casa gigante. Eles tiveram cinco filhos. Na minha cabeça, precisavam de muito mais espaço.

Subi as escadinhas até a varanda da frente, ainda na dúvida se aquilo havia sido uma boa ideia. Knox tinha ligado mais cedo, me convidando para jantar. Falou que a mãe queria cozinhar algo para mim e mandar um prato para o meu tio. Eu não me sentia muito à vontade com essa parada de família grande, por um simples motivo: não estava acostumado.

Para falar a verdade, eu havia aceitado porque estava curioso para ver a irmã de Knox. Queria ver como ela era acordada. Queria ouvir a voz dela. Ver a garota junto da família. Tínhamos algo em comum, eu e ela. Mais ou menos na mesma época, tínhamos passado por uma experiência que muda a vida da gente para sempre. Talvez fosse isso que me atraía na garota. Ou não. Talvez eu fosse apenas um filho da mãe enxerido. De qualquer modo, lá estava eu. Por causa dela.

Até os médicos ficaram surpresos com a força de vontade dela em se recuperar rápido. Eles a liberaram depois de só uma semana. Ela precisava voltar uma vez por semana para fazer fisioterapia, mas, exceto por isso, estava livre para viver a vida.

Eu estava indo visitá-la no quarto do hospital quando Everly, uma enfermeira que eu me arrependia de ter comido, me contou que ela tinha recebido alta. Então ela me convidou pra sair à noite. A mulher era pelo menos cinco anos mais velha que eu, e eu me perguntava se era casada. Havia algo suspeito nela.

Antes que eu tocasse a campainha, Knox abriu a porta.

– Que bom que você veio – disse ele, sorrindo.

– Pois é. Não sou homem de recusar uma comidinha caseira.

– Entendo perfeitamente. Tem vezes que eu passo aqui só pra comer. Chega sexta-feira e eu já não aguento mais fast food ou aquele rango do campus.

Essa era a única dieta que eu conhecia, mas fiquei na minha, como se soubesse do que ele estava falando. Tio D e eu vivíamos de congelados e micro-ondas. Na única vez que ele tentou fazer um espaguete, o fogão pegou fogo e a gente teve que sair para comer um hambúrguer na cidade.

– Você deu sorte – disse Knox. – Não vem a família toda hoje. Mamãe ainda não quer muita confusão em volta da Vale. Ela ainda está se acostumando com a vidinha de casa.

Ainda bem. Minha curiosidade era com Vale, não com os irmãos dela.

– E ela, como está? – perguntei, entrando atrás dele.

Ele deu de ombros.

– Bem, eu acho. Meio quietinha ainda. Menos falante e espevitada do que costumava ser. Mas os médicos falaram que isso é normal. Daqui a pouco ela volta a ser o que era.

Nas fotos que eu tinha visto, Vale estava sempre sorrindo. Aquele sorriso, aqueles olhinhos que pareciam dançar... foram essas coisas que me atraíram. Que me fizeram querer tanto conhecer a garota.

Uma voz feminina chamou minha atenção e eu parei.

– Acho que não, mãe. Deixa que eu faço pra senhora.

Era ela, só podia ser. Mesmo sem nunca ter escutado sua voz, eu sabia que era Vale. Pelo que eu sabia, ela era a única menina em casa. Mesmo assim, aquela voz batia perfeitamente com o rosto que eu conhecia.

– Tudo bem – concordou a Sra. McKinley. – Você passa manteiga nas torradas, e eu misturo o chá.

– Vamos lá pra dentro. Você vai conhecer minha irmã – disse Knox, e me puxou para a cozinha clara, decorada de branco e amarelo. – A visita chegou!

Meu olhar foi direto para ela. Os cabelos escuros estavam diferentes, mais cheios depois de lavados, caindo pela cintura com ligeiros cachos na ponta. Ela e Knox tinham os olhos no mesmo tom de azul, quase transparentes de tão claros. Eu nunca havia parado para admirar os olhos de Knox, mas os dela...

– Mãe, a senhora já conhece o Slate – disse ele.

– Boa noite, Sra. McKinley – falei. – Obrigado pelo convite.

Ela abanou a mão.

– Já falei mil vezes que você pode me chamar de Karen. Já passamos dessas formalidades. Comemos muito bolo com café naquele hospital.

Seu sorriso parecia sincero. Sempre me recebia bem quando eu passava pelo quarto de Vale no hospital.

– Sim, senhora – falei, retribuindo o sorriso.

Knox se aproximou da irmã, e eu pude focar nela outra vez.

– Esta aqui, como você sabe, é a Vale. Vale, esse é Slate, um colega da Kappa Sigma. Passou muitas horas lendo pra você no hospital, mas vocês ainda não se conhecem de verdade.

O sorriso dela não era real. Parecia perdida demais para sorrir de verdade. Mas tentou.

– Muito prazer – disse, adiantando-se com a mão estendida.

Um gesto simpático, mas não durou muito. Logo ela recolheu a mãozinha minúscula, me deu as costas e voltou a passar manteiga nas torradas.

– O jantar está quase pronto – disse Karen. Depois virou-se para Knox. – Seu pai está lá fora, brigando com o cortador de grama outra vez. Aquele lá sabe ser teimoso. Já passou da hora de comprar um cortador novo.

– Isso significa que eu preciso ir lá buscá-lo, não é?

– Isso mesmo. Vai lá e vê se convence ele a tomar um banho. Slate, senta aí, em qualquer lugar em volta da mesa, que eu vou trazer um chazinho gelado pra você. Quero notícias do seu tio.

Knox deu um tapinha nas minhas costas.

– Desculpa aí, amigo. Ela é intrometida assim mesmo. É o preço pela comida – disse baixinho, e saiu para chamar o pai no quintal.

– Tio D está dificultando as coisas. Não quer fazer a quimioterapia, então deve voltar pra casa na semana que vem. Aposto que vai voltar a fumar um maço por dia, e isso não é nada bom.

Olhei de relance para Vale e vi que ela estava prestando atenção no que eu dizia. Parecia preocupada, e eu sabia que era por causa do meu tio. Por algum motivo, fiquei mexido. A garota tinha acabado de sair do coma, tinha perdido um mês inteiro da sua vida, e ainda se preocupava com o problema dos outros. A maior parte das meninas que eu conhecia era tão superficial.

– O que vai acontecer se ele não fizer o tratamento? – perguntou Vale.

Tinha uma voz agradável, mas não era fácil olhar para aqueles olhinhos ainda tão tristes. Aquilo me chateava. Uma garota como Vale precisava ser protegida. Não merecia passar por tanto perrengue.

– Vai morrer mais cedo. A quimioterapia também não vai curá-lo, vai apenas prolongar a vida dele.

Ela suspirou e baixou a faca.

– Até entendo. Esse lance de quimioterapia não deve ser nada fácil. Mas também entendo o que você sente. Eu também não ia querer que meus pais se fossem antes da hora.

Gostei da franqueza. Vale não tentava dourar a pílula. Eu precisava disso.

– Você acha que consegue convencê-lo a não fumar quando voltar pra casa? – perguntou Karen. – Talvez isso ajude.

Esse era o tipo de sugestão com o qual eu estava habituado.

– Não sei se seria justo, mãe. O cara está doente, sabe que está morrendo. Por que tirar os prazeres dele? A esta altura, que diferença isso pode fazer?

De novo, era exatamente o que eu achava. Até que enfim alguém me entendia. Eu agora me sentia mais humano. Ouvindo da boca de outra pessoa, fazia sentido.

– É – disse Karen, suspirando. – Acho que você tem razão.

Vale não disse nada. Apenas colocou as torradas no forno e foi lavar as mãos na pia. Fiquei observando cada um dos seus movimentos, fascinado com aquela garota que vinha rondando meus pensamentos já fazia um tempo. Mesmo antes de acordar.

38
VALE

Era difícil não olhar para Slate Allen durante o jantar. Ele era lindo, só que não era só isso. Tinha algo que eu ainda não entendia, mas queria entender. Tinha a impressão de que já nos conhecíamos. Ele tinha lido para mim quanto eu estava em coma. Até onde eu sabia, tinha feito isso porque era amigo do Knox e estava com um tio internado no hospital. Estava sendo gentil, só isso.

Eu também queria ser gentil com ele. Sabia que minha mãe tinha mandado comida para ele e o tio nas últimas semanas, mas sentia que ainda devia aos dois um gesto qualquer de gratidão. A Slate, pelo descanso que ele havia proporcionado à minha família ao se oferecer para ficar comigo, e ao tio, por ter liberado o garoto. Mas que gesto seria esse? Eu ainda não tinha ideia.

– Acho que consegui convencer os velhos a deixar que Vale vá pra faculdade no mês que vem – disse Knox. – Prometi que trago ela toda semana pra fazer a fisioterapia. Mas ela já está botando pra fod...

Minha mãe fez um barulho para interromper meu irmão.

– Olha os modos, meu filho.

Knox apenas riu.

– Foi mal.

Ainda rindo, ele olhou discretamente para Slate. Com certeza falavam coisa muito pior quando estavam sozinhos na universidade. Knox ia se mudar para o dormitório da fraternidade. Fiquei me perguntando se Slate moraria lá também.

– E aí, pronta pra vida nova? – perguntou ele, olhando diretamente nos meus olhos.

Sim. E não. Aquele havia sido um sonho meu e de Crawford. Mas agora era só meu. No dia seguinte àquela sua primeira visita, Crawford foi ao hospital e conversamos um pouco sobre a faculdade, sobre os meus planos. Ele repetia que estava morrendo de saudades, que não queria mais sair do meu lado.

Eu estava com menos raiva dele, mas ainda não era a mesma pessoa de antes. Nem queria ser. Essa Vale do passado tinha se perdido, e eu agora a havia resgatado.

– Já estou matriculada, e o primeiro semestre já está pago, então... seria um crime jogar tudo isso no lixo. Além disso, nada me prende aqui.

Essa foi a melhor resposta que consegui encontrar. Porque, na verdade, Bington havia sido uma escolha de Crawford, não minha.

– Você não parece muito empolgada – observou Slate, os olhos plantados nos meus.

Ele falava comigo como se estivéssemos absolutamente sozinhos. Era como se meu irmão e minha mãe nem estivessem ali.

– Estou nervosa. Insegura, acho.

– Bobagem – disse Knox, dando um tapinha nas minhas costas. – Vou estar lá, caso você precise de ajuda.

Eu sabia disso. Mesmo assim, os pesadelos continuavam. Sonhos horríveis com o acidente. Com os últimos segundos antes do breu total. Ninguém tocava no assunto, mas todos sabiam. Mamãe tinha dormido comigo na noite anterior, só para me acordar quando eles começassem.

A campainha tocou. Minha mãe deixou o guardanapo na mesa e se levantou para atender.

– Quem será? – disse ela, mais para si mesma do que para nós. – Com licença, volto já.

– Vocês já marcaram o dia da sua mudança? – perguntou Slate.

Ele parecia muito interessado nas minhas decisões e no meu futuro, e eu já começava a achar isso estranho. Mas ele olhava para mim de um jeito diferente, como se visse algo importante dentro de mim, e isso me fazia querer responder suas perguntas.

– Ainda não. Nem chegamos a discutir o assunto. Por enquanto só sei que vou me mudar.

Antes que ele ou Knox pudessem responder, mamãe voltou à cozinha. E ao lado dela estava ninguém menos que... Crawford. Ele acenou para Knox, depois para Slate. Não parecia muito interessado em saber quem era o visitante. Estava concentrado em mim.

– Parece que temos mais um convidado para jantar – comentou minha mãe, sinalizando para que ele sentasse à minha frente na mesa.

– Obrigado, senhora, mas fica pra outro dia – disse Crawford. – Já jantei. Eu só queria trocar uma palavrinha com a Vale, se não for incômodo.

– Incômodo nenhum – respondeu mamãe.

Minha vontade era lembrar aos dois que eu estava no meio da refeição, mas seria falta de educação. Então me levantei e indiquei a direção da sala.

– Por aqui – falei.

E mais uma vez percebi que tinha tomado uma decisão por conta própria. Não havia permitido que Crawford determinasse onde teríamos nossa conversa. Não esperei que ele guiasse, mas fui saindo e deixei que ele viesse atrás. Só parei quando estávamos longe o suficiente para não sermos ouvidos na cozinha.

– Vim depois do treino – disse ele. – As coisas estão estranhas entre a gente, Vale. Eu quero dar um jeito nisso, mas não sei exatamente como.

Eu não sabia se havia algum "jeito" possível, mas Crawford era uma parte importante do meu passado. Ele estava lá desde o início, e eu o amava. As coisas realmente haviam mudado entre a gente depois que despertei do coma, mas não era porque ele não foi me ver.

– Também não sei – respondi, e estava sendo sincera.

Ele suspirou e correu a mão pelos cabelos.

– Eu te amo, Vale.

E eu também o amava. Mas de um modo diferente, que eu não sabia explicar.

– Eu sei – foi só o que consegui dizer.

Crawford se aproximou e me deu um beijo. Foi legal. Seguro. Como eu já conhecia... mas alguma coisa estava faltando. Não foi muito diferente de todos os outros que ele já havia me dado – talvez um pouco mais delicado, mais gentil. No entanto, era vazio. Como se eu já tivesse provado outros beijos mais profundos e melhores. O problema era que eu nunca tinha beijado outro garoto que não fosse Crawford. Nunca.

Retribuí o beijo como pude, tentando preencher aquele vazio de alguma forma, mas depois, quando ele se afastou e abriu o sorriso de sempre, fiquei me sentindo um pouco perdida.

Naquela noite, sonhei com aquele "algo mais". Uma excitação que me deixou sem ar, um calor, uma eletricidade que eu nunca tinha sentido até então. Era *aquilo* que estava faltando. Eu não estava perdida, estava feliz. Mas não era Crawford quem estava do outro lado. O meu namoradinho de infância, o cara em quem eu mais confiava na vida, nem deu as caras no sonho. Parecia até que ele não existia.

Porque naquele mundo de sonho existia apenas uma pessoa: Slate Allen.

39
SLATE

Joguei minhas coisas na cama e fui dar uma volta pela casa da fraternidade. Knox seria meu colega de quarto naquele ano. Cabia a mim escolher quem dividiria o quarto comigo, e ele era a opção mais óbvia. Eu tinha ficado bastante próximo dele nas férias de verão, muito mais do que de qualquer outro amigo. Afinal, vivemos nossas dores juntos no hospital.

Mas Knox ainda não tinha chegado. Já havia mandado uma mensagem dizendo que ajudaria a irmã a se instalar no dormitório. Os pais estavam preocupados com a garota, apesar de todo o progresso que ela vinha fazendo. Pelo que Knox tinha dito, Vale só precisava de mais duas sessões quinzenais de fisioterapia.

Eu ainda não a tinha visto desde aquele jantar na casa da família McKinley, quando o tal namorado apareceu e ficou com ela o resto da noite. Mas eu sempre pedia notícias. Knox dizia que a irmã estava ótima, que estava se adaptando à vida, mas nunca dava mais detalhes. Pensando bem, que motivo eu teria para querer mais detalhes? Estava preocupado porque a garota era irmã do meu amigo. Era isso que eu repetiria a mim mesmo até conseguir acreditar.

Por incrível que pareça, meu tio volta e meia também pedia notícias dela. Era como se tivéssemos o mesmo estranho fascínio pela garota. Ele vivia dizendo que Vale era uma menina especial, o que também era estranho. Como ele poderia saber? Nunca a tinha visto pessoalmente, apenas nas reportagens sobre o acidente.

– E aí, Slate – disse uma voz feminina às minhas costas.

Era Katie, uma lourinha de uma das irmandades vizinhas, sorrindo à porta do quarto.

– Katie – respondi secamente, porque não estava no clima.

Fazia quase um ano que ela me dava mole. Tinha dormido com três amigos meus. Eu não ia encarar. Sabia que a garota grudava nos caras depois que ficava com eles, e eu não estava com paciência para maluca.

– Como foi de verão? – perguntou ela, já entrando no quarto com aquele seu shortinho que mal cobria a bunda.

Achei que um papo reto botaria a garota para correr rapidinho.

– Meu tio está morrendo de câncer. Passei o verão quase todo no hospital.

Como esperado, ela congelou, com cara de quem não sabia o que dizer. Estava vestida para trepar, não para falar de tios moribundos.

– Puxa... Sinto muito.

Eu podia apostar que sim. Abri minha mala e comecei a guardar as coisas no armário.

– Bem, se precisar de alguma coisa, você sabe onde me encontrar – disse ela.

Eu sabia, sim, mas não pretendia encontrá-la.

– Beleza.

A garota inventou uma desculpa qualquer, despediu-se e foi embora. Nem sequer olhei para trás, por medo de que ela visse nisso um sinal de esperança.

Assim que fiquei sozinho, larguei a camisa que estava segurando e me joguei na cama. Precisava de paz. De silêncio. Sabia que dali a pouco os momentos de privacidade ficariam cada vez mais escassos. Calma e silêncio era a última coisa que a gente encontrava na fraternidade. Raramente a gente tinha a oportunidade de sentar e pensar. Na realidade, a gente *nunca* tinha a oportunidade de sentar e pensar.

No ano anterior eu havia adorado a confusão. As festinhas, as meninas. Mas agora eu estava com a cabeça em outro lugar. Não era fácil ficar longe do tio D. Eu me preocupava com ele. Sabia que não chegaria na fazenda a tempo de ajudá-lo se surgisse uma emergência. Essa era a parte mais difícil. Ele não estava fazendo a quimioterapia, mas já haviam se passado dois meses desde o prognóstico de apenas um mês de sobrevida. Estava fraco, cheio de dores. Os analgésicos ajudavam só até certo ponto. Ele nunca tomava a dose recomendada pelos médicos porque não queria ficar zonzo, dopado. Precisava de lucidez para seguir curtindo a vida.

Eu havia proposto ficar em casa naquele semestre, mas ele tinha recusado categoricamente. Precisava saber que eu estava estudando. Falava que queria morrer com a certeza de que me deixaria com um diploma na mão e uma vida melhor que a sua. Eu achava que a vida que ele havia construído devia ser motivo de orgulho, mas ele via as coisas de um modo diferente. Queria mais para mim.

Mesmo assim eu me sentia mal por estar ali. Ficava achando que tinha abandonado meu tio justo no momento em que ele mais precisava de mim. Sofria com isso. Mas não havia como convencer o cabeça-dura. Tio D tinha decidido que eu continuaria estudando e ponto final.

A porta do quarto se abriu, e eu já ia me preparando para outra garota. Mas era Knox.

– Eram três malas e oito caixas só de tralha – disse ele. – Sem falar nos velhos, que não paravam de dar palpite. Eu já estava pirando. Mas ela já está instalada, e é só isso que importa.

Eu nem precisava perguntar quem era "ela". Sabia que ele estava falando da irmã.

– Terminou a mudança? – perguntei.

– Graças a Deus. Está dividindo o quarto com outra caloura que parece tão nervosa quanto ela. Ainda bem que não pegou nenhuma doida. Feito eu, no primeiro ano. Meu colega de quarto tinha uma coleção de bonequinhos de plástico, peças de um jogo de tabuleiro, e à noite conversava com eles na prateleira. Doido de pedra.

Ele jogou sua mala na cama e sentou ao lado dela.

– Tomara que sua irmã não tenha nenhuma surpresa desse tipo – falei, contente por ter um assunto para me distrair dos problemas.

– Mas acho que os velhos não vão embora tão cedo. Não conseguem sair do lado dela. Como se a garota fosse de cristal e pudesse quebrar a qualquer instante. Não vou ficar nada surpreso se ela fugir deles e aparecer aqui daqui a pouco.

A ideia até que não era má. Seria ótimo se ela entrasse de repente naquele quarto. Mas preferi não dar asas à imaginação. Não queria ficar pensando na garota o tempo todo.

– Duke e Neil estão no mesmo quarto, você sabia disso? – Knox deu uma risada. – Vi quando estava subindo. Aqueles dois vão acabar se matando.

Eu não conhecia duas pessoas mais diferentes uma da outra.

– De quem foi a ideia brilhante? – perguntei.

– Sei lá. Mas ainda vamos rir muito dessa história.

Realmente. Aquela dupla prometia. Se Duke não fosse tão paciente, já teria jogado Neil e todas as suas manias pela janela. Talvez ainda jogasse mesmo assim. Diversão garantida para o ano inteiro.

– Vou desfazer a mala e depois vou lá, ver se a Vale quer comer alguma coisa comigo. Mamãe está preocupada, achando que ela vai se trancar no quarto e não sair nunca mais. Quer ir junto?

Sim! Mas mordi a língua antes de dar qualquer bandeira. Knox ficaria puto se percebesse que eu estava interessado na sua irmã. Éramos amigos, mas ele me conhecia o suficiente para me querer longe da garota. Eu sabia disso. Mesmo assim, nada nem ninguém me impediria de vê-la de novo.

– É, pode ser – respondi, como se não estivesse ansioso, como o Slate que Knox conhecia.

– Então vou mandar uma mensagem – disse ele, já pegando o celular. – Antes que ela se esconda debaixo das cobertas.

40
VALE

Minha colega de quarto se chamava Jude. Eu não conhecia nenhuma outra menina com esse nome, mas achei legal. Um nome diferente. Além disso, ela era supertímida. Por mim, tudo bem. Eu teria sossego, e isso já era uma grande sorte.

Meus pais finalmente tinham ido embora quando recebei uma mensagem do Knox, dizendo que ia me levar para jantar. Não perguntou se eu estava a fim. Informou que iríamos jantar. Minha vontade era ficar no quarto, terminar de arrumar minhas coisas e ler um livro, mas aceitei o convite. A arrumação podia ficar para o dia seguinte.

Jude ainda tirava das caixas uma interminável quantidade de bichinhos de pelúcia para colocá-los na cama. Naquele momento ela segurava um coelhinho azul e parecia tratá-lo com um carinho especial. Vencida pela curiosidade, e pelo silêncio incômodo no quarto, decidi perguntar a ela.

– Você coleciona?

Interrompendo sua busca pelo lugar ideal para o coelho, ela virou para trás e olhou para mim. Tinha olhos castanhos e grandes, um monte de sardas no rosto gordinho, e cabelos escuros e curtos. Não parecia ter idade para estar ali, no primeiro ano da faculdade. Mas quem era eu para dizer? Eu também devia parecer nova demais.

– Não exatamente – respondeu num tom quase inaudível.

Fiquei me perguntando se a garota falava sempre assim, tão baixinho. Continuei esperando que ela terminasse de explicar aquele "não exatamente", mas não veio explicação nenhuma. Já estava prestes a dizer algo quando ela largou o coelho azul na cama e pegou um ursinho pardo, já bem surrado, para me mostrar.

– Este foi o primeiro. Um presente da minha mãe biológica no meu primeiro aniversário. Todo ano ela faz isso, me manda um bichinho de pelúcia no dia do meu aniversário. Mamãe fala que esse é o jeito que ela tem de dizer que pensa em mim e está feliz por eu ter encontrado uma família bacana. Por isso sempre gostei de ter eles por perto à noite. Pra lembrar que tenho duas mães que gostam de mim e que isso é... especial.

Essa não era bem a explicação que eu havia imaginado.

– Uma bela história – respondi com sinceridade.

Ela sorriu pela primeira vez. Ficava linda quando sorria.

– Também acho! – exclamou.

Eu já podia ver que ia gostar de Jude.

– Quantos anos você tinha quando foi adotada? – perguntei, mesmo sem saber se devia.

– Meus pais me pegaram na maternidade. Minha mãe biológica tinha só 15 anos. Não tinha a menor condição de criar uma filha.

No colégio eu tinha uma colega que também foi mãe aos 15 anos. Lembro que ela tinha uma vida difícil. Vivia chegando atrasada nas aulas, sempre exausta, porque passava a noite acordada com o filho. Ficou um ano assim, mas depois não aguentou. Acabou deixando a escola e fazendo um supletivo mais tarde. Não podia culpá-la.

– De onde você é? – perguntei.

– Oklahoma City. Estou bem longe de casa.

Minha situação era bem diferente. Meus pais estavam logo ali, a pouco mais de uma hora de viagem. Acho que eu não suportaria ficar assim tão longe deles.

– Puxa, está mesmo!

Jude suspirou e tirou mais um bichinho da caixa, um elefante rosa que deixou na frente dos outros.

– Esse é o mais novo – explicou. – Meu aniversário foi semana passada.

Eu queria saber se ela conhecia a mãe biológica, mas achei que já havia bisbilhotado demais, então fiquei na minha.

– Dezoito bichinhos pra dezoito aniversários! – falei, abrindo um sorriso. – Bem, acho que vou desempacotar alguma coisa também.

Ainda faltava uma hora para Knox passar para me buscar.

– Tem duas prateleiras no banheiro – disse Jude. – Qual delas você prefere?

– Tanto faz. Pode escolher primeiro, não ligo pra essas coisas.

– Tudo bem. Então vou ficar com a de cima porque sou mais alta. Se você não se importar.

– Claro. Por mim tudo bem.

Ao que tudo indicava, eu não teria problemas nessa parte da minha nova vida. Quanto às outras... bem, aí eu não tinha tanta certeza.

Dali a uma hora Knox mandou uma mensagem dizendo que já esperava por mim na porta do prédio. Eu me despedi de Jude, peguei minha bolsa e desci. O que eu não sabia era que ele tinha trazido um amigo.

Atravessei a porta e sorri para Slate Allen, que eu não via desde o jantar na casa dos meus pais. O sonho daquela noite não havia sido o único. Desde então eu tivera vários sonhos com o cara, sempre muito intensos, e às vezes... explícitos. Não estava preparada para vê-lo em carne e osso.

No entanto, volta e meia eu pensava nele e no tio. Slate tinha lido para mim durante o coma, e eu queria retribuir a gentileza de alguma forma. Por isso visitei tio D duas vezes. Na primeira levei um bolo de limão que mamãe tinha preparado. Na segunda, um bolo de carne também dela, o melhor do mundo. Eu gostava do velho, que insistia que o chamasse de tio D. Ele sabia exatamente quem eu era e parecia feliz ao me ver. Pena que não pude fazer uma terceira visita antes que ele voltasse para a fazenda em Huntsville.

– Oi, Slate, bom te ver outra vez – falei, talvez um tanto formal.

Mas eu não sabia direito o que dizer para um cara que frequentava meus sonhos, sempre com bem menos roupa. Fiz o que pude para não ficar vermelha.

– E aí, já arrumou tudo? – perguntou ele.

Assenti.

– Sim, obrigada – falei, depois apontei para meu irmão. – Parece que você vai ter que aturar esse aí o ano inteiro.

Qualquer coisa para abafar o climão. Que, aliás, era só meu. Era eu quem vinha tendo sonhos eróticos com o cara, não o contrário.

– Ou será que é *ele* que vai ter que me aturar? – disse Slate.

– É mais por aí – falou Knox, fazendo Slate rir.

Eu não iria perguntar sobre como era vida deles na Kappa Sigma. Tem coisas que uma irmã não precisa saber.

– E o seu tio, como vai? – perguntei a Slate, mudando para um assunto que realmente me preocupava.

– Vai levando. Mas com muita dor.

– Manda um alô pra ele. Ou de repente você me passa o endereço pra eu escrever uma carta. Eu queria ter feito mais uma visita antes da alta dele. Tinha prometido levar uma torta de maçã da mamãe. Mas não deu.

Olhando de relance, vi que Slate parecia surpreso. Cheguei a pensar que tinha dito ou feito algo errado.

– Você esteve com o meu tio? – perguntou ele, e começou a andar mais devagar.

Eu tinha certeza de que o tio dele havia contado. Fiquei preocupada, temendo que o tio D não quisesse que o sobrinho soubesse das minhas visitas.

– Estive – respondi afinal, meio que pisando em ovos.

Knox começou a rir. Slate olhou para ele, depois para mim.

– Filho da mãe... Então foi você que levou aquele bolo de limão.

Knox riu mais um pouco.

– Dois dias depois daquele jantar lá em casa, passei no hospital e levei esse bolo que mamãe tinha feito pra ele. Você tinha comentado sobre ele, então pensei que ia gostar de companhia e de uma boa comida. Espero que não tenha problema.

Mas que problema poderia ter? Slate tinha lido para mim, vivia levando café e muffins para a minha família. Eu era grata a ele e só queria retribuir.

41
SLATE

Quer dizer então que o velho tinha recebido visitas da garota. Por isso ele tinha tanta curiosidade a respeito dela, por isso sempre pedia notícias. Mas ele não tinha me contado nada. Eu ainda não conseguia entender por quê, mas perguntaria assim que estivesse com ele outra vez. Talvez até levasse outro bolo de limão.

– Aposto que ele ganhou o dia com a sua visita. Mas não me disse nada, então fiquei surpreso. Acho que ele não quer dividir você com mais ninguém.

Vale sorriu com o meu comentário. Caramba, que sorriso era aquele... Os olhos brilhavam quando a garota sorria de verdade. Era difícil desviar o olhar quando ela sorria assim.

– Vou lá no próximo fim de semana. Se você quiser ir junto... – falei sem pensar.

Aquele sorriso devia ter paralisado meu cérebro.

– Vou adorar. Posso passar na casa dos meus pais e pegar uma torta de maçã.

Knox imediatamente fechou a cara, e eu sabia por quê. Eu devia ter refletido melhor antes de fazer o convite.

– Você também pode ir com a gente, Knox – falei.

Estava na cara o que Knox estava desconfiando das minhas intenções. Ele estava com a pulga atrás da orelha. Por outro lado, sabendo que meu tio estava nas últimas, ele decerto fazia um esforço para manter a mente aberta.

– De repente eu vou – disse afinal.

Fiquei aliviado quando enfim entramos na caminhonete dele. Tinha criado uma situação só por causa de um sorriso. E também porque tinha visitado meu tio, então tinha uma preocupação genuína com velho. Ela não fingia que se importava só pra ficar perto de mim. Everly, a enfermeira, fingia se preocupar só para entrar no quarto dele quando sabia que eu estava lá e jogar charme para o meu lado. Eu estava acostumado com esse tipinho. A coisa tinha chegado a tal ponto que muitas vezes eu desistia de visitar Knox e a família dele só porque era Everly quem estava de plantão. Aquela marcação cerrada era muito chata.

Eu não gostava que ninguém usasse a doença de meu tio para se aproximar de mim.

Vale era diferente.

Mas não era para o meu bico. Era uma pessoa boa e gentil. Eu precisava controlar meu fascínio por ela. Mas antes eu levaria a garota para ver meu tio. Porque... bem, porque ela sorriu e me deixou maluco.

Abri a porta da frente para que Vale entrasse.

– Vou atrás – disse ela.

– Deixa que eu vou – falei. – O penetra aqui sou eu.

Ela ignorou o que eu disse e foi subindo no banco traseiro da caminhonete. Não pude deixar de notar as curvas que a calça dela deixava ver.

– Eu sou menor, e aqui é apertado – disse ela, finalmente se acomodando e tirando aquela bunda da minha frente.

– Não adianta discutir com essa aí porque ela é jogo duro – disse Knox assim que assumiu o banco do motorista. – Que tal uma panquequinha no Refúgio? Passei o verão inteiro falando do lugar. Vale precisa conhecer logo pra ver que estou coberto de razão.

Concordei na hora. Já estava com saudade da panqueca de morango com chantilly.

– Comida de café da manhã na hora do jantar. Adoro – disse Vale às nossas costas.

– Eu sei. É por isso que mamãe nunca deixa faltar uma rosquinha com molho de carne no jantar lá de casa – disse Knox, carinhoso.

Eu tinha visto os cuidados e a preocupação dele com a irmã quando ela estava em coma. Toda hora o cara ia lá conferir se a garota estava respirando, como se ela fosse esquecer de encher os pulmões caso ele se descuidasse. Knox sempre dizia que os dois eram muito próximos, e me contava várias histórias sobre a infância deles. Essas histórias o faziam rir. Era bom ver o cara rindo naquele momento tão difícil.

Muitas vezes eu ficava com a impressão de que ele era o pai da garota. Pelas coisas que ouvia dele, sabia que Vale McKinley realmente era especial. Dessas pessoas que mudam a vida da gente. Que deixam uma marca. Eu não gostava nem de imaginar que ela podia ficar naquela cama para sempre. Por isso ia lá e lia para ela. Conversava também, dizia que ela precisava abrir logo aqueles olhos. Falava da faculdade e de como ela ia se divertir. Eu me esforçava para estimular nela a vontade de viver.

– Mamãe já está mandando mensagens. – comentou Vale rindo.

– Claro que está – disse Knox. – Pra mim ela ainda não mandou nenhuma.

– Ficou aliviada quando soube que a gente está indo comer. Achou que eu fosse ficar lendo no quarto quando soubesse que Crawford tinha treino fora do campus.

Knox olhou para a irmã pelo espelho retrovisor.

– E era exatamente isso que você ia fazer. Não era?

– Era. Mas também ia desempacotar umas caixas.

– Acredite em mim, essas panquecas são imperdíveis. Você vai me agradecer na primeira mordida. – Já estávamos estacionando o carro quando Knox disse: – Merda. A Mia está aqui.

Mia era uma menina que ele tinha namorado por uns quatro meses no ano anterior. Até ver que ela andava cortando fotos de vestidos de noiva nas revistas e maluquices do gênero. Knox dispensou a garota, e por um tempo ela fez a ex-namorada maluca. Dava incertas no cara, chorava, trazia biscoitinhos... Não demorou para que aquilo virasse piada na fraternidade.

– É a tal do ano passado? – perguntou Vale, achando graça.

Knox suspirou.

– Ela mesma.

Vale deu uma risada e bateu palmas, como se aquilo fosse a notícia mais divertida.

– Perfeito! – exclamou. – Não vejo a hora de conhecer a doida e contar pra todo mundo no nosso próximo jantar em família.

– Você é uma grande fofoqueira e não vai conhecer doida nenhuma – disse Knox, já descendo do carro.

Saltei também, e Vale aceitou a mão que ofereci para ajudá-la a descer, confiando totalmente em mim. Adorei aquilo.

Assim que pisou no chão, ela olhou desconfiada para o restaurante, que não era lá muito sofisticado. Mas ela não parecia ser dessas que se importavam com esse tipo de coisa.

– Não é bem o que você esperava, é? – perguntei.

Ela olhou para mim, depois para a placa da lanchonete.

– Não sei por quê, mas eu tinha uma imagem desse lugar na minha cabeça. Eu achava que era de um jeito, mas não tem nada a ver. – Ela balançou a cabeça. – Sei lá, devo ter sonhado.

– Vai sonhar depois que experimentar essas panquecas – disse Knox. Ele tinha dado a volta na caminhonete e estava ao nosso lado. – Então vamos lá. E vocês não vão nem olhar pra Mia, muito menos falar com ela, fui claro? Nenhum dos dois.

Vale deu uma boa risada, e eu perdi de novo a merda da cabeça. Droga.

42
VALE

As árvores já estavam pintadas com as cores do outono, e lá estava eu, parada no meio da trilha, olhando através das copas para o azul do céu. Parecia um mundo de conto de fadas. Tudo era lindo e perfeito. Embalada pelo rumor do riacho que corria entre as pedras, rindo de alegria, abri os braços e comecei a girar no lugar.

Aquilo era como se apaixonar por alguém. A simples beleza da experiência. Tudo cheio de detalhes, mas fluido. O vento lambia meus cabelos, enchia meus pulmões de ar fresco. De repente, ele chamou meu nome e meu coração bateu mais rápido, desencadeando uma onda de prazer. Eu adorava quando ele dizia meu nome. Era ele quem tornava aquilo tão perfeito. Baixei os braços e virei na direção da sua voz.

E lá estava ele. Alto, os cabelos escuros roçando os ombros, os olhos verdes rindo da garota que dançava entre as árvores. Ele era meu porto seguro. Eu não sabia que estava perdida até ser encontrada por ele.

Slate Allen era meu herói.

Acordei de repente. Aquele sonho era diferente dos outros. Mais carregado de sentimentos por ele. Como se eu quisesse correr para os braços dele e ficar ali, escondida, certa de que ele nunca me deixaria. O que era bem estranho. Geralmente não é com garotos tipo Slate que a gente tem sonhos dessa natureza. É com garotos tipo Crawford.

Slate era galinha. Gostava das mulheres, e elas gostavam dele. Isso tinha ficado claro no jantar da noite anterior. O cara já tinha pegado quase todas as mulheres que estavam no restaurante. Muitas foram até nossa mesa para jogar charme. Depois de ouvir Knox contar sobre as conquistas dele, aparentemente lendárias, era de se esperar que a ficha caísse e eu parasse de ter aqueles sonhos idiotas.

Talvez tenha sido alguma coisa que comi. Ninguém devia comer tanto chantilly e tanta calda de chocolate antes de dormir. Provavelmente o efeito era o mesmo da pizza. Sonhos malucos. Eu queria que aqueles sonhos parassem. Ficava difícil olhar para Slate com aquelas imagens todas na minha cabeça.

Olhei para Jude, que dormia feito uma pedra. Todos os dezoito bichinhos estavam na cama com ela. Era uma cama abarrotada. Sorrindo, levantei para ir ao banheiro. Ainda nem eram seis da manhã, mas eu ia tomar um bom banho. Não queria fechar os olhos de novo. Não podia confiar nos meus sonhos.

Levei um tempo lavando e secando o cabelo. Depois foi fácil me vestir com a luz que entrava pela janela. Jude tinha um sono pesado, nem sequer mexeu enquanto eu me arrumava. Minha intenção era descer com meu livro debaixo do braço e encontrar algum lugar para tomar café. Eu ainda não sabia se Jude gostava de dormir até mais tarde, então preferi não a acordar.

Em vez de pegar o carro, segui a pé para o centro do campus. Também precisava descobrir onde ficava a biblioteca. Era importante. Queria reservar os livros de duas matérias para ler os capítulos programados para a primeira semana de aula.

Ao que parecia, ninguém tinha acordado ainda. Precisava aproveitar aquela luz gostosa do amanhecer no campus vazio. Dificilmente isso voltaria a rolar. Era domingo e as aulas começariam na segunda. Um monte de alunos ainda estava para chegar e se instalar nos diversos dormitórios. O tradicional fim de semana da mudança. Tentei calcular quanto tempo de calma eu teria até o lugar se transformar num grande formigueiro. Crawford tinha mandado uma mensagem avisando que chegaria tarde do treino. O mais provável era que só me procurasse lá pela hora do almoço.

Passei pelo prédio da reitoria e fui seguindo pela avenida principal até que senti um cheirinho de café no ar. Estava chegando perto. Mais adiante avistei uma pessoa saindo de uma porta com um copo de café na mão. Ótimo. Um café pertinho do dormitório. Grande notícia.

Na vidraça, estava escrito EARLY PERK em letras verdes e pequenos detalhes em tons de amarelo e marrom. Logo abaixo do nome, havia uma vitrine com uma grande variedade de muffins e outros produtos de confeitaria. Decidi que aquele seria meu cantinho preferido no campus. Mesinhas com guarda-sóis amarelos se enfileiravam na calçada. Dentro havia umas sete mesas com bancos compridos encostados à parede.

Abri a porta e inspirei fundo. O lugar era exatamente como eu havia imaginado. O que era estranho. Que motivo eu tinha para imaginar alguma coisa? Talvez porque tivesse ouvido aquelas histórias todas do meu irmão sobre a vida no campus. Knox não costumava dar muitos detalhes, mas eu tinha uma imaginação fértil e muitas vezes acabava inventando na minha cabeça como os lugares deviam ser. Eu tinha uma imagem deste lugar, por exemplo.

Mamãe sempre dizia que eu acabaria virando escritora. Desde criança eu tinha essa imaginação vibrante e rica. Gostava de contar histórias e explorar novas realidades. Volta e meia me pegava sonhando acordada, fugindo do presente.

A barista era uma menina mais ou menos da minha idade. Descolar um emprego ali não seria nada mau. A atmosfera do lugar não poderia ser melhor.

– Pois não? – disse a moça com um sorriso.

Tinha cabelos cacheados e curtinhos, um pouco desgovernados, o que dava a ela um charme todo especial. Tinha um rostinho de fada que combinava com o cabelo, e uma tatuagem de passarinhos descia do pescoço para o colo.

– Tenho duas perguntas – falei.

– Pode dizer.

– A casa está contratando novos funcionários?

Ela sorriu novamente.

– Puxa, está, sim! – respondeu, aliviada. – Acabamos de perder a outra menina que trabalhava aqui nos fins de semana. Fico sozinha até o meio-dia, quando chega o pessoal da tarde. Ninguém quer pegar o turno da manhã aos sábados e domingos, das cinco ao meio-dia. E a gente ainda tem que trabalhar mais um dia no meio da semana, também nesse horário.

Isso não seria problema. Sempre gostei de acordar cedo.

– Não tenho aula nas quintas de manhã. Você acha que pode rolar?

A menina chegou a saltitar de alegria.

– Claro que sim! – Na mesma hora tirou da gaveta à sua frente um formulário e uma caneta. – Toma, preenche isto aqui. Enquanto isso vou ligar pra Jane, a proprietária. É bem provável que você seja contratada ainda hoje.

– Excelente!

Eu achava que encontrar um emprego seria bem mais difícil. O café era uma delícia. Trabalhar ali nos fins de semana seria perfeito.

Sentei à mesa mais próxima e comecei a preencher o formulário.

– Ah, meu nome é Isla – disse a moça do outro lado do balcão. – Mas você falou que tinha duas perguntas...

– Prazer, Isla. Meu nome é Vale. Eu ia pedir que você me sugerisse um café, porque o cardápio é enorme.

– Não se preocupe. – Ela estava radiante. – Deixa que eu escolho pra você.

Acabei tomando um *mocha latte* com chantilly enquanto ela mostrava onde ficava cada coisa e me ensinava a pilotar a máquina de *espresso*.

Eu estava empregada.

43
SLATE

A primeira semana de aula foi o perrengue de sempre. Muita burocracia para enfrentar, muita coisa para ler. Como se não bastasse, na quarta-feira tio D sofreu um acidente em casa, um desmaio que resultou num tombo feio e num corte na cabeça. Havia um enfermeiro do plano de saúde com ele, então isso não deveria ter acontecido. Tio D acabou sendo internado outra vez.

Eu não conseguia pensar em outra coisa que não fosse ele. Ligava para o hospital duas vezes por dia, e o velho já andava de saco cheio. Mas parecia fraquinho ao telefone. Talvez mais fraco do que antes.

Na manhã de quinta, subi para o quarto depois das aulas, joguei na cama os livros e a maldita papelada que os professores tinham passado, e urrei de frustração. Eu não devia estar ali. Devia estar com meu tio. Aquilo não estava certo. Ele não podia esperar que eu ficasse ali quando ele estava morrendo no hospital, caramba.

Se eu trancasse a matrícula naquele semestre, perderia a bolsa de estudos. Mas já estava quase chutando o balde. Depois descolaria um financiamento estudantil quando quisesse voltar. O problema era convencer meu tio.

Era nisso que eu pensava quando alguém bateu na porta do quarto. *Juro por Deus, se for uma garota eu nem sei o que eu seria capaz de fazer.* Ainda não tinha pegado ninguém desde a volta às aulas. Não estava com cabeça para essas coisas. Toda vez que o celular tocava, achava que era alguma notícia ruim sobre meu tio. Não estava com saco para os dramas da pegação.

– Quem é? – berrei secamente, para desencorajar se fosse uma garota.

A porta se abriu lentamente, como se a pessoa do outro lado receasse entrar.

– O que você quer? – esbravejei de novo, louco para me ver livre daquilo.

Então Vale se materializou na minha frente, e toda a raiva de antes evaporou. Não imaginava que podia ser ela. Claro, a garota estava ali por causa do irmão; mesmo assim, foi um alívio revê-la depois de tantos dias tentando evitá-la no campus. Um sopro de felicidade no meio de tanta chatice. Knox furaria meu pescoço se soubesse o que eu estava pensando.

– Desculpa... – disse ela. – Parece que cheguei em má hora...

Ela parecia nervosa, e só então me dei conta de que quase xinguei a menina por bater na porta.

– Não, não. Achei que fosse outra pessoa – fui logo explicando. – Senta aí. Eu estava dando uma olhada nessa papelada infernal que eles dão pra gente todo início de semestre.

Ela assentiu.

– Eu sei. É muita coisa.

Ainda estava nervosa.

– O Knox não está – falei, caso ela ainda não tivesse percebido.

– Pois é. Falei com ele agora há pouco. Na verdade, passei aqui para falar com você. Devia ter ligado antes, mas não tenho seu número, e não quis perguntar pro Knox, senão ele ia ficar achando que...

Ela se calou de repente, corando de timidez. Ficava ainda mais adorável com o rostinho vermelho.

– Pode vir quando quiser – respondi com sinceridade.

– Obrigada. É que... a gente tinha combinado de visitar seu tio no fim de semana. Eu realmente queria ir, mas... Acontece que arrumei um emprego no Early Perk e vou ter que trabalhar, tanto sábado quanto domingo de manhã. Não dá pra pedir folga logo no primeiro dia, né? Iam me botar pra correr.

Odiava ver a garota assim, pisando em ovos comigo. Ela ainda estava com as bochechas vermelhas e mal conseguia olhar para mim. Eu queria deixá-la sempre à vontade quando estivéssemos juntos. Nem que fosse só para ficar curtindo aquela voz e aqueles olhinhos tão lindos.

– Claro que você não vai pedir folga! – exclamei. – Não pode correr o risco de perder esse emprego. Aquele café é superlegal. Que bom que você conseguiu trabalho assim tão rápido! Na verdade, tio D voltou pro hospital. A gente pode sair daqui por volta de uma hora e passar a tarde de sábado com ele. Podemos jantar com ele e voltamos lá pelas oito.

Vale fez aquela cara de preocupação que eu já conhecia.

– O que aconteceu? Ele teve uma piora?

– Ele levou um tombo quando o enfermeiro estava lá. Parece que levantou da cama no meio da noite porque é uma mula. Bateu a cabeça no chão e precisou ser internado por causa do sangue que perdeu.

Vale ficou ainda mais preocupada.

– Caramba... Coitadinho dele. Tomara que não seja grave. Deve ser horrível pra você, ficar longe do seu tio neste momento. Podemos ir no sábado, sim, se você não se importar de esperar. Se quiser ir mais cedo, posso ir no meu carro depois, conheço muito bem o caminho pra Franklin.

Eu estava sendo egoísta. Queria muito ver tio D, mas também queria que Vale fosse comigo.

– Espero você, não tem problema nenhum. Ainda mais se formos voltar tarde. Seu irmão vai ficar mais tranquilo se eu for dirigindo.

– Imagino que sim – concordou ela. – Mas, se você quiser sair mais cedo, tudo bem, sou perfeitamente capaz de dirigir à noite. Knox ainda me vê como uma menininha de 8 anos de maria-chiquinha. Mas ele está enganado.

Completamente enganado.

– Vou te esperar – insisti.

– Fechado, então – disse ela. – Vou levar café e uns muffins. Mamãe já vai estar esperando com a torta do seu tio pronta.

Seria ótimo se meu tio realmente pudesse comer um pedaço da torta de maçã. Vinha tomando soro porque não conseguia engolir nada. Quando tentava, botava tudo para fora.

– Agradeça a sua mãe por mim, Vale, mas tio D não está conseguindo manter nada no estômago. Duvido muito que vá poder desfrutar dessa torta.

Os olhos da garota de repente ficaram tão tristes e melancólicos que tive vontade de abraçá-la. Não um abraço de consolo, mas para retribuir a compaixão que ela sentia por um homem que mal conhecia. Tio D era praticamente sozinho no mundo. Tinha passado a vida inteira trabalhando na fazenda, não tinha uma vida social. Que ele agora tivesse o carinho de outra pessoa além de mim era algo realmente especial.

– Então vou pensar numas histórias bem legais pra contar pra ele. Ele adora minhas histórias – disse Vale, como se agora tivesse uma missão.

Ah, se ela soubesse que meu tio já ficaria radiante só por ela aparecer... e eu também.

– Ele vai adorar.

Ela abriu um sorriso triste. Depois se virou para ir embora. Fiquei ali, sem saber o que dizer, pensando no tal Crawford. Por onde andaria o cara? O que ele pensaria quando soubesse que iríamos juntos para Franklin?

44
VALE

Quando entrei no quarto, encontrei Jude sentada na cama com um livro nas mãos. Imediatamente senti o cheiro de flores. Um buquê de margaridas esperava por mim na mesinha lateral. Crawford.

– Seu namorado passou por aqui – disse Jude, sorrindo. – É um fofo.

Realmente muito fofo. Sempre fofo. O cara perfeito.

Eu ainda não tinha conferido o celular, então não sabia se ele havia ligado ou mandado alguma mensagem. Mas sabia que ele tinha outro treino naquele dia, mais um monte de aulas. Não vi motivo para incomodá-lo. No entanto, senti uma pontinha de culpa quando olhei para as margaridas.

Crawford agora andava sempre muito ocupado, e eu não vinha fazendo nenhum esforço especial para encontrá-lo. Outro dia eu o tinha visto cercado de meninas num corredor e percebi que ele estava gostando. Mas o mais estranho de tudo foi que não fiquei nem um pouco incomodada.

Era isso que me deixava preocupada.

Peguei o cartãozinho do buquê e abri para ler: *Esta semana foi complicada, não tive tempo para nada. Estou morrendo de saudade, mas a tarde de domingo é toda sua. Tem um lugar especial aonde eu quero te levar. Te amo, Crawford.*

Não reli o cartão antes de largá-lo na mesinha. Simplesmente olhei pela janela. Nunca tinha me sentido tão perdida na vida.

Na manhã de sábado, cheguei meia hora mais cedo para ajudar Isla a abrir o café. Tinha trabalhado com Connie e Blake quinta de manhã. Isla trabalhava nas quartas e nos fins de semana.

Isla era bem mais simpática do que Connie, que parecia odiar o trabalho.

Blake, por sua vez, era um cara legal, empolgado, um ótimo papo para os momentos de folga. Connie pegava o celular e não largava mais, e volta e meia soltava um palavrão. Nem um pouco agradável.

Blake estava no último ano do curso de comunicação social. Eu também pensava em escolher comunicação, então ficava me perguntando se ele estava feliz com a escolha, agora que estava quase acabando.

Já havia notado que ele não era muito fã das fraternidades, então achei melhor omitir que meu irmão era da Kappa Sigma. Eu mesma não pensava em entrar para uma irmandade. Preferia ficar na minha, só isso. Nunca fui muito sociável.

Já eram quase nove da manhã quando o movimento começou a aumentar, mas a maioria dos clientes tinha mais de 30 anos. Os mais novos começavam a chegar lá pelas dez. Eu já havia aprendido a fazer quase todos os cafés sem precisar recorrer às colas escondidas no balcão. Também já havia decorado o nome de todos os muffins e outras comidas.

– Nossa, o cara é mesmo um gato – cochichou Isla ao me entregar um muffin com gotas de chocolate.

Eu já ia perguntando quem, mas bastou me virar para ver que Slate tinha acabado de entrar.

Ah.

– Mas é um galinha. Pega uma, joga fora, depois pega outra no dia seguinte. Eu não iria lá, mas adoro olhar de longe. Ele tem uma aura meio que de pirata, sei lá. Só falta o brinquinho na orelha – acrescentou Isla, rindo.

Slate sorriu para mim, e eu sorri de volta. Ele teria um dia difícil pela frente. Isla não sabia disso. Ela conhecia apenas aquele lado que ele se dispunha a mostrar às pessoas. Eu já estava por dentro dessa reputação de galinha, mas também conhecia um lado mais humano. Sabia que ele era sobrinho de alguém. Que tinha uma alma. Que estava sofrendo.

Entreguei um muffin a um cliente. Não sabia como responder a Isla, ou se deixava a coisa como estava. Talvez fosse isso mesmo que Slate queria que as pessoas pensassem dele. Não cabia a mim interferir.

– Em que posso ajudá-lo? – perguntei a outro cliente.

– Um *latte* de creme de amendoim com chantilly light e um muffin de banana com nozes. Quente, por favor. E dois garfos.

Registrei o pedido e fui preparar o *latte*, um dos grandes sucessos da casa. Fazia vários por dia. Isla esquentou o muffin enorme e voltou com ele num prato, junto com os garfos. Formávamos uma ótima dupla.

– Aqui está – falei para o cliente.

Então Slate apareceu na minha frente. Sabia que ele estava com a cabeça quente por causa do tio.

– Bom dia.

Ele abriu um sorriso, e a tristeza aparentemente foi embora. Senti vontade de dar um abraço nele. Na quinta, no quarto dele, precisei de toda a minha força de vontade para não o abraçar.

– Bom dia. – Ele ainda estava com a voz meio rouca e sonolenta. Devia ter acabado de acordar. – Você fica bem com esse avental amarelo, sabia?

Levantei uma ponta do avental e fiz uma pequena mesura de agradecimento. Sabia que isso o faria rir. Era estranho, mas às vezes eu tinha a impressão de que podia prever o que ele precisava que eu fizesse. E ele de fato riu, como eu havia imaginado. Uma risada de verdade.

– Então, o que vai querer?

– Um café preto e um daqueles croissants com requeijão ou sei lá o quê.

– Chocolate ou baunilha?

– Baunilha.

– Boa escolha. Não gosto do de chocolate.

– Também não.

Percebi que Isla me olhava como se eu tivesse perdido completamente o juízo. De início fiquei confusa, depois lembrei o que ela tinha falado sobre Slate. Ela costumava ficar zanzando de um lado para outro, buscando os pedidos dos clientes, mas agora estava parada ali do meu lado, me encarando. Aquilo já estava ficando esquisito, então sorri e os apresentei.

– Isla, este é meu amigo Slate. Slate, esta é a Isla. Sabe tudo de café, e está me ensinado aos pouquinhos.

– E aí, Isla? – disse Slate, sorrindo. – Muito prazer.

– É... hmm... igualmente – gaguejou ela, e me fulminou com o olhar antes de se virar para buscar o croissant.

Preparei o café preto. O pedido mais fácil do dia.

– Então? – perguntou Slate ao recebê-lo. – Está gostando do trabalho?

– Até que é divertido. Passo a manhã inteira com esse cheirinho de café. O que mais eu poderia querer?

Slate riu. Isla voltou dali a pouco com o croissant e quase derreteu com o "obrigado" que recebeu. Mal conseguiu mandar um "de nada" antes de sair correndo para os fundos da lanchonete.

– Você tem uma reputação por aqui – brinquei, certa de que ele sabia do que eu estava falando.

Ele riu.

– As pessoas vão ficar confusas quando você me apresentar como amigo. Nunca tive uma amiga mulher.

Eu teria dado uma risada também. Deveria ter sorrido. Mas aquelas palavras... Eu já as tinha ouvido antes. Eram tão familiares. Não, isso não fazia o menor sentido. Mesmo assim, senti um aperto no peito ao ouvi-las, como se fosse... saudade.

– Tudo bem com você? – perguntou Slate.

E com isso ele me acordou daquele estado esquisito de semiconsciência.

– Tudo. Um pouquinho de dor de cabeça, só isso – menti.

– Vou buscar um Tylenol.

– Não precisa, juro. É só tomar um cafezinho que passa. E tem muito café aqui.

Slate não ficou muito convencido, mas pegou suas coisas e escolheu uma mesa para sentar. Uma mesa de onde pudéssemos nos ver. Mais uma vez tive a sensação de que estava vivendo aquilo pela segunda vez. Seria um sonho do qual não me lembrava?

– Por que você não me interrompeu e falou que o cara era seu amigo? – sussurrou Isla às minhas costas.

Virei-me para ela.

– Eu já conhecia essa reputação do Slate. Não tive tempo de explicar que ele é amigo e colega de quarto do meu irmão lá na Kappa Sigma. A gente se conheceu neste último verão.

Por enquanto isso era tudo que eu me dispunha a contar. Isla ainda não precisava saber que Slate ia ao hospital onde eu estivera em coma.

45
SLATE

A viagem para Franklin teria sido horrível sem a Vale. Eu estava preocupado. Ou melhor, estava morrendo de medo do que iria encontrar, de como meu tio estaria. O menino que ainda morava em mim não estava pronto para ver o tio à beira da morte, quase já do outro lado. Eu precisava dele. Não queria vê-lo partir.

A voz de Vale, o papo dela, o modo como cruzava as pernas ou se acomodava no banco do carro, tudo isso bastava para manter minha cabeça ocupada.

No entanto, assim que entrei no estacionamento do hospital, meus medos voltaram com força total. Estacionei na vaga e tirei um instante para respirar antes de descer, preparando-me para o que estava por vir. Eu amava aquele homem que estava internado ali, sabia que não seria fácil vê-lo naquele estado de dor.

Vale chegou mais perto e pegou minha mão.

– Queria poder dizer que não vai ser duro, mas vai ser difícil pra caramba. Vai doer, e você vai sentir seu coração se despedaçar. Acontece que seu tio precisa te ver alegre. Precisa ouvir suas risadas e saber que você vai ficar bem.

Ela tinha toda a razão. Não havia falado essas coisas da boca para fora, apenas para me animar. Estava sendo honesta. Eu precisava de coragem para enfrentar a situação e encarnar aquele Slate que meu tio queria ver. O velho havia feito o mesmo por mim quando fiquei sozinho no mundo, e não deve ter sido fácil para ele. Mas ele conseguiu. Sacrificou a vida dele por mim.

Eu lhe devia tudo.

– Valeu – falei, olhando para ela.

Seus belos olhos azuis estavam marejados.

– Vamos lá criar mais uma lembrança – foi o que ela disse.

Mas o que realmente queria dizer era: "Talvez seja a última vez. Não deixe que ela passe em branco."

Assenti e só então descemos do Jeep.

Eu havia feito aquela caminhada até o hospital por mais de um mês. Durante esse tempo, Vale estava dormindo. Deixando a vida correr sem ela. Fiquei me perguntando até que ponto as coisas teriam sido mais fáceis para mim se ela estivesse comigo. Provavelmente bem mais fáceis. Ela fazia tudo parecer mais simples. Bastava estar ao meu lado, apenas sendo quem era.

Tínhamos acabado de deixar o elevador quando a enfermeira Everly saiu de um quarto e parou alguns passos à nossa frente. Abriu um sorriso falso, que não era correspondido por seu olhar.

– Estou vendo que você não demorou pra fazer novos amigos depois que acordou – disse ela para Vale. Não parecia nem um pouco satisfeita. – Também, esse aí vivia no seu quarto.

Everly era esse tipo de mulher. Dessas que querem ser a mais bonita de todas, a mais desejada. No entanto, elas se esforçam tanto que acabam ficando menos desejáveis. Essas são as piores. O egoísmo as deixa drasticamente menos gostosas.

Por alguns segundos, Vale ficou olhando para a garota, depois sorriu ao se lembrar.

– Ah, você era uma das minhas enfermeiras. Os dias depois que acordei ainda são um borrão pra mim. Ainda estou tentando entender o que era real e o que não era.

Everly deu mais um sorriso falso, depois apontou para o corredor.

– Seu tio está no 246.

– Obrigado – agradeci, e fui puxando Vale pelo cotovelo, fugindo da garota.

Era provável que ela já soubesse de todas as outras que eu tinha pegado no hospital. Daí o azedume.

– Essa Everly não é muito simpática – observou Vale, como se viesse remoendo o assunto.

– Não, não é – falei rindo.

– Pena. É tão bonita...

É esse tipo de franqueza que atrai os homens. E Vale nem suspeitava disso.

Parei diante do quarto do meu tio sem coragem para abrir a porta. Por mais que eu tivesse me preparado, não seria fácil entrar ali e ver o velho ainda mais fraco do que antes.

Percebendo minha hesitação, Vale segurou minha mão, apertou-a de leve e abriu a porta por mim.

Entramos devagarzinho e encontramos tio D dormindo. Estava ligado a um monte de aparelhos e monitores. A boca e o nariz estavam cobertos por uma máscara de oxigênio. Parecia ter perdido uns 10 quilos na última semana.

Senti um embrulho no estômago e uma dor tão grande no peito que precisei sentar. Se isso era sentir medo de verdade, era a primeira vez que eu sentia medo. Nunca tinha passado por nada igual, nem mesmo quando soube da morte da minha mãe. Era uma criança na época, não pensava em como seria enfrentar a vida sozinho.

Vale largou minha mão e se aproximou da cama. Até tentei me juntar a ela, mas não consegui.

– Prometi que ia te visitar e aqui estou eu – disse ela em tom de brincadeira. – Então é melhor o senhor ir abrindo logo esses olhinhos.

Tio D piscou os olhos duas ou três vezes até conseguir focá-los na garota. Um sorriso brotou nos lábios finos e secos dele.

– Olha só quem chegou – balbuciou ele com a voz rouca.

Vale abriu um sorriso largo.

– Vou ficar devendo a torta de maçã, mas trouxe outra coisa no lugar. Muito melhor do que torta, eu acho – continuou ela, e olhou para mim.

Tio D virou na mesma direção e seus olhos encontraram os meus. Nunca foram olhos muito expressivos, mas agora pude ver neles, por mais apagados que estivessem, todo o carinho que aquele homem tinha por mim. Sabia que ele me amava, nunca tive dúvida quanto a isso, mas não éramos lá muito chegados a declarações de amor, nem ele, nem eu. Nossas ações falavam por si.

– Acho que serve – disse ele, de maneira quase inaudível.

Fazia apenas uma semana que eu o tinha visto pela última vez, mas ele estava tão diferente que pareciam meses. Era metade do homem que eu vira no sábado anterior.

– É só eu ficar uns dias longe e isso acontece – falei, finalmente me aproximando da cama. Ele deu um risinho miúdo. – Por que você não contou que Vale tinha vindo te ver? Se ela não tivesse comentado, eu nem ficaria sabendo.

Quis pegar a mão dele, mas acabei desistindo. Não tínhamos esse hábito.

– Queria ficar com ela só pra mim – respondeu ele.

Agora foi minha vez de rir.

– Estava interessado na comida da minha mãe, isso sim – disse Vale.

– Isso também – concordou ele, olhando na direção dela.

Não haveria pôquer naquela visita. Tio D mal tinha energia para falar. Era duro pensar que talvez nunca mais jogássemos.

– Lembra quando eu disse que estava meio na dúvida quanto à universidade? – prosseguiu Vale. – Pois é, acabei me decidindo e fui. O senhor tinha toda a razão. Eu não podia ficar de braços cruzados, vendo a vida passar na minha frente.

Tio D sorriu, mas os olhos agora pareciam mais pesados.

– Boa menina – disse ele.

Vale olhou para mim como se tivesse notado a mesma coisa.

– Descansa um pouco, tio – falei. – Não se preocupe com a gente, vamos ficar por aqui. Depois conversamos mais.

Ele assentiu e fechou olhos. Nesse momento, esticou a mão até a minha e acariciou suavemente.

Por sorte ele não viu quando finalmente deixei rolar as lágrimas que até então tinha controlado.

46
VALE

Tio D não voltou a abrir os olhos naquele dia. Liguei para minha mãe e pedi a ela que me buscasse e me levasse de volta ao campus. Slate não poderia sair do hospital. Eu não queria deixá-lo sozinho ali, mas pretendia voltar no dia seguinte, depois do trabalho. Teria que explicar tudo a Crawford, mas não podia abandonar Slate naquela situação. Ele parecia tão perdido quando o deixei... Pedi a minha mãe que levasse alguma coisa para ele comer e ficasse um pouco com ele no domingo, pelo menos até eu chegar. Ela prometeu que faria isso com prazer.

Mais tarde naquela noite, meu celular tocou e eu atendi imediatamente. Era Slate. Fiquei aflita, temendo o motivo da ligação.

– Oi – disse ele com a voz rouca. – Espero não ter te acordado. É que... eu precisava conversar com alguém.

Fiquei mais aliviada e fui para o banheiro, para não atrapalhar o sono de Jude.

– Eu não estava dormindo – disse para tranquilizá-lo.

– Sua mãe passou aqui agora há pouco com um pedaço de bolo de chocolate e um copão de leite. Foi legal.

Eu não sabia que ela passaria ainda no sábado, mas aquilo me deixou feliz.

– Ótimo. E ele, abriu os olhos? – perguntei, temendo a resposta.

– Não. É provável que não abra mais, pelo que disse o médico.

Minha vontade era estar lá do lado dele e abraçá-lo. Odiava que ele estivesse sozinho naquele hospital. Se Knox não tivesse começado a trabalhar no bar, teria ido conosco, mas ele trabalhava no turno da noite.

– Devo chegar amanhã por volta das duas – falei.

– Puxa, valeu. Não é fácil ficar aqui sozinho, olhando pro velho, vendo ele respirar. Fico sem saber se ele está apenas dormindo ou se está sentindo alguma dor. Quero que tenha uma morte tranquila. Fiquei pensando... E se eu não tivesse vindo hoje? E se ele tivesse fechado os olhos antes que eu pudesse vê-lo acordado uma última vez?

– Seu tio estava esperando você, Slate. Estava lutando porque precisava te ver. Aquele carinho que ele fez na sua mão foi o jeito de dizer que te ama.

Ouvi-o inspirar fundo. Minha intenção não tinha sido emocioná-lo, mas tranquilizá-lo.

– Eu devia ter dito que o amo.

– Ele sabe, Slate. Seu comportamento já diz o bastante.

– Ele merecia ter me escutado dizer que o amo – insistiu ele.

Às vezes as coisas não são como a gente quer.

– Você não sabia que seria sua última oportunidade de falar com ele. Se ele está descansando agora é porque sabe que você está aí do lado dele e que você o ama.

Slate ficou calado por um tempo. Pelos ruídos, parecia andar de um lado para outro.

– Obrigado, Vale. Eu precisava ouvir isso.

– Não precisa agradecer.

– Vale, eu...

– Oi.

Ele fez uma pausa, depois suspirou.

– Deixa pra lá. A gente se vê amanhã.

No dia seguinte, tive dificuldade para me concentrar no trabalho porque minha cabeça estava em outro lugar. Estava preocupada com Slate, com o modo como ele estaria lidando com a situação. Minha mãe mandou uma mensagem assim que chegou, dizendo que estava com ele. Isso ajudou bastante. Mas eu queria estar lá também.

Na noite anterior, eu havia tentado falar com Crawford para explicar o que estava acontecendo, mas ele não atendeu minha ligação. Era o último sábado antes do início da temporada de jogos, e eu sabia que ele havia treinado o dia todo. Então mandei uma mensagem, contando tudo e pedindo a ele que me ligasse no domingo, depois que eu saísse do café, ao meio-dia. Para falar a verdade, ele nem devia saber que eu havia arrumado aquele emprego. Nas últimas duas vezes que nos vimos, foi ele quem falou o tempo todo, contando as coisas que andava fazendo. Em momento algum perguntou da minha vida.

Quanto mais refletia sobre isso, mais convencida ficava de que sempre havia sido assim. Crawford gostava de falar de si mesmo, e eu gostava de ouvir. Ele precisava de atenção, de plateia, e eu não. Para mim havia sido ótimo, pelo menos no passado. Depois que saí do coma, isso passou a me incomodar. Isso e mais um monte de coisas.

No café, Isla toda hora perguntava se eu estava bem. Percebeu que eu estava diferente, o que era legal. Ela prestava atenção e se preocupava comigo. Assim que pude, expliquei que o tio de um amigo estava morrendo e que precisava sair o mais cedo possível para vê-lo no hospital. Lá pelas onze, como o movimento estava fraco, ela me liberou para ir embora.

Eu tinha acabado de entrar no estacionamento do hospital quando recebi uma ligação do Crawford. Parei o carro e atendi.

– Oi.

– Oi – disse ele. – Quer dizer então que você arrumou um emprego.

– Arrumei. Pra ajudar nas despesas, assim como o Knox faz.

Ele não tinha pedido notícias do tio de Slate primeiro. O que era estranho. Essa era a grande urgência do dia.

– Acordei agora há pouco. Ia te buscar pra gente comer um *brunch*, mas vi sua mensagem. Esse cara, o Slate, você conhece ele tão bem assim? Pensei que fosse amigo do Knox.

Não pude deixar de notar a ponta de ciúme. Cogitei dar o troco e falar da mulherada que tinha visto ao lado dele naquela semana, mas não valia a pena. De que adiantaria? Além disso, eu estava sem tempo e sem energia para lidar com uma DR naquele momento.

– Quando eu estava em coma, ele leu várias vezes pra mim. Trazia café e muffins, rendia o pessoal lá de casa. Então é meu amigo também. Mesmo que nossa amizade tenha começado quando eu estava dormindo.

Crawford emudeceu por alguns segundos. Deixei que ele digerisse o que tinha acabado de ouvir. Talvez assim reagisse de um modo mais razoável.

– Você conhece a reputação do cara, não conhece? Quer dizer, você não quer que as pessoas te confundam com mais uma das garotas dele, quer? Porque é isso que elas vão pensar.

Apertei o celular com força. Não queria soltar os cachorros em cima do cara. Não seria justo. Ele tinha lá os seus receios, o que era até compreensível. Mas eu não tinha a menor intenção de me curvar à vontade dele. Eu não deixaria mais isso acontecer.

– Slate é meu amigo e está precisando de mim. Não estou nem aí pro que as pessoas vão pensar. Eu sei a verdade e é só isso que importa. Algum problema?

Falei de um jeito mais ríspido, e pude notar que ele tinha ficado assustado.

– Humm, não. Problema nenhum.

– Ótimo. Mamãe está lá com ele agora. Preciso ir. Te aviso quando estiver saindo daqui.

Quase falei que a gente podia se ver depois, mas desisti. Não sabia se estaria no clima para encontrar com ele. Não depois do que eu estava prestes a enfrentar naquele hospital.

Não nos despedimos com o nosso "te amo" de sempre, mas dessa vez foi diferente. Como se eu não estivesse sendo sincera. Deixei para pensar nisso depois e entrei no prédio.

Mamãe estava sentada numa poltrona ao lado da janela, e Slate, ao lado do tio, com a mão dele entre as suas. Ficou aliviado quando me viu entrar. Minha mãe estava lá, mas era de mim que ele precisava.

– Oi – falei, e me aproximei dele. – E aí, como ele está?

– Na mesma – disse ele com um suspiro. – Sua mãe tem sido um anjo. Pena que não tive apetite pra bater o rango que ela trouxe. Belisquei um pouquinho e estava uma delícia.

– Depois você come mais – disse ela. – Quando tiver vontade.

– Obrigado – respondeu Slate.

– A senhora pode ir – falei. – Vou ficar até mais tarde.

Mamãe se levantou, andou até onde Slate estava e pousou a mão no ombro dele.

– Seu tio é um homem de sorte. Tem o amor do sobrinho e sabe disso.

Slate assentiu, mas não disse nada. As palavras estavam engasgadas em sua garganta e ele só conseguiu engolir em seco.

– Se precisarem de alguma coisa, é só ligar. À noite trago o jantar de vocês.

– Valeu, mãe.

Ela me abraçou e deixou a gente ali, olhando para o velho que ainda se agarrava por um fio à vida.

– Ele teve uma hemorragia interna com o tombo – explicou Slate assim que mamãe fechou a porta do quarto. – Não tem nada que os médicos possam fazer. Falaram que ele não passa de hoje.

– Vou ficar aqui com você.

Ninguém me tiraria do lado dele naquela situação.

– Você tem aula amanhã de manhã – argumentou ele, mas sem grande convicção.

Ele queria que eu ficasse. Estava com medo.

– Depois eu leio as anotações de alguém – falei.

Ele não tentou me convencer. Melhor assim, porque eu não iria ceder.

– Agora eu tenho uma fazenda pra tocar. Ainda não sei o que vou fazer. Era meu tio que cuidava de tudo. Passou a vida toda trabalhando naquela fazenda. Nas férias, assim que soube da doença, ele contou que deixaria tudo pra mim, que eu podia fazer o que quisesse depois. Não tenho a menor condição de administrar uma fazenda agora, mas também não posso simplesmente vendê-la. Era a vida dele.

Dali em diante ele teria que tomar um monte de decisões dessa natureza. Decisões difíceis. Eu podia ver que ele já se afligia com elas.

– A fazenda é financeiramente sustentável? – perguntei.

– É.

– Nesse caso, será que você não encontra alguém pra cuidar dela? Alguém que receba um salário pra morar lá e tocar a fazenda? Depois, quando você puder, e se quiser, volta pra lá.

Ele concordou.

– É... Acho que tem um pessoal na cidade que pode se interessar.

– Deixa pra se preocupar com isso depois. Vai dar certo.

Ele não disse nada. Imaginei que precisava de um tempo, então fui sentar na poltrona que minha mãe tinha ocupado. Podia sentir o cheirinho das rosquinhas caseiras que ela tinha deixado numa caixa na mesinha ao lado.

Slate se virou para mim.

– Nunca tive ninguém que fizesse isso por mim. Que ficasse ao meu lado nos momentos difíceis. Ninguém em que eu pudesse confiar, além do tio D.

Fiquei morrendo de dó. Eu tinha uma família grande. Tivera tanta sorte a vida toda que não entendi como aquilo era raro. Ao contrário de Slate, que era praticamente sozinho no mundo.

– Você agora tem a minha família. Eu e Knox somos seus amigos, e nossa família está incluída no pacote.

Slate deu um sorriso triste, depois olhou para as rosquinhas.

– Pois é. Sua família é bacana demais – disse ele. – Nem sei o que fiz pra merecer tanto carinho.

Pois eu sabia.

– Acho que tudo começou com o café e os muffins que você levava pra eles quando eu estava em coma e eles temiam que eu nunca despertasse. E quando você se oferecia pra ler pra mim quando eles precisavam descansar. Esse tipo de gentileza ninguém esquece.

Ele encolheu os ombros.

– Knox era meu amigo e... – Fez uma pausa e olhou para mim. – E eu queria ver seus olhos. Queria ouvir sua voz. Queria conhecer você. A Bela Adormecida.

Ah.

Ah.

Pisquei os olhos várias vezes e senti o rosto queimar.

Slate deu um risinho, que soou feito música no silêncio do quarto.

– Você é exatamente como eu tinha imaginado. Talvez melhor.

Não encontrei o que dizer. Então peguei uma rosquinha para comer e estendi a caixa na direção dele.

– Quer?

Dessa vez ele deu uma risada de verdade, e meu coração bobo deu uma cambalhota no peito.

47
SLATE

Às 2h55 daquela madrugada, meu tio deu seu último suspiro. Eu vinha observando seu tórax subir e descer, e de um segundo para outro... nada. Então fiquei de pé, completamente aturdido, sem acreditar que ele tinha ido embora, por mais que já viesse esperando aquele momento. A única coisa que senti foi o abraço da Vale. O corpo dela era pequeno, mas como eram reconfortantes aqueles braços... Ela ficou assim até que as enfermeiras vieram, preencheram toda a papelada do óbito, cobriram o corpo e o levaram do quarto.

Vale também me ajudou a recolher as coisas do meu tio. Os pais e o irmão mais velho dela, Dylan, esperavam por nós no corredor. Pessoas que eu mal conhecia, mas era como se fossem minha família.

Tio D provavelmente havia imaginado isso. Talvez por isso gostasse tanto da Vale. Sabia que eu ficaria bem quando ele fosse embora.

Vale pegou minha mão e a soltou apenas quando entramos no seu carro. Dylan levaria meu Jeep, e iríamos todos para a casa dos McKinley. Lá, tentaram me fazer comer, mas não consegui. No entanto, aceitei quando me ofereceram o quarto de Knox.

Assim que Vale me deixou sozinho, finalmente abri as comportas e chorei tudo que tinha para chorar.

O homem que eu amava desde criança havia partido. Nunca mais eu ouviria os palavrões dele, nunca mais comeria seus biscoitos queimados com molho de carne sempre que eu vinha do campus, nunca mais perderia para ele no pôquer nem ouviria a zoação que durava dias. Eu sentiria muita falta disso tudo. Daria qualquer coisa para tê-las de volta.

Aos poucos fui cedendo ao sono, grato pela escuridão.

O enterro foi dali a dois dias em Huntsville, no cemitério da igrejinha batista que meu tio frequentava desde menino. Seus pais também estavam enterrados ali, assim como a mulher e a filhinha, que tinham morrido trinta anos antes no parto. Tio D nunca se casou de novo, nem teve namorada.

Certa vez ele me disse que, quando um homem encontra a mulher com quem deseja dividir a vida para sempre, não quer saber de outra. Na época eu achei que isso era um exagero, mas agora, mais velho, eu me perguntava se era verdade.

Vale, Knox, os pais deles e os dois irmãos que moravam em Franklin estavam lá do meu lado. Os conhecidos que tio D tinha na cidade também, assim como o pessoal da igreja, em volta da cova enquanto o caixão era baixado para o fundo. Vale segurou minha mão o tempo todo, como se soubesse que eu desabaria se ela não estivesse ali para me apoiar.

Knox estava à minha esquerda, e era como se eu tivesse uma família. Sentia que meu tio tinha orquestrado aquilo tudo antes de partir. Eu não estava sozinho. Certamente ele estaria sorrindo se pudesse me ver lá do céu para onde tinha ido, um céu cheio de cerveja, palavrões e rodadas de pôquer. Estaria feliz.

E mais ainda por ver as flores que Vale tinha encomendado, uma coroa de rosas com um leque de cartas de baralho no centro. Estaria explodindo de tanto rir.

Knox colocou a mão no meu ombro quando jogaram a primeira pá de terra no túmulo. Tio D realmente tinha ido embora, mas eu levaria uma vida que deixaria o velho orgulhoso de mim.

Olhei para o alto e agradeci em silêncio pela vida que ele tinha me dado. O menino que precisava de um lar tinha recebido de lambuja o amor de um velho que também precisava de um pouco de amor. Tínhamos sido a salvação um do outro. Eu não poderia ter pedido mais do que isso.

48
VALE

Depois do enterro, Slate voltou para a fazenda e ficou lá por uns dias, ajudando na instalação do casal que ele havia contratado para tomar conta da propriedade. Eles não pagariam aluguel e teriam vinte por cento dos lucros na venda de bois, porcos, galinhas e hortaliças.

A notícia de que Slate estava precisando de ajuda havia se espalhado rapidamente na cidade, e os candidatos não haviam demorado a aparecer. Uma preocupação a menos. Meus pais também ajudaram um pouco até que ele pôde voltar para a universidade.

Uma semana inteira já havia passado quando, às oito horas da manhã de sábado, Slate entrou no café e sorriu quando me localizou. Trocávamos mensagens todo dia, mas ainda assim foi ótimo vê-lo na minha frente outra vez. Eu já estava com saudade.

– Oi! – cumprimentei.

Minha vontade era sair de trás daquele balcão e dar um abraço nele, mas aquela não era mais a hora. Abraçá-lo no enterro do tio era uma coisa. Agora seria... outra. Então fiquei onde estava.

– Bom dia! Acabei de chegar. Queria um café preto e um muffin com gotas de chocolate.

– É pra já – falei, e ergui a mão antes que ele tirasse a carteira do bolso. – Hoje é por minha conta. Um café de boas-vindas. Não sei cozinhar feito mamãe, mas posso pagar um café para os amigos de vez em quando.

– Vou sentir falta dos rangos da sua mãe – disse ele. – Mais uma vez, muito obrigado por tudo.

– Você pode ir pra Franklin com a gente sempre que quiser. Será sempre bem-vindo.

Nesse instante, Isla saiu da cozinha e levou um susto quando viu Slate. Ela sabia que ele tinha acabado de perder o tio, então relevou a coisa da galinhagem.

– Olá – disse ela, meio vermelha.

– Olá. Seu nome é Isla, não é? – perguntou Slate, sorrindo.

Fiquei me perguntando se ele tinha consciência do efeito que esse sorriso produzia nas mulheres. Provavelmente tinha.

– Isso... Humm, e aí, tudo bem? – disse Isla, debruçando-se diante dele no balcão.

Fui tirar o café e esquentar o muffin. Pelo visto, Isla não estava disponível para me ajudar.

– Vou levando, obrigado.

– Se você... bem, se precisar de alguma coisa... vai ser um prazer... ajudar.

Essa não era a Isla que eu conhecia. Para início de conversa, as cantadas dela eram bem melhores que isso. Precisei me conter para não rir. Entendia perfeitamente que Slate era deslumbrante. Era difícil não perceber.

– Humm, obrigado – agradeceu ele, meio sem jeito.

Isla deu um risinho. *A garota deu um risinho!*

– Disponha! – respondeu ela ainda por cima.

Corri para entregar o muffin antes que Isla se atrapalhasse ainda mais. Sabia que mais tarde ela ficaria pensando naquilo e ia querer cavar um buraco no chão para enfiar a cabeça de tanta vergonha. E eu seria obrigada a ouvir a garota remoendo a história.

Surgindo de repente às costas dela, sorri para Slate e entreguei o pedido. Ele me encarou de um jeito diferente, como se procurasse alguma coisa no meu rosto, mas depois voltou sua atenção para Isla e mudou de expressão.

– E aí, o que você vai fazer hoje à noite?

Hein?

– Ué, nada – respondeu ela sem titubear. – Absolutamente nada.

O que ele estava fazendo? Pelo visto estava gostando do flerte de Isla, por mais atrapalhado que fosse. Mas pretendia o quê? Usá-la como fazia com todas as outras?

– Hoje tem uma festinha lá na Kappa Sigma. E aí, anima?

Uma festa na fraternidade? Era isso mesmo que eu tinha ouvido?

– Claro! – respondeu ela, talvez alto demais. – Vou adorar!

– Então te vejo às sete – completou Slate, depois deu uma piscadela e foi saindo.

Que diabos tinha acontecido ali?

– Ai. Meu. Deus. – Isla mal conseguia respirar. Ela se virou para mim. – Parece que vocês realmente são apenas amigos. Eu não estava acreditando muito, mas agora... *Ai, meu Deus!* Hoje à noite eu vou sair com Slate Allen!

Quem era aquele Slate? O Slate com o qual eu tinha convivido nas últimas semanas não era o mesmo que tinha feito aquilo bem debaixo do meu nariz. Eu conhecia a reputação dele, mas no fundo achava que fosse exagero. O Slate que eu conhecia tinha um coração enorme. Ele não percebeu como Isla estava nervosa e como o flerte dela era ingênuo?

– Você não parece muito satisfeita. Está brava comigo? Gosta dele?

– Não, não gosto – falei, confusa, ainda olhando para o vulto na calçada. – Pra ser sincera, acho que nem o conheço direito.

Depois voltei para o trabalho e atendi o cliente seguinte. Eu tinha um emprego. Era nisso que eu tinha de me concentrar. Crawford já havia feio planos para a noite. Eu nem estava muito a fim de sair, mas tinha combinado com ele.

Eu não sabia quem era Slate Allen, mas sabia muito bem quem era Crawford. E a gente pode confiar em quem conhece. Crawford tinha se mostrado bastante compreensivo com relação à minha amizade com Slate e telefonava e mandava mensagens sempre que podia, tentando marcar alguma coisa comigo. De repente me senti culpada, achando que não tinha sido legal com ele desde que começou o semestre.

Não sabia ao certo o que sentia por Slate. Tinha ficado confusa porque ele precisara de mim e porque descobri um lado bacana do cara. Slate seria sempre um amigo e nada mais. Quer dizer, se ele não aprontasse com a Isla naquela noite. Se respeitasse a garota.

Mesmo assim, sentia um vazio no peito. Pensei que ele fosse diferente, que tivesse mudado. Não queria descobrir que estava enganada.

49
SLATE

Merda, onde eu estava com a cabeça?

Arremessei a mochila na cama e gritei de angústia. Tinha passado para falar com Vale e convidá-la para a festa daquela noite. Porque queria a companhia dela, não porque estivesse atrás de farra. Mas, assim que me vi frente a frente com ela, não consegui. Knox tinha me contado que Vale havia marcado alguma coisa com Crawford. Eu não podia fazer isso com a menina, exigir que ela escolhesse entre nós dois. E meu grande medo era que não fosse eu o escolhido.

Puxa, ela estava tão linda, com seu longo cabelo preto amarrado num rabo de cavalo, sorrindo para mim como se estivesse encantada por me ver. Aqueles olhinhos azuis brilhavam de alegria. Vale era o sol que eu precisava na minha vida. Ninguém me fazia mais feliz do que ela.

Depois a outra começou a me dar mole, e Vale não ficou nem um pouco bolada com isso. Chegou a rir, caramba. E por que diabos tinha entrado nessa onda de deixá-la com ciúme? Nunca gostei de meninas ciumentas, e Vale não deu bola para o flerte da amiga. Pelo contrário, parecia que estava achando graça na coisa toda.

Fiquei furioso com isso. Pisou na bola, seu grande babaca. Fui convidar a tal Isla para a festa só para arrancar uma reação da Vale. Funcionou. E acabei arrancando. Uma reação que roubaria minha paz de espírito por um bom tempo.

Merda. Eu era mesmo um idiota. Se tio D estivesse vendo, estaria horrorizado, me achando um grande bundão.

Eu precisava conversar com Vale. Mas para dizer o quê? *Desculpa? Fiz aquilo pra te deixar com ciúme?* Eu não podia dizer nada disso, como também não podia dispensar a Isla. Conhecia Vale o suficiente para saber que ela nunca me perdoaria se eu mandasse mal com a amiga dela. Esse tipo de desprendimento era uma das coisas que faziam dela uma pessoa especial.

Sem enxergar saída, mandei uma mensagem para ela.

E aí, tá fazendo o quê?

Fiquei esperando. Se ela me ignorasse, eu iria atrás dela. Mesmo sem saber o que dizer. Rastejaria se fosse preciso.

Estudando.

Claro que estava estudando. Tinha perdido quase uma semana inteira de aulas por minha causa. E agora corria atrás do prejuízo. Como eu também deveria estar fazendo.

Slate, sua anta.

Knox chegou de repente.

– Pronto pra hoje à noite?

Eu me senti ainda mais culpado. A família dele tinha sido superbacana comigo e, em retribuição, eu tinha pisado na bola com a garota que eles tanto adoravam.

– Pronto – falei, forçando um sorriso.

Vendo o copo de café na minha mão, ele abriu um sorriso.

– Já esteve com Vale, não esteve? Sei que ela ficou muito feliz com a sua volta. Estava morrendo de preocupação contigo.

Falou como se isso fosse engraçado, mas até então ninguém nunca tinha ficado "morrendo de preocupação" comigo. Talvez meu tio, claro, mas nenhuma garota linda de olhos azuis como o céu se importou se eu estava magoado. As garotas queriam apenas transar comigo, e acabava aí.

– Pois é, passei lá no café.

– Pensei em chamar ela e o Crawford pra festa de hoje, mas fiquei na dúvida, achando que você pudesse não gostar. Sei que vocês ficaram muito próximos. Minha irmã tem visto mais você que o namorado. Quer saber? No início até fiquei com um pé atrás. Mas depois, vendo seu comportamento com ela, percebi que podia confiar em você. Vale é dessas por quem a gente move montanhas.

– Chamei a amiga dela do café – falei depressa.

Knox emudeceu um segundo, confuso.

– Ah – foi só o que ele disse.

Ele não precisava falar mais nada. Aquela palavra já dizia tudo.

– Achei que isso deixaria sua irmã mais tranquila, sabe?

Knox apenas assentiu.

Eu podia ver que o cara estava preocupado, por mais que tentasse disfarçar.

– Sabe onde ela está? – perguntou.

– Sim. Está estudando. Acabei de receber uma mensagem dela.

Knox me deu as costas e já atravessava a porta do quarto quando se virou para mim.

– A gente se vê mais tarde.

Merda.

Que grande merda.

Certamente estava indo falar com a irmã, porque imaginava que eu a havia magoado.

Cara, como eu me odiava.

Só voltei a ver Knox na festa, e ele estava diferente comigo, distante. Isso respondia minha pergunta. Vale não estava bem, e a culpa era toda minha.

Isla estava muito nervosa, até que consegui convencê-la a jogar uma partida de sinuca. Os caras vinham chamá-la para dançar, e eu dizia que estava tudo bem, que ela não se incomodasse comigo. Em nenhum momento saí com a garota de onde estava a galera. Precisava que Knox visse que eu não queria nada com ela. Na realidade, sexo era a última coisa na minha cabeça. Eu estava preocupado com a Vale. Assim que pudesse, despacharia Isla e iria ao encontro dela.

Mas era essencial que Isla se divertisse pelo menos por um tempo. Caso contrário, Vale ficaria chateada com isso também. Quando deu uma hora da madrugada e vi que a garota continuava dançando, já completamente bêbada, achei que seria melhor tirá-la da pista e levá-la de volta para casa em segurança.

Outra veio para o meu lado, mas deixei a garota falando sozinha. Àquela altura eu já havia recebido um milhão de propostas para fazer, ver e experimentar coisas que eu nunca recusava. Coisas que costumavam me fazer subir pela parede, mas naquele dia não. Tudo havia mudado depois de Vale.

50
VALE

O corredor branco parecia não ter fim. Como se eu nunca fosse chegar aonde queria. Mas aonde eu queria chegar? Estava perdida. Procurando por alguém. Crawford. Ele estava desaparecido. Isso. Eu não sabia onde Crawford estava, precisava encontrá-lo. O corredor branco e interminável cheirava a desinfetantes e morte. Eu estava no hospital. Já tinha visto muitos iguais àquele.

Eu queria sair daquele lugar. Não queria ficar ali. Onde estava todo mundo? Como é que eu tinha ficado tão sozinha? Quem havia me abandonado ali? Crawford? Eu precisava encontrá-lo. Precisava encontrar alguém. Não gostava de estar ali.

De repente, tive a impressão de que as paredes estavam se fechando e meu coração disparou dentro do peito em pânico. Comecei a correr. Tinha *que me salvar. Tinha que encontrar a luz. Tinha que encontrar o caminho até ele. O caminho para o lugar onde eu precisava estar.*

Uma porta se abriu e eu saí por ela. Os cabelos longos e pretos dele estavam presos atrás da orelha, e os olhos verdes estavam cravados nos meus. Só então consegui inspirar fundo. As paredes foram se afastando, tudo ficaria bem. Eu não estava mais perdida. Não estava sozinha.

Ele estava ali agora. Na minha frente.

"Trouxe um café decente pra você, achei que você ia gostar", disse ele...

Minhas pálpebras se abriram, e mais uma vez me vi olhando para o teto do meu quarto no dormitório. Nunca tinha ficado perdida num corredor interminável com paredes que se fechavam, mas aquele sonho tinha algo tão real e familiar... Como se Slate já estivesse ali antes. Quando eu estava perdida. Mas nada disso fazia sentido.

"Trouxe um café decente pra você, achei que você ia gostar." Essa frase parecia real.

Sentei na cama, e meu celular começou a vibrar na mesinha de cabeceira. Era Slate. Mas por quê? Eram três da madrugada.

Por mais magoada que eu estivesse, não podia ignorar o cara. Talvez ele estivesse precisando de mim.

Então atendi.

– Preciso conversar com você.

– Então conversa, ué.

– Pessoalmente. Por favor. Estou aqui embaixo.

– Cadê a Isla? Ela está bem?

– Está em casa. Bebeu muito e apagou no quarto. Mas está bem.

Refleti rapidamente. Que motivo ele teria para me ligar àquela hora?

– Você também bebeu?

– Não. Não bebi uma gota hoje.

– Tudo bem. Vou vestir uma blusa e já estou descendo.

– Obrigado.

Desliguei sem o "de nada". Se não fosse aquele sonho estranho, era provável que não descesse para falar com ele. De modo geral, eu era mais orgulhosa do que isso.

Levantei da cama e, procurando não fazer muito barulho, vesti um moletom com capuz que tinha comprado aos 16 anos numa viagem para Edimburgo. Peguei a chave do quarto e desci para encontrar Slate.

Quando saí para o frio da noite, encontrei Slate sentado na escada do prédio. Parecia cansado e os cabelos estavam meio bagunçados, como se a noite tivesse sido pesada.

– Desculpa – disse ele, antes mesmo que eu abrisse a boca.

Eu já ia perguntando por quê, mas ele se adiantou:

– Por ter convidado a Isla pra festa. Eu... Eu passei no café pra te ver. Era *você* que eu queria chamar.

– Sei. Aí viu Isla e desistiu de chamar a amiga pra chamar alguém que podia pegar. Eu entendo.

Ele balançou a cabeça e pareceu xingar alguma coisa. Depois me encarou de um jeito triste.

– É só isso mesmo que está rolando entre a gente, Vale? Uma amizade? E você... você já tinha um encontro, eu sabia disso.

Opa... Ele sabia que eu ia sair com Crawford. A coisa talvez mudasse de figura. Eu realmente havia saído com Crawford. Tínhamos jantado e visto um filme depois. Um filme de guerra. Nunca gostei de filme de guerra, mas era sempre ele quem escolhia os filmes. De qualquer modo, eu não estava com cabeça para filme algum. Por mais que tentasse, não conseguia pensar em outra coisa que não fosse Slate.

– Não sei o que está rolando – falei.

Essa era a resposta mais honesta que eu podia dar.

Ele correu a mão pelos cabelos e bufou, também confuso.

– Vale, eu não posso fazer joguinhos com você. Mas foi exatamente isso que fiz hoje, e estou arrasado. Foi horrível. Dei um tempo pra que a Isla se divertisse um pouco, depois a deixei em casa. Mas não encostei um dedo nela. Procurei ser o mais bacana com ela, não só porque ela é sua amiga, mas porque a coitada não tinha pedido pra participar desse meu joguinho idiota. Eu queria estar com você. É você que eu quero sempre do meu lado. Acontece que tem o Crawford. O amor da sua vida. Não dá pra competir com isso. Mas é isso que pretendo fazer. Não posso ficar de braços cruzados, esperando que você faça sua escolha. Preciso saber agora. Eu estou perdendo meu tempo com você?

Crawford era uma parte importante da minha vida. Não dava para apagá-lo assim, de uma hora para outra. Ele não merecia isso. Desde os 6 anos, eu imaginava um futuro com ele.

– Não posso te dar uma resposta agora. Porque não sei.

Slate assentiu, os olhos intensos fixos nos meus.

– Eu já imaginava. Mesmo assim precisava perguntar. Não sei se podemos ser apenas amigos, Vale. Também vou precisar de um tempo. De uma distância. Você entende isso, não entende?

Sim, eu entendia. Parecia que alguém havia arrancado meu coração do peito e jogado no chão para pisoteá-lo depois. Mesmo assim eu entendia. Slate precisava tocar a vida adiante enquanto eu resolvia a minha.

– Entendo.

E com isso ele foi embora.

Fiquei ali. Enquanto o via partir, me perguntava se tinha perdido algo de que me arrependeria pelo resto da vida.

51
VALE

No dia seguinte, no carro de Crawford, fiquei ouvindo calada enquanto ele reclamava do meu trabalho de fim de semana. Para início de conversa, eu agora não poderia mais assistir aos jogos dele. Confesso que eu não havia pensado nisso ao aceitar o emprego. Tinha pensado apenas na grana.

Depois reclamou que eu estava arredia desde que tinha entrado naquele carro uma hora antes. Pois ele tinha toda a razão. Eu realmente estava, e isso não era justo com ele.

– Poxa, antes a gente fazia tudo junto – choramingou ele.

– A gente fazia tudo que *você* queria.

Quase cobri a boca com a mão, tamanho foi o susto que levei por ter dito aquilo.

Crawford olhou para mim, bravo.

– Quê?

Ele realmente não pensava assim. Durante aqueles anos todos eu havia aceitado as coisas como eram no nosso namoro. Era cômodo para mim. Crawford tomava as decisões e eu concordava com elas. Até que despertei do coma e ele demorou três dias para ir me ver. Foi aí que a ficha caiu.

– Eu precisava de um bom emprego que não interferisse nas minhas aulas e nos estudos. Só tinha os fins de semana livres. Por isso peguei esse emprego no café. E estou adorando. Não imaginei que os seus jogos seriam um problema. A gente raramente se vê quando você tem jogo. Aliás, vocês vivem jogando fora da cidade. Não posso ir atrás toda vez que vocês viajam no sábado. Não tenho dinheiro pra isso, nem posso esperar que meus pais me financiem.

Crawford bufou e balançou a cabeça.

– Você mudou muito depois que acordou do coma.

Fala sério. Era *isso* que o garoto tinha para dizer? Que eu tinha mudado muito? Não algo como "Pois é, você tem razão" ou "Eu não tinha pensado nisso".

– Você ouviu o que eu acabei de dizer? – perguntei.

– Claro que ouvi. Mas em nenhum momento você levou em consideração os meus sentimentos.

Meu Deus...

– Você tem razão. Realmente *mudei* depois do coma. Acordei e me senti diferente. Passei a ver as coisas de outro modo. Talvez seja um efeito dessa minha experiência de quase morte. Ou talvez... eu apenas tenha sonhado com uma vida diferente.

Eu me calei de repente. De onde tinha saído aquilo?

– Uma vida diferente? – perguntou Crawford, perplexo.

Eu ainda não havia entendido por que tinha dito aquilo, mas era isso mesmo que parecia ter acontecido. Era como se, até entrar em coma, eu estivesse dormindo e, enquanto eu estava desacordada, imaginava a vida que realmente queria ter. Embora eu não me lembrasse de nada que tinha acontecido durante o coma. Lembrava-me apenas do acidente e de ter acordado num quarto de hospital com minha mãe ao lado.

– Crawford, não sei se posso continuar sendo a mesma pessoa que eu era antes. Quero ser ouvida. Quero que as minhas necessidades sejam tão importantes quanto as suas.

Crawford não falou nada. Por um bom tempo apenas ficou olhando para o dormitório pela janela do carro.

– Não quero perder você – disse afinal. – Não quero perder... a gente.

– Então não perca.

Só então ele olhou para mim de novo.

– Você mudou. E isso muda a nossa relação também.

Caramba, de novo a mesma história. O problema eram as mudanças que eu impunha na vida dele. Nosso plano era comer alguma coisa na rua, depois ir a uma festa na fraternidade para a qual ele havia se candidatado. Mas eu só queria voltar para o quarto e estudar.

– Talvez seja melhor a gente dar um tempo – concluiu ele.

Eu não sabia direito o que ele queria dizer com isso, mas concordei.

– Tudo bem – falei, já abrindo a porta do carro. – Você pensa sobre tudo isso que eu falei, e eu penso sobre o que você falou. Precisamos de um espaço para decidir o que nós dois queremos pro nosso futuro.

Ele esperou que eu abrisse a porta e assentiu.

– Tudo bem.

Não tentou me impedir de descer nem quis discutir. Felizmente, porque eu queria ficar sozinha. Nossa conversa não tinha sido fácil, mas não havia como evitá-la. Eu agora me sentia livre. Mais leve. Sem culpa.

Se quisesse um futuro junto comigo, Crawford teria que aceitar essa nova Vale em que eu havia me transformado.

Não procurei o cara. Deixei que ele se decidisse. Dois dias já haviam se passado quando ele me mandou a seguinte mensagem:

Você tem razão. Desculpa.

Essa não era a resposta que eu esperava. Nem esclarecia nada. Pelo contrário, só me deixava mais confusa. Meus sentimentos por Crawford tinham mudado tanto que eu nem sabia se havia algum futuro possível para a nossa relação. A Vale de antes esperava que sim, mas a nova Vale não queria um futuro apenas *confortável.*

Queria emoção, queria paixão, queria um futuro aberto. Minha experiência com essas coisas era praticamente nula; mesmo assim, era o que eu queria para mim. Queria muito.

Mas Crawford tinha se desculpado. E queria uma chance. Eu devia isso a ele. E a mim também. Então respondi:

Certo. Mas então? Como é que a gente fica?

Ao lado da minha cama, a foto da nossa festa de formatura parecia sorrir para mim. Naquela época, tínhamos tanta certeza... Nenhuma dúvida quanto ao futuro. Eu não sentia nenhuma saudade daquela garota da foto. Ela estava perdida. Apenas não sabia disso.

Hoje tem uma festa no apartamento de um amigo. Aniversário dele. Quer ir comigo?

Era noite de terça-feira. Eu precisava estudar. Mas aquele convite era a maneira como Crawford mostrava que estava tentando, então aceitei.

52
VALE

A sorte era que todos os moradores do prédio eram universitários, caso contrário alguém já teria chamado a polícia. A música estava na maior altura, e a gente podia ouvir as risadas da rua. Mal tínhamos descido do carro de Crawford quando gritaram o nome dele. Era a galera do futebol americano. Estranho que eu não conhecesse nenhum deles.

Mas a culpa também era minha. Eu vinha mantendo certa distância, e já era hora de admitir isso. Eu não havia feito o menor esforço para conhecer a nova vida do meu namorado.

– Ei, Crawford, você prometeu dançar comigo, hein? – disse uma loura de pernas compridas.

Crawford ficou tenso ao meu lado. Cheguei a pensar em dizer que estava tudo bem. Porque estava mesmo. Não fiquei com ciúme. Mau sinal.

– É uma das cheerleaders do time. Só uma amiga – explicou ele.

Dei de ombros.

– Tudo bem.

Um cara de rabo de cavalo e cerveja na mão se aproximou.

– E aí, quem é a gata?

Ainda estávamos na portaria do prédio.

– Garth, essa é a Vale, minha namorada. Vale, esse é o Garth.

Garth estava visivelmente surpreso com a palavra "namorada". Fiquei me perguntando se aquelas pessoas sequer sabiam da minha existência.

– Mandou bem, cara. Você é rápido.

Crawford ficou tenso outra vez.

– Vale e eu estamos juntos desde crianças.

Garth arregalou os olhos.

– Uau. Então tá. Vamos lá apresentar a Vale pra galera.

O barulho no corredor era ainda pior. Notei que a maior parte dos apartamentos estava aberta, um monte de gente entrando e saindo deles. Eu já começava a achar que não queria conhecer ninguém da tal "galera".

Crawford me apresentava às pessoas pelo caminho. Fiquei chocada quando alguém ofereceu uma cerveja e ele aceitou. Esse não era o Crawford que eu conhecia.

Ninguém parecia saber que ele tinha uma namorada. Todo mundo ficava surpreso quando ele me apresentava. Apenas duas meninas que vieram afagar Crawford pareciam saber quem eu era. Em algum momento ele devia ter sido obrigado a contar que tinha um relacionamento.

A loura do estacionamento não tirava os olhos da gente e, sempre que tinha a oportunidade, lançava um sorrisinho arrogante na minha direção. Eu não sabia exatamente por quê, mas podia imaginar. Não era tão ingênua assim.

Crawford era um sucesso. Todo mundo queria ficar perto dele, todo mundo queria falar de futebol com ele. Aquela era a sua praia. Mesmo sabendo disso, eu ficava achando que meu lugar não era ali.

Era isso que acontecia quando uma relação esfriava? Era simplesmente isso? Estávamos indo por caminhos diferentes, e esse talvez fosse um dos sintomas.

– Então, vai ou não vai dançar comigo? – perguntou a loura, com o braço no ombro de Crawford.

Fiquei observando a expressão dele para ver se a garota realmente tinha motivo para tanta intimidade.

Crawford deu um risinho forçado.

– Não vai rolar, Cat. Já te apresentei minha namorada?

Ele até que foi sutil, não vou negar. Estava tentando lidar com a situação sem fazer drama, mas era impossível. Cat estava determinada.

– Não, não apresentou – disse ela, e fincou o olhar em mim. – Aliás, só fui saber que você tinha uma namorada na semana passada.

Se ela queria que eu lesse nas entrelinhas, conseguiu.

Um ruivo de cabelo raspado chamado Dan, a quem eu já tinha sido apresentada mais cedo, surgiu de repente ao nosso lado.

– Desculpem, mas vou roubar essa gata pra mim – disse ele, e literalmente saiu puxando a loura de pernas compridas.

– Não é o que você está pensando – Crawford se apressou em dizer.

Naqueles anos todos que a gente se conhecia, ele nunca havia mentido para mim. Portanto, não foi difícil identificar a mentira.

– Depois a gente conversa – falei.

Ele fez menção de dizer alguma coisa, mas desistiu. O garoto era inteligente, sabia que era melhor ficar quieto. Já havia mentido. Melhor não piorar a situação.

A festinha seguiu adiante, e volta e meia aparecia alguma garota que parecia muito íntima de Crawford. Era cada vez mais evidente que nossos mundos não eram mais os mesmos. Os amigos toda hora conversavam sobre coisas que haviam feito no verão, e eu não era parte daquilo. Riam juntos e eu não entendia as piadinhas que faziam.

Como de hábito, fiquei ao lado dele o tempo todo. A certa altura, no entanto, precisei respirar um pouco de ar fresco. Não aguentava mais o cheiro de cerveja e suor. Pedi licença e deixei Crawford ali, cercado de seus colegas, contando uma história sobre alguém que eu não conhecia.

No jardim do prédio, o barulho era bem mais suportável, e a brisa quente cheirava bem melhor que dentro do apartamento. Aquela não era a primeira vez que eu acompanhava Crawford a uma festa e não gostava. Já havia feito isso inúmeras vezes no nosso longo namoro. Mas percebia que agora era diferente. Claro, antes eu conhecia as referências das piadas e dos casos, então podia rir, mas eu nunca tive que me forçar a me encaixar. Era a namoradinha do Crawford, e isso bastava para eu ser aceita.

– Então é *você* a garota do coma. – O comentário venenoso vinha de alguém às minhas costas.

Era Cat, vindo na minha direção. Ótimo. Justamente quem eu estava procurando. Resolvi ficar na minha. Não ia me rebaixar ao nível dela.

– Crawford não perdeu tempo enquanto você estava dormindo.

Pelo que tinha visto na festa, eu já havia entendido isso.

– Ele vai acabar enjoando. De *você*. Esses caras que chegam na universidade com a namoradinha do colégio cedo ou tarde percebem que tem coisa muito mais interessante por aí. Querem provar todas as opções.

Aparentemente Crawford já havia provado bastante.

– Será que isso não vale para os dois lados? – respondi, dando de ombros.

Fiquei surpresa comigo mesma.

Cat riu.

– Até parece. Quem encontra um cara feito o Crawford não vai ser boba de largar o osso.

Eu dei um suspiro e me virei para a garota.

– O que você quer exatamente?

– O Crawford – disse ela rindo.

Disso eu já sabia.

– Então por que está aqui, enchendo o meu saco?

A garota não era das mais rápidas. Não havia entendido o que eu dissera e me olhava com uma cara de incompreensão.

– Ele me comeu. Três vezes numa mesma noite. Uma delas, dentro do banheiro da boate.

Essa doeu. Nem tanto pelo ciúme. O problema era... a traição. Eu lá, em coma, enquanto o cara... enquanto ele comia uma vadia no banheiro de uma boate. Fiz o que pude para não parecer que tinha acabado de levar uma tijolada no peito.

– Isso diz mais a seu respeito que dele – falei.

Na realidade, dizia muito a respeito dos dois.

– Diz o quê? Que sou uma boa trepada? – perguntou ela rindo.

Por um tempo fiquei ali, tentando decidir se iria ou não responder a garota antes de ir embora. Sentia que meu peito estava aberto e precisava ficar sozinha.

– Você está perdendo seu tempo comigo – falei, por fim. – Crawford está sozinho lá em cima. Para de perder seu tempo aqui e vai atrás do que você tanto quer. Mas vai depressa, porque você não é a única. O que não falta nessa festa é mulher dando mole pra ele.

E com isso fui embora. Sabia como voltar a pé para o dormitório. Precisava do ar fresco e do silêncio que encontraria naqueles 6 quilômetros de caminhada.

53
SLATE

Quando eu não estava fugindo de Vale McKinley, tentava espiá-la de longe. Primeiro queria uma coisa, depois queria outra. Não queria vê-la com Crawford, mas também não queria ficar sem vê-la, porque estava morrendo de saudade. Eu não conseguia me decidir.

– Que tal a gente ir pro seu quarto? – perguntou Grace, enquanto deslizava a mão entre minhas pernas.

Esse era o plano inicial, mas tinha acabado de passar pelos prédios do condomínio Tinderwoods, que estava cheio da galera do futebol americano. Deduzi que estava rolando uma festinha e que com certeza *ela* estaria por lá. Com Crawford. Eu não conseguia tirar a garota da cabeça. Nunca.

– Hoje não – respondi, afastando a mão dela.

Não era a primeira vez que eu recusava sexo naquelas últimas semanas. Pelo contrário, isso estava virando um hábito. Eu não conseguia ir para a cama com uma mulher enquanto pensava em outra.

Mas o que eu podia fazer para esquecer Vale?

– Por que não? – insistiu Grace, inclinando-se para mordiscar minha orelha.

Queria conseguir fazer o que sempre fazia: levá-la para o quarto, dar o que ela estava pedindo e tocar o barco adiante. Mas algo havia mudado dentro de mim, e para isso não havia remédio.

Novamente precisei afastar a garota, e foi nesse instante que a vi... Vale... caminhando... no escuro... sozinha... Que diabos estava acontecendo?

Sem pensar duas vezes, me desvencilhei de Grace, reduzi a velocidade e parei o Jeep pouco atrás de Vale. Desci do carro e chamei por ela.

Vale já estava olhando para trás, o rosto parcialmente encoberto pela escuridão da noite.

– O que você está fazendo aí? – perguntei, apertando o passo para vê-la melhor.

– Caminhando.

Quase ri da resposta óbvia, mas fui freado pela tristeza que vi nos olhos dela.

– Cadê o Crawford?

A essa altura eu já estava imaginando as porradas que daria no cara. Que tipo de sujeito deixa uma garota feito aquela voltar sozinha para casa no meio da noite?

– Numa festa.

Imaginava qual era a festa. Tinha passado por ela 500 metros atrás.

– É de lá que você está vindo?

– Slate! – chamou Grace.

Fiz que não ouvi, mas Vale não. Ela virou o rosto para o meu carro e depois para mim.

– Estava cansada, só isso. Sua amiga está esperando.

E retomou a caminhada.

Corri atrás e a segurei pela mão.

– Não vou deixar você voltar sozinha pro dormitório. É perigoso. Aquele filho da... seu namorado devia ter pensado nisso.

Ele pensaria quando eu metesse a mão na cara dele. Eu podia garantir.

– Crawford não é mais meu namorado. E isso não é de hoje, acho.

Vale tentou soltar sua mão da minha, mas não deixei. Sobretudo depois de ter ouvido aquilo. Crawford não era mais namorado dela. O que teria acontecido?

– O que houve, Vale?

Ela ficou tensa. Vi que seus olhos se encheram de lágrimas e ela de repente virou o rosto.

– Crawford ficou com um monte de gente desde que... desde que veio pra cá.

O cara era mesmo um vacilão. Ele tinha Vale. Como podia querer qualquer outra?

– Ele é um babaca – falei, apertando de leve a mão dela.

Vale fungou e secou o rosto com o dorso da mão.

– Anda, Slate! – gritou Grace do carro. – Vamos embora!

Eu tinha esquecido que ela estava ali.

Merda. Olhei para o Jeep, depois para Vale.

– Preciso deixar a garota em casa, depois a gente pode ir pra onde você quiser e conversar. Ou beber. Ou quebrar copos no chão. Mas entra nesse Jeep, por favor.

Vale balançou a cabeça, então a puxei para perto de mim e sussurrei no seu ouvido:

– Se você não entrar nesse carro, abandono ele aqui e vou a pé com você até aquele dormitório. Não vou sair da sua cola.

Ela suspirou e finalmente cedeu.

– Tudo bem.

Minha vontade era puxá-la para os meus braços e prometer que nunca deixaria alguém machucá-la outra vez. Mas não dava. Porque ela ainda podia não me escolher. Estava magoada porque amava o cara. E o meu amor, por maior que fosse, não era bastante para nós dois.

– Pra onde ela está indo? – perguntou Grace quando nos viu voltando juntos para o Jeep. – Ela que sente no banco de trás, porque eu não vou.

Vale olhou para mim.

– Desculpa por ela – foi só o que encontrei para dizer.

– Não me incomodo de ir atrás – disse Vale, e a ajudei a sentar no banco alto.

– De novo, o que ela está fazendo aqui com a gente? – perguntou Grace, num tom cada vez mais irritante.

– Ela precisa de uma carona – expliquei, e voltei com o carro para a estrada em direção à irmandade onde Grace morava.

– Você está me levando pra casa, é isso? – protestou ela, incrédula.

– Estou.

Grace virou para trás e encarou Vale.

– Inacreditável... Ele é pior do que a reputação que tem. Espero que você saiba. Se ele fez isso comigo, vai fazer com você também.

Não achava que Vale fosse responder. Eu só queria que Grace calasse a boca. Mesmo sabendo que ela tinha motivo para estar brava comigo, eu não estava com cabeça para lidar com barraco naquele momento.

– Na realidade tem um lado do Slate que ninguém vê porque ele não mostra. Ou porque as pessoas não olham direito. Você saiu com o cara por causa dessa reputação dele. Devia ter tentado enxergar um pouco além.

Meu coração começou a bater forte. Mulher nenhuma falava de mim desse jeito. Nunca.

– Deixa pra lá – disse Grace, virando o rosto para olhar pela janela. – Você ainda é muito novinha e ingênua. Um dia vai aprender.

– Mais cedo do que você, espero – rebateu Vale.

Dessa vez não me contive e ri. Não imaginava que ela fosse dar uma resposta dessas.

Enfim chegamos ao prédio da irmandade. Grace desceu o mais rápido que pôde, depois bateu com força a porta do carro.

– Não precisa ligar! – berrou ela.

Eu não tinha a menor intenção de ligar, mas faria bem para ela dizer aquilo. Por que será que a garota queria tanto ficar comigo naquela noite? Para contar às amigas depois que tinha transado comigo? Para dizer que tinha entrado para minha longa lista? Por quê? Desde quando isso havia se tornado um motivo de orgulho para as meninas?

Abri a porta do carro e estendi a mão para Vale.

– Vem, senta aqui na frente.

Ela não protestou. Ainda via a tristeza em seus olhos, mas ela não parecia arrasada como antes.

54
VALE

Fiquei com pena da garota. Tinha atrapalhado o encontro dela com Slate. Devia ter sido mais simpática, mas ela me pegou num dia ruim.

– E aí, que foi que aconteceu? – perguntou Slate assim que arrancou com o Jeep.

– Aconteceu o que ia acabar acontecendo mais cedo ou mais tarde. A gente se afastou.

– Não é só isso – disse ele.

E estava certo.

Olhando pela janela do carro, fiquei me perguntando quando exatamente Crawford havia se afastado de mim. Depois do coma? Quanto tempo ele tinha esperado até decidir tocar a vida adiante? Teria sofrido por causa disso?

– Acho que, se a situação fosse inversa, eu não teria tanta facilidade assim pra tocar a vida. Fiquei só um mês e pouco em coma. A gente estava junto desde os 6 anos. Acho estranho que ele tenha esperado tão pouco pra dizer "vida que segue". No lugar dele eu teria sofrido muito mais pra deixá-lo. Mas ele não... De uma hora pra outra me deixou de lado e construiu uma vida nova.

Falei essas coisas todas, mas depois bateu uma culpa. Será que eu realmente tinha o direito de reclamar porque ele não havia ficado plantado me esperando?

– Tudo bem, eu queria que ele vivesse a vida dele, mas esperava que pelo menos acenasse com a esperança de que a gente ia retomar a vida que tínhamos planejado. Mas não foi isso que ele fez. Estava transando com uma tal de Cat. Não pensou duas vezes.

Slate permaneceu calado. Na verdade, eu nem esperava que ele dissesse alguma coisa. Dizer o quê? "Poxa, sinto muito"? Naquele momento o silêncio era mesmo a melhor resposta.

– Daí a gente foi pra tal festa. Aquela era a vida dele, amigos só dele, que nunca tinham ouvido falar de mim. Fiquei me sentindo um peixe fora d'água, mas ele nem notou. Não deu a mínima. Queria apenas que eu ficasse parada ali, enquanto ele ria e se divertia com os caras. Antes não éramos assim. Antes eu pelo menos conhecia os amigos dele, ficava menos deslocada. Mas depois me dei conta de uma coisa: Crawford sempre gostou de ser o centro das atenções e esperava que eu ficasse ali, como um objeto decorativo. Não quero mais isso pra mim.

Slate saiu para uma estradinha de terra e parou o carro. Em outras circunstâncias eu teria achado isso estranho, mas confiava nele. Isso era outra coisa que eu não conseguia entender. Por que confiava tanto assim em Slate Allen?

Paramos sob um céu limpo. A paisagem à nossa volta se resumia a um campo amplo, salpicado de flores silvestres. Fiquei me perguntando se Slate já havia trazido muitas garotas ali, com objetivos bem diferentes de agora. Mas o lugar era lindo do mesmo jeito.

– Crawford ainda vai se arrepender muito do que fez – disse ele, virando-se para mim. – Tinha uma vida perfeita com você, mas não dava o devido valor. Até porque não conhecia uma vida diferente. Já eu... Já rodei bastante nessa vida. Não preciso ficar imaginando o que tem do outro lado do muro. Estive lá e sei que é uma vida muito solitária. Um dia ele vai acabar enxergando isso, mas aí já vai ser tarde demais.

Achei gentil o que ele disse, mas não queria que Crawford se arrependesse de nada. Queria que fosse feliz.

– Todo dia casais se afastam quando vão pra universidade – falei. – Antes do coma eu teria ficado arrasada só de pensar nessa possibilidade. Mas tudo mudou durante esse mês que passei apagada. Encontrei uma parte de mim que eu nem sabia que tinha perdido. O que dói é que ele tenha me traído tão cedo e tão facilmente.

Slate se aproximou e segurou meu rosto. Aquilo parecia ao mesmo tempo familiar e excitante.

– Quando eu ia ler pra você lá naquele hospital – disse ele –, eu sentia uma coisa diferente. Bem, talvez por causa desse seu rostinho lindo. Mas eu sentia uma conexão especial com você. Nunca tinha passado por isso antes, então vivia inventando um pretexto pra te ver. Tipo levar café pra sua família. Tudo bem, sou um cara legal, queria ajudar. Mas que cara não ia querer ficar ali do seu lado, pegar na sua mão, rezar pra que você ficasse boa? Eu... - Ele se aproximou mais um pouco, e o cheiro dele me deixou arrepiada. - Eu sabia que tinha algo especial ali. Depois você despertou e eu vi que estava certo. Você visitava meu tio, um cara que você nem conhecia. Ficou do meu lado quando ele morreu. Você se preocupou comigo. Mulher nenhuma fez isso comigo antes, Vale.

Meus olhos estavam marejados. Slate era muito mais profundo do que as pessoas imaginavam. Apoiei o rosto na mão dele e fechei os olhos. Com Crawford, não senti aquela segurança. Minha pulsação se acelerou. Ele fazia meu mundo ficar mais iluminado e mais misterioso.

- Eu precisava ter certeza - falei, abrindo os olhos para encará-lo. - Precisava saber que a minha relação com Crawford tinha mesmo acabado. Nunca tive outro namorado na vida.

Slate baixou as mãos, e sem elas eu senti frio.

- Eu sei. Você precisava de tempo. Doze anos de namoro é muita coisa. Não dá pra virar a página assim, de uma hora pra outra. Mas, quando você sentir que está pronta, vou estar te esperando.

Por mais que eu quisesse ser beijada naquele momento, sabia que ele tinha razão. Eu precisava colocar um ponto final na história com Crawford.

- Obrigada - falei, frustrada por não encontrar palavras que significassem mais, que expressassem o que eu estava sentindo.

- Obrigada por quê?

Olhei diretamente naqueles olhos que não saíam dos meus sonhos.

- Por ser você mesmo.

Slate riu.

- Nunca me agradeceram por isso.

Eu abri um sorriso.

- Como é que eu vou saber? - perguntei.

- Seu coração vai te dizer.

55
VALE

Crawford já esperava por mim na entrada do dormitório quando cheguei. Ele chorou e confessou que tinha transado com Cat e também com outras duas meninas. Falou que estava se sentindo perdido sem mim, que tinha se deixado levar pela dor. Implorou que eu o perdoasse.

Deixei que ele dissesse tudo que tinha para dizer, depois falei toda a verdade. Eu não o amava mais. Quando despertei do coma, percebi que tinha mudado muito, e ele também, então não podíamos voltar a ser o que éramos antes. Eu até podia perdoá-lo pelas meninas, mas não esqueceria nunca. Meu coração agora estava fechado para ele. Queria que ele fosse feliz, mas não comigo.

Ele chorou mais um pouco, censurou a si mesmo por não ter ficado do meu lado. Por ter dado ouvidos à mãe e deixado a cidade para ir cuidar da própria vida. Deixei que ele falasse e fiquei apenas ouvindo. Sabia que ele precisava digerir aquilo tudo sozinho.

Antes de ir embora, ele ainda perguntou se havia alguma chance para a nossa relação no futuro. Respondi com sinceridade: não. Tínhamos um passado juntos, uma história que fazia parte de quem nós dois éramos, mas ela tinha chegado ao fim. Dali em diante seguiríamos por caminhos diferentes.

Não derramei uma lágrima sequer. Não tive vontade. Como também não me senti vingada ao vê-lo chorar. Achava triste a maneira como tudo havia terminado. Nossos planos para o futuro já não tinham importância, pois eram sonhos de duas crianças. Crianças que estavam crescendo.

* * *

Mais tarde, liguei para Knox e contei tudo a ele. Omiti a parte das meninas para que ele não ficasse bravo com Crawford e não fosse tirar satisfação com o cara. Não queria ver ninguém no hospital ou na delegacia. Precisava que todos da minha família entendessem que eu queria mais. Queria uma vida que *eu* tivesse planejado.

No mês seguinte, foquei exclusivamente nos estudos e no trabalho. Não saía nunca. Ficava sozinha boa parte do tempo, mas estava satisfeita. Knox às vezes me obrigava a comer algo com ele, e por duas vezes fui jantar com minha família em Franklin, para mostrar a eles que estava bem. Eu estava feliz. Não estava mais perdida nem triste.

Já era quase novembro quando, erguendo a cabeça da máquina de *espresso*, vi Slate entrar no café. Era a primeira vez que ele dava as caras desde aquela noite da carona. Não tinha ligado nem mandado mensagens. Eu o tinha visto apenas de longe, duas ou três vezes, sempre sozinho. Em nenhuma delas ele chegou a me ver.

Faltavam apenas cinco minutos para o fim do expediente. Era um domingo, véspera de Halloween. Fazia uma semana que vínhamos preparando uma nova seleção de cafés para o Dia de Ação de Graças.

– Oi – falei, e notei que havia corado.

Fiquei feliz só por vê-lo assim de perto, por sentir o cheiro dele outra vez.

– Oi – disse ele, sorrindo apenas com o canto da boca.

– E aí... tudo bem com você? – perguntei, nervosa.

– Fiquei com saudade.

Senti um aperto no peito e o coração foi lá nas alturas. Slate tinha sentido minha falta. Quantas vezes me vi no meu quarto do dormitório à noite, repetindo para mim mesma que não precisava de homem nenhum para ser feliz, que encontraria a felicidade dentro de mim mesma? No entanto, nada disso impedia que eu sentisse saudade dele também, que imaginasse como ele estava.

– Ótimo – falei, já desamarrando o avental.

– Ótimo? – perguntou ele, ainda sorrindo.

Apenas assenti e joguei o avental no cesto.

– Fui! – gritei para Jake.

Jake era o funcionário novo que tínhamos contratado no mês anterior.

Ainda estava em treinamento, mas tiraria aquilo de letra. Ou não. Nesse caso, era uma oportunidade para aprender.

– Já terminou o expediente? – perguntou Slate ao me ver contornar o balcão.

– Já.

– Tem algum plano em mente?

– Tenho.

– Ah – disse ele, desapontado.

Então dei um passo à frente, pousei as mãos no peito de Slate e fiquei na ponta dos pés para lhe dar um beijo na boca. Fazia muito que vinha sonhando com isso. Ficar perto dele. Poder beijá-lo quando quisesse. Saber que ele não sairia mais do meu lado e que dali em diante minha vida seria uma avalanche de novidades e paixão.

Ele segurou meu rosto e me beijou com mais intensidade. Enlacei os braços no pescoço dele e fiquei pendurada ali, saboreando o gostinho de menta daquela boca. Nem sei quanto tempo passou até que precisei me afastar para recuperar o fôlego.

– Era isso que eu tinha em mente – falei, ofegante.

Slate riu.

– Então sou o cara mais sortudo do planeta.

AGRADECIMENTOS

Os amigos que tornaram possível a publicação deste livro são:

Jean Feiwel, editor-chefe
Liz Szabla, editora assistente
Rich Deas, diretor de criação.
Holly West, editora
Anna Roberto, editora
Christine Barcellona, editora
Kat Brzozowski, editora
Alexei Esikoff, gerente de produção
Anna Poon, editora assistente
Emily Settle, assistente administrativa
Danieelle Mazzella Di Bosco, designer
Melinda Ackell, copidesque

CONHEÇA OS LIVROS DE ABBI GLINES

No meu sonho te amei

ROSEMARY BEACH

Paixão sem limites

Tentação sem limites

Amor sem limites

Rush sem limites

Estranha perfeição

Simples perfeição

A primeira chance

Mais uma chance

Para sempre minha

Kiro e Emily

À sua espera

Ao seu encontro

O último adeus

Pegando fogo

SEA BREEZE

Sem fôlego

Sem escolha